KB136536

신문장강화

신문장
강화

이태준 지음
박진숙 엮음

현대문학

이태준.

서울 성북동 집에서 찍은 가족사진(왼쪽부터 차녀 소남, 장녀 소명, 이순옥 여사, 차남 유진, 이태준 선생, 삼녀 소현, 장남 유백).

1937년 가을, 강화도 전등사에서 여러 벗들과 함께(오른쪽에서 세 번째가 이태준 선생).

〈상허이태준문학비〉와 동상(철원군 대마리 위치).

이태준 동상.

2004년 11월 4일, 이태준 선생 탄생 100주년 기념으로 세워진 〈상허이태준문학비〉.

이태준 고택(서울 성북동, 〈수연산방〉 입구).

이태준 고택 마당에 있는 비석(〈이태준 문학의 산실〉).

이태준 고택 전경(서울지방문화재 11허, 서울 성북구 성북동 248번지).

소설 「제2의 운명」 친필원고.

『신문장강화』

『문장강화』

이태준의 친필 서명.

『증정 문장강화』

〈한국문학의 재발견-작고문인선집〉을 펴내며

한국현대문학은 지난 백여 년 동안 상당한 문학적 축적을 이루었다. 한국의 근대사는 새로운 문학의 씨가 싹을 틔워 성장하고 좋은 결실을 맺기에는 너무나 가혹한 난세였지만, 한국현대문학은 많은 꽃을 피웠고 괄목할 만한 결실을 축적했다. 뿐만 아니라 스스로의 힘으로 시대정신과 문화의 중심에 서서 한편으로 시대의 어둠에 항거했고 또 한편으로는 시대의 아픔을 위무해왔다.

이제 한국현대문학사는 한눈으로 대중할 수 없는 당당하고 커다란 흐름이 되었다. 백여 년의 세월은 그것을 뒤돌아보는 것조차 점점 어렵게 만들며, 엄청난 양적인 팽창은 보존과 기억의 영역 밖으로 넘쳐나고 있다. 그리하여 문학사의 주류를 형성하는 일부 시인·작가들의 작품을 제외한 나머지 많은 문학적 유산들은 자칫 일실의 위험에 처해 있는 것처럼 보인다.

물론 문학사적 선택의 폭은 세월이 흐르면서 점점 좁아질 수밖에 없고, 보편적 의의를 지니지 못한 작품들은 망각의 뒤편으로 사라지는 것이 순리다. 그러나 아주 없어져서는 안 된다. 그것들은 그것들 나름대로 소중한 문학적 유물이다. 그것들은 미래의 새로운 문학의 씨앗을 품고 있을 수도 있고, 새로운 창조의 촉매 기능을 숨기고 있을 수도 있다. 단지 유의미한 과거라는 차원에서 그것들은 잘 정리되고 보존되어야 한다. 월북 작가들의 작품도 마찬가지이다. 기존 문학사에서 상대적으로 소외된 작가들을 주목하다보니 자연히 월북 작가들이 다수 포함되었다. 그러나 월북 작가들의 월북 후 작품들은 그것을 산출한 특수한 시대적 상황의 고려 위에서 분별 있게 이해되어야 할 것이다.

이러한 당위적 인식이, 2006년 한국문화예술위원회의 문학소위원회에서 정식으로 논의되었다. 그 결과, 한국의 문화예술의 바탕을 공고히하기 위한 공적 작업의 일환으로, 문학사의 변두리에 방치되어 있다시피한 한국문학의 유산들을 체계적으로 정리, 보존하기로 결정되었다. 그리고 작업의 과정에서 새로운 의미나 새로운 자료가 재발견될 가능성도 예측되었다. 그러나 방대한 문학적 유산을 정리하고 보존하는 것은 시간과경비와 품이 많이 드는 어려운 일이다. 최초로 이 선집을 구상하고 기획하고 실천에 옮겼던 한국문화예술위원회의 위원들과 담당자들, 그리고문학적 안목과 학문적 성실성을 갖고 참여해준 연구자들, 또 문학출판의권위와 경륜을 바탕으로 출판을 맡아준 현대문학사가 있었기에 이 어려운 일이 가능하게 되었다. 이런 사업을 해낼 수 있을 만큼 우리의 문화적역량이 성장했다는 뿌듯함도 느낀다.

〈한국문학의 재발견-작고문인선집〉은 한국현대문학의 내일을 위해서 한국현대문학의 어제를 잘 보관해둘 수 있는 공간으로서 마련된 것이다. 문인이나 문학연구자들뿐만 아니라 더 많은 사람들이 이 공간에서시대를 달리하며 새로운 의미와 가치를 발견하기를 기대해본다.

2009년 2월

출판위원 염무웅, 이남호, 강진호, 방민호

2002년 겨울쯤이었던 것 같다. 나는 그때 박사논문 요지를 발표하고 논문 초고를 쓰는 중이었다. 1952년 재일본조선인교육자동맹 문화부에서 발행한 이태준의 『신문장강화』가 이태준 연보에는 있으나, 구할 수 없었다. 이 자료를 구할 수 있는지 상허학회에 문의해보았다. 상허학회 임원을 맡고 계시던 한 분으로부터 부천대학에 계시는 민충환 선생님께서 자료를 가지고 계시다고 연락을 취해주셨다. 민충환 선생님께서는 『신문장강화』를 1부 복사하여 내게 건네주셨다. 박사논문 참고문헌에도 이 책을 보게 된 경위를 간략히 적어놓았었다. 그러나 그때만 해도 박사논문을 쓰는 데 정신이 팔려 『신문장강화』 자체에 대한 관심은 별로 없었다. 내 박사논문에 『신문장강화』는 각주로 몇 줄 언급되어 있을 뿐이다.

그로부터 6년이 지난 작년, 문화예술위원회 작고문인선집 발굴사업에 지원하여 선정이 되었다. 애초의 계획은 『신문장강화』가 아니었으나, 출판위원 선생님들과의 회의 끝에 『신문장강화』를 선보이는 것으로 결정이 되었다. 이러한 과정이 있었지만 다시 『신문장강화』에 주목하게 된 것은 내가 현재 대학에서 글쓰기 강좌를 몇 년째 하고 있기 때문일 것이다. 그러니까 '글쓰기'라는 문제의식과 국문학 전공에 대한 관심이 이번 『신문장강화』를 소개하는 작업으로 귀결되었다고도 할 수 있겠다.

이태준은 《문장》지에 '문장강화'를 연재하다가 1940년 문장사에서 『문장강화』로 출판하였다. 1947년 박문서관에서 미미한 수정을 거쳐 『증정 문장강화』를 다시 출판하기도 했다. 이번에 소개하는 『신문장강화』는 1952년 재일본조선인교육자동맹 문화부에서 발행되었다. 『문장강화』는

1940년, 1947년, 1952년, 크게 보자면 이렇게 세 번 발행된 셈인데, 이 시간 속에는 한국 현대사의 중요한 사건들이 놓여 있다. 1945년 8·15 해방이라는 역사적 사건, 1950년 6·25 전쟁이라는 역사적 사건. 이 점을 염두에 두면 『신문장강화』는 글쓰기 교재로서보다는 역사적 변화의 참조물로서 더욱 중요한 기능을 할지도 모르겠다. 이태준이라는 한 작가의 개인사에서 나아가 해방공간과 전쟁기 혹은 북한 형성 초기의 구체적 대목들을 보여주는 역사로 확대될 수 있는 텍스트이다.

현재 우리는 여러 측면에서 脫 혹은 'post'를 살고 있다.

'postcolonial, postnational, postmodern' 시대, 脫 혹은 'post'를 살고 있는 우리에게는 명확히 보이지만, 급변하는 상황 속에 살고 있었던 이태준에게 당대 역사의 흐름은 어떻게 바라보였을까? 『신문장강화』에는 이태준의 행보에 대한 지식이 없는 독자에게, 충격적으로 다가갈 수도 있는 텍스트가 예문으로 많이 실려 있다. 북한 체제 형성기에 필요한 이념적인 글을 이태준 스스로 쓰기도 하고, 북한 체제의 정치적 입장을 보여주는 글을 선택하여 실어놓기도 하였다. 물론 이것은 북한 체제가 형성될 경우 필요하리라고 판단되는 글의 유형을 고려하여 글쓰기의 방식을 보여주기 위한 것이기도 했다. 격문, 선언서, 르포르타주 등의 예문에 특히 친북적인 내용이 많다.

『신문장강화』는 1952년 12월에 발행된 것으로 이태준의 저술 중 현재 우리가 볼 수 있는 마지막 텍스트이다. 임화와 박헌영이 1953년에 숙청되고 이태준 역시 1956년에 숙청당한다. 《문학예술》1952년 11월호에 실린 합평회는 9월 16일에 행해진 것으로 이태준의 작가로서의 활동에 대한 마지막 기록인 것 같다. 합평회에서 이태준은 박태원의 「조국의 깃발」을 두고 '문장이 투식적'이라거나 '실재 인물 취급에 성실하지 못하다'는 평가를 내리고 있다. 북한체제의 정치적 입장을 선전하는 글을 『신문장강화』 예문으로 선택하면서도 문학에 대한 관점은 월북 이전과 달라지지 않았다는 것을 확인할 수 있는 대목이다. 이 점에서 볼 때 어쩌면 이태준의 숙청은 이미 예상된 것이었는지도 모른다. 『신문장강화』는 한국 현대사의 격변 속에서 고민하던 한 이상주의자의 모색기 열망이 담겨 있는 텍스트이다.

나는 21세기가 시작되던 무렵부터 줄곧 이태준이라는 한 작가를 둘러싼 여러 가지 주제들에 대해 논문을 써왔다. 그 사이에 꽃이 피고 진 것처럼 이태준에 대한 내 감정에도 애증이 오갔다. 어떤 형태로든 이러한 일들이 가능했던 것은 상허학회가 그간 쌓아온 일련의 연구 성과, 서울대 국어국문학과 연구실의 여러 선후배들 덕분이었다. 특히 부천대학의 민충환 교수가 아니었으면 이 책은 소개되지 못했을지도 모르겠다. 상허 이태준에 대해 처음 연구를 시작하고, 처음 연보를 작성하며 상허 연구의 토대를 닦아 놓은 민충환 교수님께 고개 숙여 감사의 마음을 전하고 싶다.

『신문장강화』의 발간이 대중적 독자에게 접근하는 작업이 되기는 쉽지 않을 텐데도, 발간을 지원해준 문화예술위원회와 출판위원 선생님, 그리고 현대문학사에 고마움을 전하고 싶다. 이 작업이 가능할 수 있도록 교정과 현대어역에 도움을 준 한영미 선생에게도 고마움을 전한다.

2009년 2월
박진숙

* 일러두기

1. 이 책은 재일본조선인교육자동맹 문화부에서 1952년 12월에 발행한 『신문장강화』를 원본으로
   삼았다. 『신문장강화』의 발굴은 부천대학의 민충환 교수에 의해 이루어졌음을 밝혀둔다.
2. 원본을 해치지 않는 범위 내에서 맞춤법, 띄어쓰기 등을 현대어 표기로 고쳤다. 한자는 그대로
   둘 필요가 있는 경우 나란히 달았다. 생소한 어휘는 독자들의 이해를 위하여 각주로 설명을 붙
   여두었다.
3. 발표작은 「 」, 책으로 출간한 작품은 『 』, 잡지는 《 》로 표기하였다.
4. 숫자는 한글과 아라비아 숫자가 섞여 있어, 원본 그대로 살려 표기하였다.
5. 원본에 인용문의 정확한 출처가 밝혀져 있지 않은 경우, 확인하여 각주로 처리하여 바로잡아
   놓았다.
6. 이 텍스트가 1952년에 출판되었기 때문에, 원본은 북한 문화어를 기준으로 표기되어 있다. 문
   화어의 가장 두드러진 특징이 두음법칙을 적용하지 않는 것이었다. 이 텍스트는 기본적으로 현
   대어역을 지향하기 때문에 독자들의 편의를 위하여 바탕글 즉 설명 부분은 현대어역을 하여 두
   음법칙을 적용했고, 인용문은 원본의 의의를 살려 두음법칙을 적용하지 않은 채로 두었다.
7. 원문을 판독할 수 없는 부분이 크게 두 부분이 있었는데, 이는 각주로 처리하여 설명을 붙여두
   거나 □로 처리하였다.
8. 작가 연보는 상허학회에서 정리해놓은 것을 토대로 박성란, 박수현 선생이 수정한 연보에 발굴
   작을 첨가하고, 잘못 기재되어 있거나 누락되어 있는 것들을 다시 보충하였다.
9. 화보는 서울대학교 도서관에서 제공한 것과 《작가세계》 71호(2006년, 겨울) 등 잡지에 소개된
   것을 중심으로 실었음을 밝혀둔다.

차례

제 1강 | 글은 무엇으로
어떻게 쓰나?

글은 사람의 생활에 있어서 말과 함께 가장 요긴하고 가장 많이 쓰이는 문화다. 누구나 말 없는 하루를 살기 힘들 것이며 글 없는 하루를 살기 불편할 것이다.

그런데 말은 누구나 소유했으되 글은 누구나 소유하지 못하고 살았다. 말이 누구에게나 필요하듯 글도 누구에게나 필요하니, 글도 누구나 다 같이 소유했어야 할 것인데 과거 사회제도에서는 이것이 불가능했던 것이다. 말과 똑같이 필요한 글을 누구나 다 같이 소유할 수 있다는 것은 민주사회의 인민만이 누릴 수 있는 고귀한 행복이요, 명예일 것이다.

이 고귀한 행복이요, 명예인 글의 소유는 남의 쓴 것을 읽을 수 있는 것으로 다 되지 않고 내가 발표하고 싶은 것도 글로 써서 남에게 보일 수 있어야 글의 완전한 소유자가 되는 것이다.

남의 글을 읽는 데는 글자만 알면 되는 것이나 내가 내 속의 것을 글로 만들어내기에는 글자만 아는 것으로 쉽사리 되지 않는다. 얼마의 이론적인 견해와 기술적인 학습이 필요한 것이다. 여기서 나는 그런 글에 대한 견해와 학습의 요령을 되도록 간명하게 말해보려 한다.

1. 글이란 어떤 것인가?

글이란 '말을 글자로 써놓은 것' 이다. 속에 먹은 뜻을 먼저 말로 만들어 그것을 글자로 기록한 것이 글이다. 어떤 글이나 먼저 말로 조직된다.

다음 글들에서 말 아닌 것이 있나 보라.

　　북조선 정당 사회단체들의 지도자 우리들은 남조선 단독선거 실시를
반대하여 투쟁하는 남북조선의 모든 민주주의 정당 사회단체 대표들과
련석회의를 금년 4월 14일 평양시에서 개최할 것을 제의합니다.
　　우리들은 이 회의에서 국내 정치정세를 심의하여 우리 국토를 량단하
려는 반동파들의 온갖 기도를 파탄시키며 조국의 통일을 촉진시키며 세
계 자유애호 인민들과 동등한 일원으로 될 조선민주주의 통일국가 수립
을 촉진시킬 것을 공동적으로 노력할 데 대한 구체적 계획을 채택할 것을
제의합니다.
　　존경하는 동포 여러분!
　　우리와 같이 우리 인민의 영예와 독립의 길로 나아가며 우리 조국의
미래를 걸머지고 있는 우리 조국의 진정한 모든 애국자 여러분!
　　우리는 당신들이 우리의 의견을 지지하여주기를 바랍니다.
　　　　　　　　　─북조선 민전에서 남조선 정당 사회단체들에 보내는 제의문

　　진날 마른날 농사 뒤치다꺼리를 했고 조석으로 량식 됫박을 드는 아
낙네들은 저의 마당 가운데 살찐 돼지처럼 나둥그러지는 곡식 섬들을 볼
때, 이날처럼 흐뭇하고 즐거운 날은 없어야 한다. 그러나 천륜 정해지듯
한 지주에게 반을 주는 것도 대범한 사내들 속과는 달라 품속의 것을 헤
집어 꺼내는 것처럼 아프거든 반 남은 아홉 가마니에서 벌써 여섯 가마니
가 날아가게 되니 탕개*가 풀리고 나중엔 악이 바칠밖에 없다.
　　　　　　　　　　　　　　　　　　　　　　　─필자의 소설 『농토』

|　* '죄어드는 마음이나 긴장성'을 뜻하는 북한용어.

태산이 높다 하되 하늘 아래 뫼로다.

오르고 또 오르면 못 오를 리 없건만

사람이 제 안 오르고 뫼만 높다 하더라.

하나는 북조선 민전에서 남조선 정당 사회단체들에게 보내는 제의문의 1절이요, 하나는 소설『농토』의 한 토막이요, 하나는 옛 시조인바 모두 말을 글자로 쓴 것이지 그 이상 다른 것은 아니다.

한자어가 많기도 하고 적기도 할 뿐, 또 어감이 유창한 말을 모으기도 했고 안 모으기도 했을 뿐, 결국 말 이상의 것이나 말 이하의 것은 하나도 아니다. 글은 말을 쓰는 것이기 때문에, "말하듯 쓰면 된다. 글이란 글자로 지껄이는 말이다." 하는 것이다.

"우리도 인젠 해방이 되었다! 만세들을 부르는구나!"

이것을 지껄이면 말이요, 글자로 써놓으면 글이다. 본 대로 생각하는 대로 말을 하듯이, 본 대로 생각하는 대로 글자로 쓰면 글이다. 이 누구나 할 수 있는 말은 또 글자만 알면 누구나 써놓을 수도 있다. 그러면 말을 알아 누구나 말할 수 있듯이 글도 글자만 알면 누구나 쓸 수 있는 것이 아닌가?

물론 누구나 글자만 알면 쓸 수 있는 것이 글이다.

그러면 왜 일반적으로 말은 쉽사리 하되, 글은 비록 글자는 알되, 쉽사리 써내는 사람이 적은가?

여기에 말과 글이 얼마 다른 점이 있는 것이다.

이 말과 글의 다른 점은 몇 가지 경우에서 볼 수 있다. 말은 귀, 청각에 이해시키는 것, 글은 눈, 시각에 이해시키는 점도 다르다. 말은 그 자리 그 시간에서 사라지지만 글은 공간적으로 널리, 시간적으로 얼마든지 오래 남을 수 있는 것도 다르다. 그러나 여기서 더 요긴한 지적으로는 글은 말처럼 절로 배워지는 것이 아니라, 일부러 배워야 알게 되는 점이다. 말은 외국어가 아닌 바엔 낳아 자라는 동안 거의 의식적 노력이 없이 배워지고 의식적으로 연습하지 않아도 날마다 지껄이는 것이 절로 연습이 된다. 그래 말만은 어떤 사람이든지 자기 생활만큼은 곧잘 표현한다. 그러나 글은 배워야 알고 또 의식적으로 공부해야 잘 지을 수가 있다.

말과 글의 다른 점으로 또 요긴한 한 가지는 말은 머리도 꼬리도 없이 불쑥 나오는 대로 한마디 혹은 두어 마디로 쓰이는 경우가 많으나 글은 그렇지 못하다. 말은 한마디만 불쑥 나와가지고도 상대편에게 이해할 환경과 표정이 있기 때문이다. 연설이나 식사式辭 외에는 앞에 할 말, 뒤에 할 말을, 꼭 꾸며가지고 할 필요가 적다.

"또 만세들을 부르는군! 마음껏들 불러라, 마음껏들……."

이렇게 느껴지는 대로, 생각나는 대로, 지껄여버리면 말로는 완전히 사용되는 것이다. 그러나 글로야 누가 전후에 보충되는 다른 아무 말이 없이, "또 만세들을 부르는군! 마음껏들 불러라, 마음껏들……." 이렇게만 써놓을 것인가? 이렇게만 써놓아도 글은 글이다. 그러나 한 구절 혹은 몇 구절의 글이지, 어디다 발표할 수 있는 한 제題 한 편篇의 글은 아니다.

혼자 보는 일기나 비망록備忘錄이나 "금일 상경"식의 전보 약문略文이나 "일 없는 사람 들어오지 마시오."류의 표지標識이기 전에는 글은 공중公衆에 내어놓기 위해서는 물론이요, 개인 간에 주고받는 편지 한 장이라도 적든 크든 한 제 한 편의 글로서 체재를 갖추어야 하는 성질의 것이다.

"또 만세들을 부르는군! 마음껏들 불러라, 마음껏들……."

이것은 말이요 몇 구절의 글일 뿐이다. 한 제 한 편의 글은 아직 아니다. 이런 제재가 한 제 한 편의 글이 되기에는 적어도 얼마만한 계획과 조직이 필요한가는 다음 문례文例에서 엿볼 수 있을 것이다.

만세 소리!

만세! 만세! 조선 독립 만세! 또들 부른다!

자정이 지났는데도 잘 줄도 모르고 자꾸 부르는구나!

'만세'를 한 번씩 부를 때마다 잃었던 조선 땅의 한 강, 한 산씩을 찾아내는 것처럼! 아…… 잃었던 것이 어찌 강산뿐이었으랴!

말, 글, 례습禮習, 성명까지 유구하게 내려오던 민족의 문화와 민족의 주권은 깡그리 놈들의 손에 틀어 잡혀 조선 것치고 조선 것대로 숨을 제대로 쉬어온 것이 무엇이었던가? 애국자들은 잡히어 죽지 않으면 옥에 갇히고 치안유지법이니 예비검속이니 세계에 류례 없는 악독한 법망法網을 씌워 사생활적 개인행동의 자유까지 박탈당했고 그 야만적인 미신의 '신도神道'라는 것까지 신앙을 강요당했다.

꿈까지 일본 말로 꾸라 했다! 정오마다 묵도를 해라, 황국신민서사皇國臣民誓詞를 외어라, 밥상을 대할 때마다 황은을 감사해라, 머리를 깎아라, 국민복을 입어라……. 놈들은 조선 민족을 오장五臟까지 바꿔 넣으려 덤볐던 것이다. 나중에는 밭에서 거둔 곡식은커녕 아들과 딸과 남편까지를 바치되, 아끼지 말고 명예로 알라 하였다…….

어느 아비와 어느 아들이, 어느 어미와 어느 딸이, 울음 한 번을 마음 놓고 마주 울었으랴! 오— 그러나 이 속에서도 우리는 오늘 이 해방을 앞아 기다리기만 한 것은 아니었었다! 정의의 나라 소련의 결정적 역할로 강도 일본 제국주의 군대가 격파될 때까지 우리 형제들도 3·1운동 이후 꾸준한 반일 민족해방 투쟁을 전개해왔으며, 이와 같은 사실은 신흥 민주 국가의 인민 되기에 어엿한 명예와 신망을 누릴 수 있는 것이다.

국내에서 지하 지도자의 투쟁은 얼마나 치렬한 것이었으며, 국외에서 김일성 부대의 세계적 장기의 유격전은 얼마나 장렬하고 승리만을 거듭해온 것이냐!

만세! 만세! 조선 독립 만세!

자꾸 부르자! 목이 쉬어 터지도록 부르자!

"만세! 만세!" 소리는 여태 36년간 우리 민족이 하고 싶으나 목이 졸리어 못하던 모든 소리의 총화인 것이다!

"만세! 만세!" 소리는 국내 국외에서 반일투쟁하던 민족의 모든 영웅들과 지도자들에게 목이 타도록 호응하고 싶으나 외치지 못하던 우리 민족의 모든 애국정열의 총화인 것이다!

오— 만세! 만세! 조선 독립 만세! 부르자! 목이 터지도록 부르자!

—소품

소품小品이나 이만한 조직체를 이룬 뒤에 비로소 한 제 한 편의 글이라 할 것이다. 르나르 J. Renard*는 「뱀」이란 제목의 글에 "너무 길었다." 라는 두 마디밖에는 쓰지 않은 글도 있으나, 이것은 『박물지博物誌』라는 큰 작품의 일부분이었다.

그러면 글이 되려면 먼저 양量으로 길어야 하느냐 하면 그런 것도 아니다. 한 사람의 일상생활에서 지껄이는 말을 아무리 몇 십 년 치를 기록한대야 그것이 글 되기엔 너무 쓸데없는 말이 많고, 어떤 효과를 위한 조직이 없는 산만한 어록語錄의 나열에 불과한 것이다.

그러니까 글은 아무리 소품이든 대작이든 마치 개미면 개미, 호랑이면 호랑이처럼, 머리가 있고 몸이 있고 꼬리가 있는, 일종 생명체이기를 요구하는 것이다. 그러니까 한 구절 한 부분이 아니라 전체적인 생명체적인 한 작품이 되기 위해서는 말에서보다 더 설계와 더 선택과 더 조직, 발전, 통제 등이 필요한 것으로, 이것을 체독體讀**하자면 할 수 없이 의

---

* 1864~1910년. 프랑스의 소설가, 극작가.
** 글을 읽을 때 글자에 표현되어 있는 것 이상으로 그 참뜻을 체득하여 읽음.

식적인 노력 '글 짓는 공부'를 하지 않을 수 없는 것이다.

글 짓는 데 무슨 법이 있나? 그저 수긋하고 "다독多讀, 다작多作, 다상량多商量(많이 읽고 많이 짓고 많이 생각)"이면 그만이라고도 했다. 명필 김정희金正喜는 "사란유법불가寫蘭有法不可 무법역불가無法亦不可(난초를 그리는 데 법이 있어 옳지 않고, 법이 없는 것도 역시 옳지 않다)"라 했다. 무슨 철칙 같은 법이 있어, 거기 구속만 받을 것도 아니로되 처음부터 허턱* 덤비는 것도 옳지 못하다는 말이다.

글이란 말을 쓰는 것이다. 그러나 말을 글로 쓰는 데는 글로서의 효과를 내기 위한 글 자체의 조건이 따로 생기는 것이다.

2. 이미 있어온 글 짓는 법

글 짓는 법은 이미 있어 왔다.

동양의 수사修辭**나 서양의 레토릭rhetoric***은 애초부터 글 짓는 법은 아니요, 변론辯論의 수식법修飾法으로 생겼었다.

글보다 말이 먼저 있었고 출판술出版術 이전에 변론술辯論術이 먼저 발달되어 '수사'니 '레토릭'이니는 다 말하는 기술로서의 기원을 가졌던 것이다. 그러다가 한번 인쇄기가 발명되어 글이 대량으로 출판되고 말보다는 글이 시간적으로 공간적으로 오래갈 수 있어, 글은 연설보다 절대적인 세력으로 인류의 문화를 지배하게 된 것이다. 따라서 근대에 와서 수사학은 말보다 글의 수식법으로서 완전히 전용轉用되는 운명에 이르

---

* 이렇다 할 이유나 근거가 없이 함부로.
** 말이나 글을 다듬고 꾸며서 보다 아름답고 정연하게 하는 일. 또는 그런 기술.
*** 수사학修辭學.

렀다.

그런데 조선에서는 시는 운자韻字를 맞추느라고 이론이 많았으나, 줄글-산문散文에 있어서는 수사를 말한 이 별로 없다. 없으면서도 예전 글들을 읽어보면 수사에 얽매이지 않은 글이 별로 없으니, 한문체漢文體를 맹목적으로 모방하여 수사로 인한 발달이 아니라 도리어 그 중독에 빠지고 말았다.

금풍金風*이 소삽소슬蕭颯**하고 옥로조상玉露凋傷한대 만산홍수滿山紅樹가 유승이월화진猶勝二月花辰이라 원상백운석경遠上白雲石徑하야 공영정거좌애풍림만지구共詠停車坐愛楓林晚之句가 여하如何오

　　　　　　　　　　　　　　　—어느 척독대방尺牘大方***에서

친구에게 단풍놀이를 가자고 청하는 편지글이다. 그런데 한 마디도 자기네 말이나 감정은 없다. "옥로조상玉露凋傷"은 두보杜甫의 시 「옥로조상풍수림玉露凋傷楓樹林」에서, "유승이월화진猶勝二月花辰"이란 당시唐詩 「상엽홍어이월화霜葉紅於二月花」에서, "원상백운석경遠上白雲石景"이란 「원상한산석경사遠上寒山石徑斜 백운심처유인가白雲深處有人家」에서, "정거좌애풍림만停車坐愛楓林晚"이란 「정거좌애풍림만停車坐愛楓林晚」을 그대로 모두 고전에서 따다 넣어 연결만 시킨 것뿐이다. 제 생각으로 쓰기보다, 유명한 남의 글에서 잘 따다가 이용하는 것이 예전 글 짓는 법의 중요한 길이었었다.

많이 알아 남의 글을 널리 따다 쓰는 것은 박식을 자랑하는 것도 되

---

* '가을바람'을 달리 이르는 말. 오행에 따르면 가을은 금金에 해당한다는 데에서 유래함.
** 바람이 차고 쓸쓸하다.
*** 편지. 특히 짧은 편지를 이름.

30

었다. 얼마나 자기를 무시하며 창조를 몰각한 그릇된 문장 정신인가!

이때 좌수 비록 망처*의 유언을 생각하나 후사를 아니 돌아볼 수 없는지라. 이에 두루 혼처를 구하되 원하는 자 없으매 부득이하여 허 씨를 취하매 그 용모를 의론할진대 양협**은 한 자이 넘고, 눈은 퉁방울*** 같고, 코는 질병**** 같고, 입은 미여기***** 같고, 머리털은 돗태솔****** 같고, 키는 장승만하고, 소리는 시랑******* 의 소리만하고, 허리는 두 아름 되고, 그중에 곰배팔******** 이며, 수종다리********* 에 쌍언챙이********** 를 겸하였고, 그 주둥이는 썰면 열 사발이나 되고, 얽기*********** 는 멍석 같으니, 그 형용을 차마 견디어 보기 어려운 중, 그 용심************ 이 더욱 불측************* 하여……

—『장화홍련전』의 일절

장화薔花와 홍련紅蓮의 계모 되는 허 씨의 묘사다. 이런 인물이 정말 있었다 하더라도, 자연성을 살리기 위해서는 그중에도 특징될 만한 것을 한두 가지 골라서, 현실감이 나게 그려야 할 것이다. 『춘향전』에도 보면 이 도령이 춘향의 집에 갔을 때 과실을 내어오는데, 그 계절에 맞든 안 맞든, 그 지방에 나고 안 나고, 생각해볼 새 없이 천하의 과실 이름은 모

* 죽은 아내.
** 두 뺨.
*** 품질이 낮은 놋쇠로 만든 방울.
**** 질흙으로 만든 병.
***** 메기.
****** 돼지털.
******* 승냥이와 이리.
******** 꼬부라져 붙어 펴지 못하게 된 팔. 또는 팔뚝이 없는 팔.
********* '수중다리'의 원 말. 병으로 퉁퉁 부은 다리.
********** 윗입술이 두 줄로 째진 사람. 쌍언청이.
*********** 얼굴에 우묵우묵한 마맛자국이 생기다.
************ 남을 시기하는 심술궂은 마음.
************* 생각이나 행동 따위가 괘씸하고 엉큼함.

조리 주워섬기는데 그런 허턱의 과장이 역시 예전 수사법이 끼친 큰 폐단의 하나인 것이다. 과거 우리 고전에 걸출한 작품이 적은 것은 그 내용을 살릴 만한 좋은 문장이 없었기 때문이다.『춘향전』도 그 문장마저 전고典故, 과장誇張, 대구對句 등에 얽매이지 않고 그 주제를 효과적으로 표현했어보라. 얼마나 훌륭한 작품으로 그대로 전승傳承되었을 것인가!

물론『춘향전』은 산문으로 전해진 것은 아니다. 그것은 소설이 아니라 노래의 기록으로 운문인 편이다. 운문이로되 허황된 과장과 사실을 무시한 묘사는 역시 근본적인 결점인 것이다.

이런 전고, 과장, 대구식 수사의 본고장 중국에서도 어떤 교수(후스胡適*)의 「문학개량추의文學改良芻議」란 문장론에서는 다음과 같은 몇 가지 혁신 조목을 볼 수 있었다.

① 언어만 있고 사물이 없는 글을 짓지 말 것(즉 헛된 관념만으로 꾸미지 말라는 것).

② 병 없이 신음하는 글을 짓지 말 것(공연히 '오!', '아!' 하는 식으로 애상哀傷에 쏠리지 말라는 것).

③ 전고典故를 일삼지 말 것(남의 글에서 따다 채울 생각을 하지 말라는 것).

④ 난조투어爛調套語**를 쓰지 말 것(어조만을 찬란하게 다듬는다든지 이미 투식화套式化해서 돌아다니는 말, 즉 '벌써' 라 해도 좋을 것을 '어언간에' 하는 식으로 미사여구에 끌리지 말라는 것).

⑤ 대구對句를 중요시하지 말 것('하늘은 높고 땅은 넓은데……'. 이런 대

---

* 1891~1962년. 중국의 사상가이자 교육가. 베이징대학교 학장, 주미 대사 등을 역임하며 정치, 외교, 문교정책에 중요한 역할을 하였다. 주요 저서로『중국 철학사대강』『후스 문존』『사십자술』등이 있다.
** 현란한 어조와 상투적인 말.

구법이 물론 필요는 하나 이것을 지나치게 남용하지 말라는 것).

⑥ 문법에 맞지 않는 글을 쓰지 말 것.

⑦ 고인古人을 모방하지 말 것.

이 일곱 항목 중에 ②, ③, ④, ⑤, ⑦의 다섯은 직·간접으로 그전 수사법에 대한 반대라 볼 수 있다.

그런데 여기 한 가지 이해하고 넘어갈 사실은 그처럼 폐단이 많은 재래의 수사법이 '과거에 있어선 무엇으로 그렇듯 적응성을 가져온 것인가?' 하는 점이다.

인쇄술이 유치하던 시대에 있어서는 오늘처럼 책을 구하기가 쉽지 못하였을 것이요, 따라서 한 권 책을 가지고 여러 사람이 보는 수밖에 없었고, 또는 문맹이 많았기 때문에 자연히 한 사람이 소리를 내어 읽어 여러 사람에게 들려주는 경우가 많았을 것이다. 소리를 내어 읽자니 읽기에 흥이 나고 피로를 모르도록 문장이 낭독조로 쓰여질 필요가 생겼을 것이다. '문장 곧 뜻' 만이 아니라 음악적인 일면이 한 가지 더 필요하게 되었던 것이다. 내용은 아무리 진실한 문장이라도 소리 내어 읽기에 거북하거나 멋이 없는 문장은 읽기를 싫어했을 것이니, 글을 짓는 사람은 문장을 되도록 난조투어와 대구를 많이 넣어, 노래조가 나오든 연설조가 나오든, 아무튼 낭독하는 사람의 목청에 흥을 돋우는 데 관심을 가졌을 것이다. 더구나 과거의 수사법이란 문장을 위해서라기보다는 연설을 위한 것이었던 만큼 문장을 낭독조로 수식하기에는 합리적인 방법인 데다가 객관적 정세까지 그랬으니 더욱 반성할 여지는 없이 전고와 과장과 대구법에 몰두하지 않을 수 없었을 것이다.

3. 새로 있을 글 짓는 법

"쌀은 곡식의 하나다. 밥을 지어 먹는다."

선생이 이런 문례文例를 주면, "무는 채소의 하나다. 김치를 담가 먹는다." 이런 식으로 빈틈없이 모방이나 잘해야 글을 잘 짓는다 했다. 저 자신의 신경으로 느끼는 감각이나 제 사상이나 정열은 개척되고 사용되고 세련되고 할 여지가 없었다. 중국 양자강揚子江 이남에서 "사월남풍四月南風 대맥황大麥黃(4월 남풍이 불어오니 보리밭이 누렇구나)"이니 "상엽홍어이월화霜葉紅於二月花(서리 맞은 잎이 2월의 꽃보다 붉구나)"라 한 것을 2월 달에 꽃이 없는 조선에 앉아서도 허턱 "만산홍수滿山紅樹가 유승이월화진猶勝二月花辰(온 산 가득한 단풍이 오히려 2월의 꽃다운 계절보다 낫구나)"이라 써먹었다. 뜻이 어떻게 되든, 말이 닿든 안 닿든, 그것은 문제가 아니라 오직 글을 만들어놓으면 된다는 '글을 위한 글'이었다. 자기의 감각이나 사상이나 정신은 딱 봉해두고 남의 장단으로 춤추는 투식문장套式文章*의 조작造作이었던 것이다.

여기서 새로 있어야 할 '글 짓는 법'은

첫째, 글보다 말을 짓기로 해야 한다.

글이 아니라 먼저 말이다. 우리가 표현하려는 것은 마음이요, 사상이요, 감각이다. 마음과 사상과 감정에 가까운 것은 글보다 말이다. '마음에서 글로'가 아니라 '마음에서 말로'라는 최단 거리에서 표현을 계획해야 할 것이다.

과거의 문장 작법은 글을 어떻게 투식화套式化할까에 주력했다. 그래서 투식**과 문구로는 살되 정작 긴요한 뜻, 마음과 감정은 선명히 생동

---

* 상투적인 문장.
** 굳어진 틀로 된 법식.

하기가 어려웠다. 문구로는 죽더라도 먼저 말을 살려, 뜻을 꿈틀거리는 채 살려, 전하는 글을 짓는 데 주력해야 할 것이다. 이렇게 해야 무엇보다 읽기 쉽고, 알기 쉬운 글이 될 것이다.

둘째, 자기다운 글을 위한 문장 작법이어야 할 것이다.

말은 사회에 속한다. 자기 한 사람의 것이 아니요, 사회 대중의 공동 소유인 말은 만 사람의 입에 오르내리는 데서 절로 투식화하는 수가 많다. 그런데 누구나 붓을 들어 글로 써내고 싶은 것은 저만이 느낀 것을 저만이 느끼고 생각하는 대로 쓰고 싶을 것이요, 또 그래야 다른 사람에게 읽힐 필요와 가치도 더 있다. 관찰이나 사고에 있어 개인 본위나 개성 본위를 말함은 아니요, 오직 자기의 표현을 자기다운 깊이와 특성으로 보이라는 말이다. 갑甲도 할 수 있는 말, 을乙도 쓸 수 있는 표현에나 만족해서는 안 된다.

셋째, 새로운 글, 혁신적 문장이어야 할 것이다.

시대는 날로 새로워지고 있다. 물론 고전이나 전통을 무시해서는 안 된다. 그러나 새 호흡과 새 정열, 새 정신으로 살며 새 그것들을 써냄에 어떻게 새로운 형식이 필요치 않을 것인가?

언어는 이미 존재해온 것들이다. 기성의 단어들이요, 기성의 토*들이다. 그러나 우리가 경험하는 시대는 눈부시게 새롭다. 따라서 단어도 토도 절로 새것이 생기게 되었다. 우리가 생전 처음으로 느껴보는 감정, 정신, 의욕 등 내재적인 것이나, 우리가 생전 처음 보는 외부의 웅대한 현실이, 모두 기성의 말과 토와 기성의 문법이나 구성으로만 만족될 리가 없다.

여기에 글 쓰는 사람들의 시야는 넓고 날카로워서 인민들의 신흥적新

---

* 어떤 낱말이나 용언의 어간 뒤에 붙어 문법적 기능을 나타내는 형태소를 이르는 말. 조사·어미·접사를 구분하지 않고 이르는 말이다.

興的 언어 표현의 새 경향이며, 그것을 바탕으로 새로 세련되어 나아갈 방향을 예견하고 선행하는 데까지 노력하지 않으면 안 될 것이다.

폴 모랑Paul Morand*이란 작가는 자기가 비전통적 문장을 쓰지 않을 수 없는 답변으로 다음과 같은 말을 한 일이 있다.

물론 나도 완전한, 전통적인, 그리고 고전적인 프랑스어로 무엇이고 쓰고 싶기는 하다. 그러나 무엇이고 그런 것을 쓰기 전에 먼저 나에겐 나로서 말하고 싶은 것이 따로 있는 것이다. 더욱이 그 나로서 말하고 싶은 그런 것은 유감이지만 재래의 전통적인, 그리고 고전적인 프랑스어만으로는 도저히 표현해낼 수가 없는 종류의 것들이기 때문이다.

심중히 참고할 만한 의견이라 생각한다. 위에서 글은 말의 기록이라 했다. 글의 재료, 말만을 생각해보더라도 과거의 소비 생활자들이 쓰는 어휘의 경역境域과 오늘의 생산건설 생활자들이 쓰는 어휘의 경역부터가 절로 달라져 있을 것이다. 말 자체도 시대에 따라 소리가 달라지며 뜻까지 변하는 경우가 있다.

| * 1888~1976년. 프랑스의 외교관, 시인, 소설가.

제 2 강 글과 말의
문제들

글이란 말을 글자로 적은 것이라 했다. 글이 없이 말은 있을 수 있되 말이 없이 글은 있을 수 없다. 더구나 우리 조선 글자는 한문처럼 뜻을 적는 글자가 아니라 말소리를 적는 표음문자表音文字다. 말소리를 그대로 전하는 음성부호音聲符號이니 우리 조선글은 보다 더 '글보다 말'이라 하겠다. 그러므로 우리글은 더욱 말이 가진 모든 조건의 제약을 벗어날 수 없을 것이니, 여기서 말이 가진 조건들 특히 글과 관련될 그것들을 한번 살펴볼 필요가 있다.

1. 말은 생물生物이다

어느 나라 말이든지 질로나 양으로나 고정불변의 것으로 있지는 않는다. 조선말도 본질적인 것은 언제나 한 가지로되, 부분적으로는 시대와 경우에 따라 변해왔다. 신라 때 말이 백이면 백 마디가 다 그 뜻으로 고스란히 오늘 우리들의 말과 같을 수 없을 것이요, 고려 때 말 수효가 오늘 조선말 어휘의 전부가 아닐 것이다. 천 년이나 5백 년 이전은 고사하고 5백 년 이후에 와서 『용비어천가龍飛御天歌』에 나오는 말을 보아도 '바다'를 '바래'라 했고, 나무의 '뿌리'를 '불휘'라 했다.

그 후의 시조에 나오는 감탄사 '어즈버'*와 '어저' 등과 '종달새'를

---

* 감탄사 '아'의 옛말.

'노고지리'로 '가노라'를 '예노라'라고 한 것도 과히 멀지 않은 때의 말들이다.

'동무'라는 말은 그전부터 있었으되 오늘의 '동무'는 뜻이 엄청나게 달라졌고, '담배'와 '성냥'도 4백 년 전쯤에는 없었을 말이요, '램프'와 '아이스크림' 등의 외래어는 조선말로 쓰인 지 3, 40년에 불과할 것이며, 한자어의 새말들 '견결堅決'*과 '제고提高'** 등은 해방 후에 새로 쓰이는 조선말이 되었다.

말은 쓰던 것이 없어지기도 하고 소리와 뜻이 달라지기도 하고 없던 말이 새로 생기기도 하면서, 시대마다 그 시대 사람들의 언어 신경과 표현 의욕에 적응되면서 영원히 시대와 함께 살아나가는 산 문화인 것이다. 어감으로나 뜻으로나 시대에 맞지 않는 것은 떨쳐버리며 무딘 것은 날카롭게 다듬으며 없던 것은 새로 장만하여 저 자체를 늘 새롭고 풍부하게 길러나가는 것이 말이다.

그러므로 글을 쓴다는 것은 말을 쓰는 것이므로 말의 가장 새로운 부면部面***에 주목해야 할 것이요, 말을 풍부하게 소유해서 말을 골라 가장 정채精彩**** 있게 구사해나가는 것이 글 잘 쓰는 첫째 조건일 것이다.

그런데 우리는 우리 조선말에 대해서 남과 다른 사정이 있음을 알아야 한다. 조선의 말은 모든 교과서에서 제외되고 모든 관청에서 제외되었으며, 모든 학술과 예술에서 자유스러운 발전이 금지되었다. 조선말은 시대와 함께 호흡하며 발전하는 길에 서 있지 못했던 것이다. 시대에 맞지 않아서 자연 도태된 말들이 아니라 인위적으로 유폐 당했던 말인 것이다.

* 절기가 있고 굳셈.
** 처들어 높임.
*** 어떤 대상을 나누거나 분류하여 이루어진 몇 개의 부분이나 측면 가운데 어느 하나.
**** 정묘하고 아름다운 빛깔. 또는 생기가 넘치는 활발한 기상.

다행히 근로대중과 문화 일꾼들이 비교적 많이 조선말을 지켜왔으나, 그들의 생활이 발전보다는 침체였기 때문에 조선말은 세련이 되기는 커녕 오늘 와서 긴요하게 쓰일 중요한 단어들조차 절로 자취를 감춘 것이 많았다. 일부에서의 조선어 운동과 일부 문학인들이 조선말로의 저작이 용허되는 최후의 선까지 끌고는 왔으나, 역시 일부 현상에 불과했던 것으로 조선말은 장구한 세월 동안 시대의 표면에서 뒤져 묻혀 있었던 것이 사실이다. 오늘 불길처럼 솟는 찬란하고 왕성한 새 문화 속에서 우리는 우리말이 미처 정리되어 있지 않음과, 우리말의 필요한 말들의 부족을 아니 느낄 수 없게 되었다.

우리는 이 인위적으로 도태되어 있던 말을 계획적으로 채집선택採集選擇할 임무에 당면해 있는 것이다.

오늘부터의 문화는 인민대중의 문화다. 새 문화로서의 글은 절로 인민대중의 말로 표현되어야 할 새 국면에 부딪혀 있으니 그간 조선말이 정상적으로 발전해왔다 하더라도, 이제 인민대중의 말을 새로 알아야 할 터인데 하물며 조선말의 명맥이 인민대중 속에서 부지해왔음에랴! 어떤 의미로 보든지 오늘 우리는 조선말의 가장 굵은 광맥은 노동자와 농민 속에서 캐지 않으면 안 될 것이다. 그리고 우리가 모르거나 잊었다 해서 모두가 낡은 말이 아니니 고전 속에서도 다시 활용할 가치가 있는 말은 자꾸 찾아내어 써야 할 것이다. 다시 쓰일 수 있는 말 모두를 찾아내고 더 세련시킬 말 모두를 세련시켜 활용하는 그날에라야 조선말은 36년간의 가사假死 속에서 완전히 부활되었다 할 것이다.

2. 조선말은 어떤 말인가?

말은 소리와 뜻이다. '뜻을 가진 소리'가 '말'이다. 조선말의 소리와 뜻은 어떠한가?

말소리에는 가벼운 소리와 힘찬 소리가 있다. 하나를 밝은 소리라 하면, 하나는 어두운 소리요, 하나를 감정적인 소리라 하면, 하나는 의지적인 소리다. 그런데 사람의 말은 밝고 가벼운 것만 표현할 필요가 있는 것이 아니라 어둡고 무거운 것도 표현할 필요가 있는 것이다. 감정적인 표현과 함께 굳센 의지적인 표현도 필요한 것이다. 그러므로 어떤 말이든지 뜻으로만 아니라 소리에 있어 이 두 가지를 다 갖추어 표현할 수 있어야 좋은 소리의 말일 것이다.

조선말은 먼저 소리에 있어 가벼운 소리 개음절開音節 소리와 무거운 소리 폐음절閉音節 소리를 다 갖추어 가지고 있다.

"일하지 않는 자는 먹지 말라."

이 말에서 하, 지, 자, 라 소리들은 받침이 없어 소리가 맺히지 않는 개음절 소리들이요, 일, 않, 는, 먹, 말 소리들은 받침이 있어 소리가 끝이 끊어지는 폐음절 소리들이다.

"동무들! 우리 전원이 한번 각오한 바 있을진대……."

이렇게 받침소리를 많이 몰아넣으면 얼마나 힘차게 뭉쳐지는 말소리이며, "동무들! 우리 모두가 이미 각오하고 나온 바에야……."로 받침 없는 소리를 더 많이 골라 넣으면 또 얼마나 부드러워지기도 하는 말소리인가? 어느 정도로는 표현하고 싶은 의욕에 맞추어 음조를 조절할 수 있는 소리의 말이다. 이것은 말의 가장 고귀한 우점優點일 것이다. 일찍 우리 고전에 있어서도 『한중록恨中錄』*에 보면 그 저자 혜경궁 홍씨는 아무 '께옵서' 할 것을 어른께 쓰는 말씨로 너무 거셀까봐 모두 '겨오서'로 쓰고 있다. 조선말은 다행히 그 소리에 있어 이런 이상적 조건을 가지고 있다. 그러면 그런 소리들로 표시될 뜻에 있어서는 어떠한가? 엥겔스*는 "언어의 점차적 발전은 촉각기관의 정확성과 병행된다." 하였다. 조선민족의 촉각기관을 통한 감각용어感覺用語의 발달은 어떤 정도의 것인가? '만년필'이니 '기동성'이니 이런 말은 이런 물건이 생기고, 이런 경우가 나설 때마다, 얼마든지 새로 생겨날 것이다. '밝다' '드끄럽다*** '달다' '구수하다' '매끄럽다'처럼 이렇게 사람이 눈, 귀, 입, 코, 살로 감각해서 느끼는 말들이 어느 민족의 말에 있어서나 기본 되는 말들인데 조선말의 바탕 되는 말은 참으로 예리하고 풍부하게 그 뜻이 발달되어 있는 것이다.

시각에 있어 붉은빛 한 가지를 가리키는 뜻에 있어서도, 붉다, 빨갛다, 뻘겋다, 벌겋다, 새빨갛다, 불그스름, 빨그스름, 불그레, 빨그레, 볼그레, 볼그스름, 보리까레, 발가우레, 발그레 등 세밀한 눈 신경이 분별해 느껴내는 대로 말뜻이 어김없으리만큼 표현해낸다.

청각에 있어서도 동물의 소리, 바람이나 물소리, 무슨 기계의 소리까지도 들리는 만큼 조선말은 원 소리에 가까운 표현을 한다. 바람소리 한 가지에도 여러 가지 세밀한 분별이 있다.

솔-솔, 살-살, 씽-씽, 솨-솨, 쏴-쏴, 앵-앵, 웅-웅, 잉-잉, 웽-웽, 산들산들, 살랑살랑, 선들선들, 휙휙……

미각에 있어 단순한 단 것 한 가지에도, 달다, 달콤하다, 달큼하다, 달크므레, 달착지근, 들척지근…… 등의 구별이 있고 취각臭覺****에 있어서도, 고소하다와 꼬소하다가 차이가 있고, 구수와 꾸수가 또 정도가 다르다.

---

* 한중만록閑中漫錄이라고도 함.
** 1820~1895. 독일의 경제학자, 철학자, 정치가.
*** '시끄럽다'의 평안도 사투리.
**** '후각'의 북한어.

촉각에 있어서도 '껄껄'의 반대되는 한 가지만 해도, 매끈매끈, 반들반들, 번들번들, 반드르르, 번드르르, 반질반질, 반지르르, 번지르르, 빤지르르, 으리으리, 알른알른, 알신알신, 얼른얼른……. 얼마든지 자세하게 골라 표현할 수가 있다. 이렇게 감각용어가 발달되어 있는 만큼 자연의 소리를 모방하는 의음어擬音語뿐 아니라 어떤 물상의 움직임을 그대로 그리는 의태어擬態語도 풍부하다.

나붓나붓, 팔락팔락, 휘우뚱, 주춤, 우줄우줄, 후닥닥, 화닥닥, 깡충깡충, 까불까불, 꺼불꺼불, 깝신깝신, 껍실렁, 나릿나릿, 스르르, 살랑살랑, 아실랑아실랑……. 정확한 표현이란 가장 구체적인 표현이다. '삑-' 하는 기차소리와 '뚜-' 하는 기선소리를 '삑-'과 '뚜-'로라도 구별하지 못하고 그저 '뽀-'로만 하는 데 그치는 표현은 훨씬 부정확한 표현일 수밖에 없다.

조선말은 소리뿐 아니라 뜻에 있어서도 이처럼 예리하고 풍부함을 알 수 있다.

> ……원산遠山은 첩첩 태산泰山은 주춤하여 기암은 층층層層 장송은 락락落落 에이 구부러져 광풍에 홍을 겨워 우줄우줄 춤을 춘다. 층암절벽상層巖絶壁上에 폭포수는 콸콸 수정렴水晶簾*을 드리운 듯 이 골 물이 주룩주룩 저 골 물이 솰솰 열에 열 골 물이 한데 합수하여 천방져 지방져** 소쿠라지고*** 펑퍼져 넌출지고 방울져 저 건너 병풍석屛風石으로 으르렁 콸콸 흐르는 물결 은옥銀玉같이 흩어지니…….

* 수정 구슬을 꿰어서 만든 아름다운 발.
** 너무 급하여 방향을 분별하지 못하고 함부로 날뛰어. '천방지방'이라는 말을 문맥의 어감에 맞게 변형시켜 쓴 말.
*** 아주 빠른 물결이 굽이쳐 솟아 올라.

「유산가遊山歌」*의 1절인바 어느 나라 말로 폭포 떨어져 흘러가는 광경을 이만큼 구체적으로 옮겨놓을 수가 있겠는가?

동짓달 기나긴 밤을 한허리를 둘에내어 춘풍 이불 아래 서리서리 넣었다가 어른님 오신 날 밤이여드란 구비구비 펴리라.

황진이黃眞伊의 노래인바 이것을 시인 신자하申紫霞가,

절취동지야반강截取冬之夜半强
춘풍피이굴반장春風被裏屈蟠藏
등명주난랑래석燈明酒煖郎來夕
곡곡포성절절장曲曲鋪成折折長

이라 번역한 것이 용한 번역이라 일러오나 '곡곡曲曲' '절절折折'로는 원 노래가 가진 뜻의 구체성을 따르지 못할 뿐더러 '서리서리' '구비구비'의 소리 맛도 도저히 따르지 못하는 것이다. 조선말은 모든 표현에 있어 그 뜻이 예리하고 조각적이요, 다채롭고 회화적이며, 그 소리가 경중輕重 어느 한 가지에 기울지 않고, 또 의음擬音과 의태어가 풍부하여 음악적인 효과가 큰 말인 것이다.

---

* 조선시대 십이 잡가의 하나. 봄철 화려한 산천의 경치와 새들의 노래를 의성어, 의태어를 많이 써서 기발하고 과장되게 나타냈다.

3. 말의 한계성限界性

말은 사람이 의사를 표현하려는 필요에서 생긴 것이다. 그러나 사람의 마음속의 것을 무엇이나 다 그만큼 표현해내는 전능全能한 힘은 없는 것이다. 말도 역시 사람이 만든 것으로 처음보다는 자꾸 완전에 가까워지고 있으나 아직 어느 나라 말이나 못 표현하는 것이 없게 완성된 말은 없다 하여도 과언이 아닌 것이다.

뜻은 있는데, 발표하고 싶은 속은 있는데, 거기 꼭 맞는 말이 없는 경우가 얼마든지 있다. 그래서 '이루 말할 수 없다'란 말이 있고, 이런 말이 어느 나라에든지 있는 것이다.

이 말이 없는 말로 표현 못하는 말의 암흑면은 어느 나라 말에든 있다. 러시아어 '아라보타지' 같은 말이 조선말에 없고 '알랑거리다' 같은 말이 러시아어에 없으며, 영어의 'home'이 조선말 '가정'만으로는 그 뜻이 다 나오지 않고, 조선말 '뿔뿔이'에 꼭 맞는 표현을 영어에서는 얻을 수 없다는 것이다. 이 말로 표현 못하는 암흑면이 어느 나라 말에 더 많은지 이것을 비교하기는 곤란하거니와, 우선 어느 나라 말이든지 뜻은 있는데 그 말이 없는 경우가 있는 것만은 알아둘 필요가 있다. 이것을 모르고는 외국어의 글을 번역하다가 이쪽에 그런 말이 없는 것만 탄해서 이 말은 저 말보다 부족한 줄로 짐작하기 쉽다. 번역을 받는 원문은 이미 그 말에 있는 말로만 표현된 것이지만, 그것을 이쪽 말로 옮기려 할 때는 이쪽에는 그런 표현의 말이 으레 없을 수도 있는 것이다. 표현이 가능하고 표현이 불가능한 면은 언어마다 같지 않기 때문이다. 원문에는 있는데 번역할 말에는 없는 이런 우열감은 하나는 구속이 없이 표현한 것이요, 하나는 원문에 구속이 되며 재표현해야 되는 번역, 피被번역의 위치 관계이지, 결코 이런 경우에 있어서는 한 언어와 언어의 본질적 차이는 아니다.

그런데 말에는 못 표현하는 면이 으레 있다 해서 자기의 표현하고 싶은 의욕을 쉽게 단념할 바는 아니다. 글을 쓰는 사람들의 말에 대한 의무는 이 표현 못하는 암흑면을 어서 열어나가는 데 있고, 글을 쓰는 사람 중에도 시나 소설이나 연극 같은 예술 문장을 짓는 사람들은 자기의 표현을 보다 정확하고, 보다 아름답고, 보다 새롭게 하기 위해서 이 말에 대한 공부가 절대 필요한 것이다. 아무리 속에는 화려한 감정, 강철 같은 사상을 지녔더라도 그것들에 맞는 말을 얻지 못하면 그야말로 독 속에 든 촛불에 불과한 것이다.

4. 글에 있어 사투리와 표준어

러시아의 저명한 여행가 미클루후 마클라이N.N. Miklukho-Maklay는 1817년경에 그비네야 해안 지대를 여행한바 그곳 파프아스 사람들은 걸어서 25분밖에 안 걸리는 이웃 촌락과 촌락 사이에도 물건 이름이 서로 다를 정도로 방언方言이 심했다 한다.

인도는 인구가 2억이 넘기도 하거니와 1921년 조사에 의하면 223종의 언어가 쓰이고 있다 한다. 우리 조선은 한 언어의 단일민족이라 이런 복잡한 문제는 없다. 다만 오랜 문화의 역사를 가졌으면서도 아직 지방마다 방언이기보다, 사투리들이 남아 있는 것은 과거에 우리가 쓴 글은 말을 쓴 조선글이 아니라 뜻만을 전하는 한문이었기 때문에 표준어의 통일이 더디었고 근년에 와서도 표준말이 교과서에 못 오르는 운명에 있었기 때문에 역시 자연현상대로 방임되어 있어 좁은 지역치고는 사투리가 꽤 완강한 세력으로 지방마다 남아 있는 것이다.

"아매 계심둥."(함북 지방)
"할메미 계시는기요."(경남 지방)
"클마니 계십네께."(평북 지방)
"할매 계시유."(전남 지방)
"할머니 계십니까."(경성 지방)

이렇게 모두 다르다. 어느 한 가지로 표준해서 통일해 쓰지 않을 수 없기 때문에 표준어 문제가 나오는 것이다.

어느 나라에서든 표준어는 그 나라 정치, 경제, 문화의 중심지인 수도의 말이 기초가 된다. 그래서 조선에서도 일찍 조선어학회의 발의로 표준어 사정이 있을 때 각 지방 대표들이 다 모여 '같은 뜻의 말'을, 예를 들면 '아매' '할메미' '클마니' '할매' '할머니'를 다 한데 내놓고 심사해보니 결국 서울 '할머니'가 표준어로 되는데 이의가 없는 것이요, '계심둥' '계시는기요' '계십네께' '계시유' '계십니까'에서도 서울말 '계십니까'가 표준어가 된 것이다.

서울은 과거에 있어 정치, 경제, 문화의 중심지였으므로 동서남북 각 도 사람들이 여기에 모이기도 하고 여기서 흩어지기도 하므로 서울말은 혼자 동서남북 각 지방말의 영향을 받으며 자라기도 했고 영향을 주기도 했으며, 그래서 어느 지방말보다 어느 지방 사람 귀에도 가까울 수 있는 공통성을 가졌다. 그리고 어느 지방보다 사교의 무대가 많은 곳이라 말이 세련되는 곳이므로 어떤 나라든지 수도의 말이 가장 품위도 있다.

그러나 말 자체가 낡은 것은 자꾸 떨어버리며 필요할 것은 자꾸 새로 지니며 영원히 시대와 함께 자기를 기르며 살아나가는 생물이다. 표준어라고 고정불변하는 것은 아니다. 더구나 오늘 우리 민족의 새 문화 새 나라의 기초는 서울에서 잡히는 것이 아니라 평양에서 일어나고 있다. 새

조선의 정치, 경제, 문화의 중심은 지금 평양에 있고 남북이 통일되어 이 중심이 서울로 옮겨진다 하더라도, 이 새 타입으로 일어나는 새 언어 세력은 한양조漢陽朝의 문물과는 상관없이 발전될 가능성이 있는 것이다.

물론 아직까지 조선어 어휘에 가장 풍부한 것은 서울말이다. 토에 가장 품위 있는 것도 서울말이다. 그러나 이런 계급층하가 복잡한 속에서 복잡다단하게 분화된 토들을 그대로 쓰는 사람들이 오늘 조선의 정치나 경제나 문화의 주력부대는 아니기 때문이다. 현실에서나 예술 속에서나 특수한 고전 이외에서는 '대감' '영감' '나리님' '서방님' 들은 오늘의 주인공이 아니다. 손에 망치와 호미를 든 근로대중이 주인공이며 어떤 회석, 어떤 무대에서나 오늘 인민들의 주목을 끌며 환호를 받는 여성들은 유두분면油頭粉面*의 흰 손들이 아니라 기계기름과 흙에 단련된 탄력 있는 근로미勤勞美에 이글거리는 붉은 손의 주인공들인 것이다. 전체 생활 내용이 달라지는 여기에 표현 도구인 말이 절로 달라진 것도 정한 이치다.

그러나 표준어에 서울말 편중은 무모한 일이나, 아직까지 전국적 중심 지대의 말이었고 가장 풍부한 어휘의 말이요, 보편성 있는 말인 서울말을 기초로 하지 않을 수는 없는 것이다. 근로대중이 노동관계에서 많이 쓰는 말을(농촌과 공장의 생산 면에서 쓰는 말들과 사투리라 하더라도 그 쓰이는 경우가 적절하고 어감이 오늘 시대에 효과적인 말이면) 자꾸 끌어올려 서울말만 들어 있던 표준어의 범위를 넓히며 격을 갱신시켜 나아가는 방향이어야 할 것이다.

그런데 글에서 표준어와 방언이 어떻게 쓰일 것인가?

글은 원칙적으로 표준어로만 써야 한다. 사투리를 그대로 쓰는 경우도 있다. 그러나 이것은 글로 쓰는 것이 아니라 어떤 사람이 이와 같이

---

* 기름 바른 머리와 분 바른 얼굴이라는 뜻으로, 여자의 화장한 모습을 이르는 말.

말했다는 증거로 보이기 위해 말을 그대로 그려놓은 경우다. 이런 녹음
적錄音的 묘사인 대화문 이외에는 전적으로 국어의 통일정신 밑에서 표
준어로만 써야 한다. 위에서도 말했지만 표준어의 질과 양의 향상을 위
해서 방언에서나 고어古語에서나 외래어에서나 또 가능한 것이면 새로
만들어서라도 갖다 쓰는 것은 별문제다. 별문제이기보다 이런 방향의 노
력은 절대로 필요한 것이다. 다만 책임 있는 표준 관념에서 행해져야 할
것은 물론이다.

"보소, 배 좀 빨리 저으소."
배 저편에서 뱃머리를 인제 겨우 돌려서 저어오는 뱃사공을 보고 소
리를 친다.
"예."
사이 뜨게 울려오는 소리다. 배를 저어오다가 다시 멈추고 섰다.
"저 뭘 하고 있노?"
"각중에 담배를 피워 무는 모양이라구나. 예리이 문둥아."
여러 사람의 웃음은 아그르 쏟아졌다.

—조명희*의 소설 『낙동강』에서

"이런 사람을 끌어내다가 막 아무런 데나 치박으니까리 일으 양이 저
꼴구 어찌겠음!"
푸른 안경이 한탄삼아 하는 말에 곁의 누가 하는 말이었다.
"어쨌든 여기서 일으 할 바루서는 이런 걸 네 알아야 한당이."

* 1894~1938년. 소설가. 호는 포석抱砲. 문학 활동은 「김영일의 사死」 『파사婆娑』 등 현실과 인간성의 문제
를 다룬 희곡으로부터 시작하였다. 이어 「영혼의 한쪽 기행」 등 서정시를 쓰다가 1925년 조선프롤레타리
아예술가동맹(KAPF)에 가담, 1927년 대표작 『낙동강』을 발표하였다.

하는 자줏빛 안경을 쓴 사람은 로爐마다 천장에서 드리워 전극에 련결한 송전선을 가리켜 보인다. 그는 삼봉이에게 이 원철공장 안에서 만지거나 다쳐서는 안 될 것을 가르쳐주려고 했다.

—최명익*의 소설 『기계』에서

작자 자신이 독자를 향해 쓰는 말, 즉 바탕글은 표준말로만 쓴 것이나 글 속의 인물들의 대화는 사투리로 썼다. 그러면 인물들의 대화는 반드시 어떤 사투리로 써야만 하는가? 그런 것은 아니다. 그 인물이 표준어로만 말하는 사람이라면 대화는 표준어로 쓸 것이다. 다만 글로 표현이 아니라 대화를 그대로 보이는 표현이니까 문체文體가 아니라 어체語體, 즉 대화체로써 그 정경을 효과적이게 표현하는 것이다.

물소리의 '철철'이나 새소리의 '짹짹'을 그대로 의음擬音해서 효과를 내듯 그 사람이 어디 사람이란 것, 어떤 사람이란 것, 이런 그 사람다움을 다른 여러 설명이 없이 단적으로 나타내기 위해 그들이 쓰는 말과 그들의 말투를 그대로 의음해 보이는 것이다.

그러니까 어느 지방에나 그곳 사투리가 있는 날까지는, 또 어떤 사람이나 그 사람 따라 그 사람다운 말투가 있는 한은, 말투를 그대로 보이는 효과로서 글에서 사투리와 개인적인 말투의 묘사가 필요하기도 한 것이다.

그러나 사투리의 인용은 효과를 위해서뿐이다. 너무 괴벽한 사투리여서 같은 조선 사람끼리도 전혀 못 알아들을 사투리라면 기계적으로 묘사할 필요는 없다. 다른 지방 사람으로도 대체로는 알아들을 수 있는 한계 안에서 조절해 써야 할 것이다. 어떤 신인의 글에서 "네"하는 대답

---

* 1903년~ . 소설가. 중앙 문단과 관계없이 평양을 중심으로 활약한 구연묵, 김화청, 유항림 등과 창작 동인지 《단층》에서 활동. 지식인 계급의 불안 의식을 표현했으며 심리소설을 썼는데, 주로 자의식의 심리 갈등을 묘사하였다. 작품으로는 「무성격자」 「심문」 「장삼이사」 등이 있고 작품집 『장삼이사張三李四』가 있다.

소리를 "양"으로 써놓은 것을 보았다. 이런 정도는 곤란하다. 홍명희* 선생의 『임꺽정林巨正』을 읽으면 그 속에 나오는 대화들이 임꺽정 그 시대 사람들의 말 같은 인상을 준다. 그러나 사실은 그 시대 말들은 아니다. 3, 4백 년 전 말을 모두 찾아낼 도리도 없거니와, 찾아냈댔자 그대로 써놓으면 지금 사람들은 이해하기도 곤란할 것이다. 쓰는 사람이 가늠을 잘 잡아 시대색이거나 지방색이거나 효과적이게 조절해 써야 할 것이다. 대화에서 사투리와 개인적인 말씨를 묘사하는 것이 사투리나 개인적인 말씨, 그것을 살리기 위주가 아님을 염두에 두고 나갈 필요가 있다고 생각한다.

5. 글과 담화談話

말은 그 형식이 글 문맥文脈처럼 정리되어 나오는 것은 아니다. 또 말은 한 사람이 한 내용을 말하더라도 경우에 따라 기분에 따라 조직이 달라진다.

"시위 행렬을 보았습니까?"

"봤습니까, 시위 행렬?"

하기도 한다. 누구에게나 말구절의 조직을 주의해서 하는 경우와, 그런 것에 미처 관심할 여유 없이 목적부터 급해서 전후가 달라지는 경우가 있다. '봤습니까' 부터 나오는 것은 토도 줄어졌고 목적부터 내달은 급한 말이다. 대체로 글에서는 생활 속에서 누구를 만나서 말할 때처럼

* 1888~1968년. 작가, 정치가. 중국과 남양 등지를 방랑하며 문일평, 신채호, 정인보, 안재홍 등과 교우. 3·1 운동 참여로 투옥됨. 《동아일보》 편집국장, 《시대일보》 사장 등 역임. 신간회 조직. 1948년 월북하여 북한에서 부수상, 조국평화통일위원회 위원장 등을 지냄. 장편역사소설로 『임꺽정』이 있음.

목적에 절박하지 않다. 차근차근 단어와 토를 골라 글발 조직에 관심할 여유가 있다. 그래서 글로 쓸 때는 "시위 행렬을 보았습니까?"로 많이 쓴다. 이것이 쓰는 사람이나 읽는 사람이나 다 관습이 되어 주어가 먼저 놓이고 토가 완전히 달린 것은 담화보다 문장다운 맛을 더 받고, 객어客語* 가 불쑥 먼저 나오기도 하고 대체로 토가 생략된 것은 글이기보다 담화다운 맛을 더 받는다.

> 그는 아무리 잔소리를 하여도 기름병이나 초병을 막아놓고 쓰는 일이 없다.
> "뭬 힘들어 그걸 못 막우?"
> "쓰려구 할 때 마개 막힌 것처럼 답답한 일이 세상에 어딨에요."
> 하고 남이 막아놓은 것까지 화를 내는 성미였다.
> ──필자의 단편 「색시」

이 글에서 만일 담화로 쓰인 "뭬 힘들어 그걸 못 막우?"를 "무엇이 힘이 들어 그것을 못 막우?" 하든지 "쓰려구 할 때 마개 막힌 것처럼 답답한 일이 세상에 어딨에요."를 "쓰려구 할 때에 마개가 막혀 있는 것처럼 답답한 일이 세상에 어디 있어요."라고 해보라. 말다운 어감이나 말다운 호흡이 나지 않는 것이다. 호흡이 느껴지지 않으면 산 인물다운 면모가 비춰지지 않는다. 그러니까 이것이 자기가 쓰는 글인가, 글 속에 나오는 인물의 담화인가를 구별하여 그 인물을 더 드러내야 할 경우에는 의식적으로 그의 성미와 호흡에 맞는 담화를 골라 써야 할 것이다.

글에서 담화를 그대로 끌어다 쓸 필요가 왜 있느냐 하면,

| *목적어.

첫째, 인물의 감정, 의지, 성격의 참된 면모를 드러내 보이기 위해, 둘째, 사건을 간편하게 발전시키기 위해 같은 이유들 때문일 것이다. 담화는 글을 쓰는 사람의 것이 아니라, 글 속에 나오는 인물의 것이다. 글에서 인물의 다른 소유물은 그대로 보일 수 없되, 담화만은 그대로 보일 수 있다. 이것이 귀중한 것이다. 그 인물의 것을 그대로 보이는 것처럼 여실한 표현이 없을 것인데, 그대로 보일 수 없는 것은 오직 말뿐이다.

"쓰려구 할 때 마개 막힌 것처럼 답답한 일이 세상에 어딨에요."

한마디로 그 여자의 성미가 얼른 뚜렷이 보인다. 담화는 인물의 성격을 독자에게 단정시키는 귀중한 증거품이 된다. 인물들의 심리는 인물들의 행동의 전제가 되는 것이니, 심리 상태를 엿보여주는 담화는 곧 행동까지를 딴 설명이 없이 엿보여줄 수 있어 단적인 담화의 한두 마디로 행동과 사건을 긴축, 비약시킬 수 있다. 이것은 소설 같은 데서 대화가 나오는 어느 부분이든 읽어보면 곧 알 수 있을 것이다.

담화의 인용은 인물 묘사가 많은 소설에서만 필요한 것은 아니다. 담화로 시종始終하는 희곡에 있어서는 전부가 담화의 기록이려니와 보통 일반 기록에 있어서도 담화를 인용할 경우가 없지 않다. 우리가 글이 아니라 말로 누구를 형용할 때에도 그의 말투를 그대로 입내* 내는 경우가 얼마든지 있다. 한 인물을 표현할 경우, 그의 가장 그다운 것은 그의 말이기 때문이다. 한 사람의 어떤 심정이나 입장을 보일 필요가 있을 때 그 심정, 그 입장에서 우러나는 말 몇 마디를 붙들어 보이는 것이 천언만어千言萬語의 구구한 설명보다 오히려 뚜렷한 인상으로 그 인물을 나타내줄 것이다.

그리고 글 속에 담화를 그대로 넣는 것은, 그 글을 두드러지게 한다.

| * 소리나 말로써 내는 흉내. '흉내'의 평안도 방언.

담화에는 주고받는 상대가 있으므로 대립감이 나오기 때문이다. 글은 혼자 쓰는 것이나 담화는 몇 사람의 것이니, 호흡부터 몇 사람 것이 나온다. 인물들의 변모부터 두드러진다. 담화가 나오는 글은 더 조각적이요, 동적일 수 있다.

6. 담화를 어떻게 고를까?

말은 한 개인의 것이 아니라 민중 전체의 것이다. 문장에서는 날카로운 분별을 못하는 독자라도 담화에서는 "그 말이 그 인물에게 어울리지 않는다." "그 사람 말로는 부자연스럽다." 하고 얼른 집어낸다. 말에 들어서는 누구나 그 자신 경험이 많기 때문이다. 말에 들어서는 누구나 거의 전문가들이기 때문에 전문가들 앞에서 '부자연하다'는 소리를 안 듣도록 써야 하고, 나아가선 이 전문가들도 감복하도록 써야 할 것이다.

첫째, 하나밖에 없는 말을 찾을 것.

여러 사람의 여러 경우의 말이란 무한히 많을 수 있다. 그러나 당황할 필요는 없다. 무한히 많음은 찾아보기 전이요, 그 사람이 그 경우에 쓸 말이란 찾아만 들어간다면 결국엔 한 가지밖에 없는 것이다. 전에 이런 이야기가 있었다. 갯가 뱃사람 하나가 서울 구경을 오는데, 서울 가서는 뱃사람 티를 내지 않으리라 조심했으나 멀리 남대문의 문 열린 구멍을 바라보고 한다는 소리가 "똑 키통* 구멍 같구나!" 해서 그예 들어서는 길로 뱃사람 티를 내고 말았다는 것이다. 만일 이 사람이 요즘의 철로 일을 하는 사람이었다면 어떻게 남대문 구멍을 표현했을 것인가? 궁금하게**

* 북한어. 배의 키를 다는 부분.
** 몹시 궁하다.

배의 키를 꽂는 구멍을 생각해내기 전에 철로의 '터널' 부터 먼저 생각했을 것이다. 어떤 사람이나 그 사람으로서 무심중에 나올 말, 말에 그 사람의 직업, 교양, 생활, 이 모든 것으로 이루어진 그 사람의 체취가 풍기는 말, 그 사람다운 그 사람의 때가 묻은 말을 찾아야 하는데 그런 말이란 얼마든지 있는 것이 아니라 결국은 하나밖에 없는 것이다. 뱃사공이 남대문 구멍을 형용하는 데는 "똑 키통 구멍 같구나."가 가장 적당한 하나밖에 없는 말이요, 철로 노동자가 남대문 구멍을 형용하는 데는 "똑 터널 구멍 같구나."가 가장 적당한 하나밖엔 없는 말일 것이다. 이 하나밖에 없는 말을 찾아야 할 것이다.

둘째, 어감語感을 살려 써야 할 것.

문장은 시각에 보여주는 것이요, 담화는 보다 더 청각에 들려주는 것이다. 담화는 눈이 아니라 귀니까, 읽혀질 소리로가 아니라 들려질 소리로 써야 한다. 말소리처럼 들리자면 어감이 나와야 한다.

"나 좀 봐요."

"나를 좀 보아요."

뜻은 다를 것 없다. 그러나 형식에 있어 먼저 것은 담화요 나중 것은 글 문장이다. 하나는 담화 맛이 나고 하나는 문장 맛이 나게 한 그것은 어감이 다른 때문이다. 어감은 호흡을 살려야 한다.

무엇을 말하나? 가 아니라 어떻게 말하나? 에 주의해야 한다.

"근데 참 왜 그렇게 뵐 수 없에요?"

"응 좀 바뻐서……."

"참 저어 「춘향전」 보셨에요?"

"「춘향전」이라니?"

"요새 단성사에서 놀리죠."

"거 재밌나?"

―박태원*의 『천변풍경』에서

'근데' '보셨어요' '놀리죠' '재밌나' 등을 보면 '어떻게 말하나?'에 얼마나 날카롭게 주의하였나를 넉넉히 엿볼 수 있다. 그러므로 평상시에 여러 가지 인물들이 여러 가지 경우에 말하는 어태語態를 유심히 들을 뿐 아니라 사생寫生해서 모아보는 것이 글 쓰는 공부의 기초의 하나다.

셋째, 성격적性格的이게.

담화를 그대로 끌어오는 것은 사건을 간편하게 발전시킬 뿐 아니라 인물들의 의지와 감정과 성격의 실면모를 드러내기 위해서이므로 담화는 뜻에 맞는 말이되 더욱 의지적이게, 감정적이게, 통틀어 성격적이게 쓸 필요가 있다.

"아, 저런!"
"무얼 가지구 그러누?"
"쳐다봐 좀! 저쪽 크레인?"
"밤낮 보는 크레인을 인제 본다구?"
"아이 참! 보기나 해요? 우리 녀성 동무야, 운전수가―."
"무에 놀랍담― 배우면 비행기두 타는 세상에― 왜 동무두 그걸 운전해보구 싶우?"
"오죽 좋아? 가르쳐만 준댐!"
"막상 올라가만 보우? 어찔헐 테니!"

---

* 1909~1986년. 소설가. 호는 구보丘甫. '구인회'의 일원으로 예술파적 소설을 지향하였고, 세태의 모습을 착실히 묘사하는 작가로 이름을 날렸다. 6·25 때 월북하였다. 『소설가 구보씨의 일일』 『천변풍경』 『갑오 농민전쟁』 등의 작품이 유명하다.

"좀 좋을까! 저렇게 꼭대기서……."

어떤 공장에서 이런 담화를 하는 두 여성이 있다 치자. 이들의 성격은 이 몇 마디 대립에서 뚜렷이 다르게 나타난다.

"아, 저런!"이니 "아이 참!"이니 하고 우선 감탄부터 나오고 "쳐다봐좀! 저쪽 크레인?" 하고 토를 붙일 새 없이 목적이 급해서 단어만 연이어 나오기도 한다. 이는 돌발적이게 마음 솟는 대로 말해버리는 소녀답고 날카롭고 성미 급해 보이는 여자의 성격이요, 다른 여자는 "무얼 가지구 그러누?"니 "막상 올라가만 보우? 어찔헐 테니!"니 누그러진 품은 성격뿐 아니라, 몸이 뚱뚱한 것까지 느껴진다. 성격이 비슷한 사람끼리 담화할 수도 물론 있다. 그러나 사건이나 인물이나 모든 것이 대조적으로 나오는 글 작품에서는 대립감을 고조시키는 데서 성격적인 것이 강해지는 수가 많다. 부자연하지 않는 한도에서는 대담히 강조시켜 그 인물, 그 사건으로는 가장 초점적焦點的이요 가장 정점적頂點的인 담화라야 한다. 그리고 조선말에는 토의 농간이 복잡다단함을 유의할 필요가 있다.

진지 잡수셨습니까?
진지 잡쉈습니까?
진지 잡수셨어요?
진지 잡쉈어요?
진지 잡수셨에요?
진지 잡쉈에요?
진지 잡수셨나요?
진지 잡쉈나요?
진지 잡수셨수?

진지 잡쉈수?

진지?

진진?

다 밥 먹었느냐 묻는 말들이다. 그러나 다 말이 가지고 있는 신경이 다르다. 세밀히 따진다면 '잡수셨습니까?' 하면 '까' 가 몹시 차고 경우 밝다. '잡쉈수' 는 너무 텁텁해서 늘수그레한 마나님의 말맛이다. '잡수셨에요' 나 '잡수셨나요' 는 날씬한 젊은 여자의 몸태까지 느껴진다. '진지?' 하는 단어는 조용하고 은근한 분위기요, '진진?' 하면 바쁜 분위기다.

① 그런 데 가기 나는 싫어.

② 싫어, 나는 그런 데 가기.

③ 나는 찬성할 수 없네, 그런 데 가는 것.

④ 난 단연 불찬성, 그런 데 가는 건.

얼마든지 다르게 말할 수 있으려니와 ①과 ②는 단어들의 위치만 다르다. ①은 '그런 데 가기' 란 설명부터 나왔고 ②는 '싫어 나는' 하고 의욕과 자기, 즉 주관이 급하다. 아무래도 ②는 주관에 강한 성격으로 표시된다. ③과 ④는 토가 있고 없는 것과 '단연' 이란 단어가 있고 없는 것과, 하나는 '찬성할 수 없네' 라 했는데 하나는 '불찬성' 이라고 한 것이 다르다. 첫째, 토가 있고 없는 것인데, 토가 제대로 달리면 말이 늘어진 만큼 순탄하고, 토가 없으면 급하다. 둘째, '단연' 이란 말인데 이 말은 긍정과 부정을 강조하는 부사다. 소리까지 'ㄴ' 이 포개 놓여 뜻과 함께 어세가 강해진다. 셋째, '찬성할 수 없네' 에서는 '없네' 가 나중에 나와 순탄하고, '불찬성'에는 '불'이 먼저 나와 급하고 더 의욕적이다. ④는 ③보다 훨씬 적극적인 성격의 표현이라 하겠다.

넷째, 암시와 함축이 있게.

아이들은 배가 고프면 곧 "배가 고파." 하고 솔직한 말을 해버린다. 그러나 말 표현에 노련한 어른들은 좀 여유를 가지고 간접적인 말을 쓰는 수가 많다.

"시장하다."
"출출하다."
"속이 쓰리다."

이런 말들은 "배가 고프다."보다는 덜 절실하게 들리기도 하고 어떤 경우에는 더 절박하게 들리기도 한다.

"나는 당신을 사랑합니다."
"나의 사랑하는 어머님이시여."

모두 서양말들을 직역한 말들이다. 조선말로는 호들갑스러워 도리어 진정을 상한다.

"잊지 말구 다시 찾아주시겠습니까?" 묻는 말에, "오구말구요." 하는 대답보다는 "그걸 왜 물으십니까?" 하고 도로 묻는 것으로의 대답이 더 간절하게 오고 싶은 마음의 암시이며 함축일 것이다.

"오구말구요."는 한번에 다 알아듣고 잊어버릴 말이나 "그걸 왜 물으십니까?"는 오래 두고 생각하게 하는 말이요, 생각할수록 그 말의 뜻, 그 말의 마음이 자꾸 우러나는 말일 것이다. 함축이 있어 여운이 있는 말을 많이 알아야 한다.

7. 의음어擬音語, 의태어擬態語와 문장

수수께끼에 "따끔이 속에 빤빤이, 빤빤이 속에 텁텁이, 텁텁이 속에 오도독이가 무어냐?" 하는 것이 있다. 그것은 밤栗을 가리킨 것인데 모두 재미있게 감각어들로 상징되었다. 또 옛날이야기에 이차떡*을 '늘어옴치 레기', 흰떡을 '하야반대기', 술을 '올랑쫄랑이', 꿩을 '꺼-걱 푸드데기' 라고 형용하는 것도 있다. 이런 데서도 우리는 조선말이 감각어에 풍부 함을 아니 느낄 수 없다. 감각은 오관五官을 통해 얻는 의식이다. 시각, 청각, 미각, 취각, 촉각, 이 다섯 군데 신경에 자극되는 현상을 형용하는 말이 놀랄 만큼 풍부하다. 위에서 이미 끌어낸 「유산가」의 1절이나 황진 이의 노래에서 보더라도 청각에서 오는 의음어와 생각에서 오는 의태어 들의 역할이 얼마나 절실한가를 엿보기에 충분하였거니와 현대 문인들 의 작품에서도 이 의음어와 의태어는 소중히 쓰이고 있다.

　　　왓젓 왓적 왓적
　　　언 땅을 녹일 것 같은
　　　힘찬
　　　발자국 소리들

　　　만 사람도 한 사람으로 움직이는

| *인절미.

완전한 통일 속에서
큰 거리로 우리들의 노래를 부르며
행군하는 그대들
모두 다 담벼락 같은 가슴을 내밀고
넘쳐흐르는 힘조차 강철 같은 규율 속에
말 없는 기관총! 기관총 모양
삽시간의 천둥 번개를 머금고
격류와 같이 움직이는 거친 발자국 소리

귀렬된 땅덩이에
줄기차게 내려지는 빗발과 같이
우리의 마음을 흐뭇이 적시는
힘 찬
발자국 발자국 소리들

왓적 왓적 왓적
둑 근 둑 근 둑 근

만 사람의 가슴은
그대들 발자국 소리를 따라
힘차게 뛴다
아 얼마나 기다렸는가! 이날이 오기를…….
                    ―「찬가 ‒ 조선인민군에 드리는 시」 중에서*

---

* 1948년 9월에 발표한 시. 『신문장강화』에는 제목 없이 소개되어 있다. 김재용 편, 『오장환 전집』(실천문학
사, 2002년)에 실려 있다.

오장환*의 인민군대를 노래한 시의 일부이다. 여기서 '왓적 왓적 왓적 둑 근 둑 근 둑 근'은 얼마나 효과적으로 쓰여졌는가!

8. 한자어漢字語와 문장

우리 조선말에는 그 기본적인 말, 오관신경五官神經을 통해 느껴지는 것에 대한 말들은 한자어와 아무 관계없이 생겼지만 글자를 끌어다 형용하기 시작한 문화어文化語**들 속에는 한자어와 관계된 말이 많다.

조선에 있어 한자어는 중국 글자로가 아니라 이미 조선 문자화시켜서 써온 때문이다. 뜻은 그대로 가졌으나 음은 서로 달라져 같은 '한 일一' 자도 중국 음과 조선 음이 다르다. 우리 민족의 발음 조건에 동화시켜서 쓴 것이요, 우리 민족문화와 함께 자라며 생기고 발달한 말들이라 아무리 한자어로 된 말이라도 우리 생활 속에서 쓰이는 발음의 말들은 모두 조선말이요, 조선의 문화인 것이다. 서당書堂도 조선말이요, 학원學院, 학교學校도 조선말이지 꼭 '글방'이나 '배움집'만이 조선말은 아니다. 더구나 '배움집'은 '학교'를 억지로 번안飜案한 말이요, 통용되고 있지 않다. 한문과 관계된 말은 조선말이 아니라고 치는 것은 지나친 일이요, 그렇다고 어려운 한자어를 끌어오지 않고도 표현할 수 있는 말을 허턱 한자어만 즐긴다든지 한자로만 새 술어術語를 만들어내는 것은 더욱 잘못이다.

이미 있는 것을 가지고도 안 쓸 수 없어 '오관五官'이니 '의식意識'이

---

* 1918~1948년. 모더니즘, 서정시, 계급의식 등을 작품에 담았던 시인. 『성벽城壁』 『헌사獻詞』 『병든 서울』 『나 사는 곳』 등이 있다.
** 북한에서 언어 생활의 기준으로 삼기 위해 규범화한 언어. 평양말을 중심으로 제정한 것이다.

니 이렇게 다시 한자를 써넣어 보이는 이중 일을 하지 않는가?

이 이중 일은 무엇으로나 손해다. 이중 일을 빨리 없애자면 한자어의 범위를 훨씬 줄여 쓰는 길밖에 없을 것이다. 그런데 글에서 한자어가 주조主調가 되는 경우와 조선 기본 말들이 주조가 되는 경우와 글의 성격이 아주 딴판이 된다.

> 화담花潭의 학學은 궁리진성窮理盡性* 사색체험思索體驗을 주로 삼아 언어문자로서 발표하기를 좋아 아니하여 그 저술이 매우 적고 상기 수편의 논문이란 것도 극히 간단하여 설說이 미진한 감이 없지 아니하나 그래도 그의 고원高遠한 철학적 사상은 이에 의하여 잘 규지窺知**되고 그 의미로 보아 이들 논문을 수집한 『화담집花潭集』 일책一冊은 오인吾人이 귀중히 여기는 바의 하나이다. 화담의 사상의 대체大體는 이율곡李栗谷의 설파說破함과 같이 송宋의 장횡거張橫渠***류의 사상에 속하되 혹간或間**** 독창의 견見과 자득自得의 묘妙가 없지 아니하며 그 우주와 근본을 들여다보려 함이 비교적 심각하였다.
>
> —이병도*****의 「서화담徐花潭 급及 이연방李坊連에 대한 소고小考」에서

이런 문장에서 한자어들의 정당한 가치를 무시할 수는 없다. 한자어 없이 표현하기에 거의 불가능할 것이다. 그러나 이런 학술 문장은 특수한 것으로 학계에서도 일부 전문가들을 위해 쓰는 글이요 대중적으로 읽

---

* 사물의 이치를 깊이 연구하고 인간의 본성을 다함.
** 엿보아 앎.
*** 1020~1077년. 중국 송나라 때의 사상가. 이름은 재載이고, 세칭 횡거 선생으로 불렸다. 『정몽正蒙』과 『장자어록張子語錄』 등의 저술을 남겼다.
**** 간혹.
***** 1896~1989년. 사학자. 문헌적·비판적 합리성을 전제로 한 고증사학 및 실증주의 사관을 도입, 개척하면서 근대 한국사학의 수립에 큰 기여를 했다. 저서에 『한국사대관』 『한국고대사회와 그 문화』 등이 있다.

히려는 데 목적이 있는 것은 아니다. 그리고 이런 글의 특색은 개념적인 서술이요, 구체적인 묘사는 아니다. 특히 뜻으로 알리기보다 묘사해 보이려는 내용은 되도록 한자어의 술어를 피하는 것이 합리적이다. 논설이라 하더라도 널리 대중적으로 읽혀야 될 글은 전문적인 술어를 될 수 있는 대로 풀어서 쉽게 쓰기를 도모해야 할 것이다.

9. 새말과 외래어外來語와 문장

많은 미술품이 아니라 생활필수품과 같은 것으로, 새말이나 외래어를 쓰는 것은 쓰고 싶기 전에 새말과 외래어의 생활부터가 생기니까 안 쓸 수 없는 것이다. 현대에 있어 남녀를 막론하고 전래傳來의 복장만으로는 실제에 불편하다. 양복으로 차려입고 싶어서 차려입는 사람도 있겠지만 대체로는 시대와 생활에 편리하기 위해 하는 것으로 볼 수밖에 없다. 글에서 새말을 쓰며 외래어를 쓰는 것도 마찬가지다.

소련에서는 이번 파쇼 독일과의 전쟁을 치르고 나서 2만 말에 가까운 새말이 생겼다 한다. 우리도 해방 이후 새로 생긴 말과, 외국말이 조선말 속에 조화되어 들어오는 외래어가 상당한 수효에 이를 것이다. '민전' '주석단' '도당' '군당' '세포' '자비' '견결' '제고' ……. 그리고 토지개혁법령, 노동법령 등 새 법령 속에 딸려 나오는 '현물세' '도급제'와 같이 새말들이 얼마든지 생겨날 것이요, 외래어로 벌써 '메시지' '플래카드' '서클' '스크럼' '모듈' 등등, 일반화되어 많이 쓰이고 있다.

새 조선말이 많이 생기는 것과, 새 외래어가 우리 생활 속에 많이 침투되어 오는 것은, 그것이 일제 말년 때처럼 생활들이 퇴폐하는 면에서가 아니라 민족 생활이 신흥하며 혁신하는 면에서이므로 이는 조선어 자체로도 전설적이요 긍정적인 요긴한 말들을 단번에 다수를 내포하는 역사적으로 가장 빛나는 시기일 것이다. 다만 외래어에 있어서는 부득이한 외에는 외래어를 외래어째 늘리기보다 얼른 새 조선말로 고쳐 조선의 새 말로 늘리는 노력이 필요하다. 일본이 그 유신 때에 있어 외래 문화세력과 함께 밀려드는 외래어에 대한 대책이 없었기 때문에 외래어를 정리도 할 수 없게 되었고 자기 나라 말의 위신도 잃게 되어 나중에는 저희가 만드는 약이나 화장품도 외래어식의 명칭이 아니고는 일반에게 위신이 서지 못하는 곤경에까지 빠졌던 것이다.

글에 있어서 새말을 찾아 쓰는 것은 한때 유행이기보다 그 표현을 정확하고 새롭게 하기 위해 절로 필요한 일이거니와 외래어를 쓰는 것은 역시 부득이한 경우에 한해서만 써야 옳다.

지금 조선의 공장들에는 시급히 정리해야 할 반벙어리 외래어가 허다하게 있다. 원료 이름은 그만두고 생산도구들의 이름이 그 발음이 불완전한 일본식으로 전해진 채 각인각색의 외래어들로 혼돈을 이루고 있다. 빨리 정리되어야 할 것이다.

10. 평어平語, 경어敬語와 문장

나는 원수를 증오하지 않을 수 없었다.
저는 원수를 증오하지 않을 수 없었습니다.

하나는 평어요 하나는 경어다. 평어인 '나는' 이나 '없었다' 는 아무한테나 나오는 말이요 '저는' 이나 '없었습니다' 는 상대자를 존칭하는 정적情的 의식과 상대相對 의식이 준비되어 있다. '나는' 과 '없었다' 는 들떠워

놓고 여러 사람에게 하는 말 같고, '저는'과 '없었습니다'는 어느 한 사람에게만 그의 얼굴을 쳐다보며 하는 말 같다. 평어는 공공연하고 경어는 사적인 어감이다. 그래서 '습니다'로 쓰는 경어 문장은 읽는 사람에게 자기 한 사람만을 위해 쓴 글과 같은 개인적 호의와 친절을 느끼게 한다. 호의와 친절은 내용을 이해시키고 감동시키는 데 빠르다. 그러나 사적이요 개인적인 만큼 널리 대중적으로 주는 박력은 차라리 약할 것이며 또 자칫하면 교언영색巧言令色으로 독자의 비위를 맞추려는 것 같은 인상도 주기 쉽다. 간곡한 심정에서 독자를 정적으로 움직일 필요가 없는 내용이면 꼭 경어가 필요치 않다.

11. 일체 용어用語와 문장

전래어傳來語든 새말이든 외래어든 문장은 일체의 말로 짜지는 직물織物이다. 아무리 좋은 내용이라도 말을 잘 쓰고 못 쓴 것으로 비단이 되고 무명이 되고 한다. 말에 대한 기본적인 인식과 세련이 없이 대뜸 비단 문장을 짜지 못할 것이다. 말에 대한 인식으로는 무엇보다 먼저 유일어唯一語의 존재를 알아야 한다.

첫째, 유일어를 찾을 것.

"한 가지 생각을 표현하는 데는 오직 한 가지 말밖에 없다."라고 한 플로베르의 말은 너무나 유명하거니와 그에게서 배운 모파상도

"우리가 말하려는 것이 무엇이든 그것을 표현하는 데는 한 말밖에 없다. 그런 것을 살리기 위해서는 한 동사밖에 없고 그것을 드러내기 위해서는 한 형용사밖에 없다. 그러니까 그 한 말, 그 한 동사, 그 한 형용사를 찾아내야 한다. 그 찾는 곤란을 피하고 아무런 말이나 갖다 대용함으

로써 만족하거나 비슷한 말로 맞추어버린다든지 하는 그런 말의 요술을 부려서는 안 된다."라고 하였다.

명사든 동사든 형용사든 오직 한 가지 말, 유일한 말, 다시 없는 말, 그런 말은 그 뜻에 가장 적합한 말을 가리킴이다. 가령 비가 오는 동사에도

비가 온다.
비가 뿌린다.
비가 내린다.
비가 쏟아진다.
비가 퍼붓는다.

가 모두 다르고, 달이 밝은 형용에도

달이 밝다.
달이 밝단-하다.
달이 훤-하다.
달이 환-하다.

가 모두 다르다. 달이 보이고 쨍쨍하게 밝은 데서는 '밝다'나 '밝단'인데 그중에도 '밝단'이 더 쨍쨍한 것을 가리킴일 것이요, 달은 보이지 않고 빛만 보이는 데서는 '훤-'이나 '환-'인데 그중에도 '훤-'이라 하면 멀리 보는 느낌이요, '환-'이라 하면 가까이 미닫이나 벽 위에 어린 빛을 가리키는 말이다.

둘째, 밑천이 풍부해야 할 것.

유일어란 기중 골라진 말, 최후로 선정된 말임에 틀림없다. 선택이란

만취일수萬取一收, 많은 속에서 하나 거둠을 의미함이니, 먼저 밑천을 풍부하게 알아놓고야 다시는 있을 수 없는, 가장 적당한 말을 골라낼 것이다. '밝다'와 '밝단-' 둘밖에 모른다면 이 사람은 달이 아직 솟지는 않고 멀리 산머리에 은은히 빛만 트인 것을 보고도 '밝다' 아니면 '밝단-'으로밖에 형용 못할 것이 아닌가? 그러니까 저 아는 범위 안에서 하나를 택하기만 했다고 그것이 유일어의 가치가 발휘되는 것은 아니다. 비슷한 말은 있는 대로 전부를 모아놓고 그중에서 하나를 택하는 데만 유일어의 의의가 있는 것이다.

말 밑천을 늘리는 길은 많이 듣고 많이 읽는 길이다. 그런데 해방 이후로 조선말 생활에서 귀가 틔며 조선말 교육 속에서 사물의 사고를 조선말로 하며 자라는 사이, 사람들은 따로 노력하지 않아도 기초적인 조선말 밑천은 절로 생길 것이나, 생활로나 교육으로나 온전한 조선말 기초가 없는 사람들은 특별한 노력으로 글의 밑천인 말 밑천을 급속히 장만하지 않으면 안 될 것이다. 많이 듣고 많이 읽되 유심히 들어두고 유심히 읽어 자기 것으로 소유해야 할 것이다.

셋째, 자기의 창조적 노력이 있을 것.

"퍽 그리워."
"몹시 그리워."
"못 견디게 그리워."

퍽, 몹시, 못 견디게, 흔히들 '그리워'를 강조하는 데 쓰는 말이다. 아무나 쓰는 말이다. 그리움에 타는 지금 내 속을 처음으로 형용해볼 무슨 새로운 말은 없을까? 내 불붙는 듯하는 그리움을, 나로서는 처음 느끼는 나만 당하는 것 같은 이 아쉬움을 형용함에는 남들이 이미 써오던 말은 싫다. 무슨 새말은 없을까?

봄가을 없이 밤마다 돋는 달도
예전엔 미처 몰랐어요

이렇게 사뭇차게 그리울 줄도
예전엔 미처 몰랐어요

달이 암만 밝아도 쳐다볼 줄은
예전엔 미처 몰랐어요

이제금 저 달이 설움인 줄은
예전엔 미처 몰랐어요

　　　　　　　　—김소월*의 시「예전엔 미처 몰랐어요」

　소월은 '사뭇차게'라 했다. 힘차고 새롭다. 이 '사뭇차게'는 소월의 시에서 그리움을 강조하는 최고급의 부사로서 새 기원을 가지고, 표어에서 영원히 애용되어 나갈 것이다. '이제금'도 민요풍정民謠風情을 일으키는 훌륭한 새말이다.

　세월은 유수流水같이…….
　광음光陰**이 살같이 지나…….

＊1902~1934년. 시인. 본명은 정식廷湜이다. 김안서의 영향으로 시단에 등장하여 민요적인 서정시에 천재적인 재질을 보였으나 요절하였다. 시집으로 『진달래꽃』『소월시집』등이 있다.
＊＊햇빛과 그늘, 즉 낮과 밤이라는 뜻으로 시간이나 세월을 이르는 말.

진리는 의연하되 얼마나 케케묵은 형용인가? 귀에 배고 절어서 도리어 거짓말 같다. 남이 이미 자기 것으로 써놓은 형용을 그대로 모방만 할 것이 아니라 그 사람이 '유수같이' '살같이'를 발견했듯이 자기도 새 발견을 하도록 노력할 필요가 있는 것이다. 어떤 이는 옥수수 밭 형용을

옥수수 밭은 일대 관병식觀兵式*입니다. 바람이 불면 갑주甲胄** 부딪는 소리가 우수수 납니다.

—이상의 『산촌여정山村餘情』 중에서

하였고 어떤 이는

마스트 끝에 붉은 기가 하늘보다 곱다.
감람甘藍*** 포기포기 솟아오르듯 무성한 물이랑이여!

—정지용의 시 「다시 해협」 중에서

하여 탐스런 물결이 갈피져 솟는 바다를 '포기포기 무성한 감람 밭'으로 형용하였다.

좋은 글을 쓰려는 노력은 좋은 말을 쓰려는 노력이다. 생활은 자꾸 새로워지고 있다. 말은 자꾸 낡아지고 있다. 말과 그 이미 있는 형용은 영구히 헌 것, 부족한 것으로 존재한다. 글 쓰는 사람은 이미 존재한 말과 형용에 만족해서는 안 되는 끊임없는 새말, 새 형용의 탐구자라야 한다.

보편성이 있어 대중적으로 쓰일 수만 있는 것이면 누구의 발견, 누구

* 지휘관이 군대를 정렬시키는 일.
** 갑옷과 투구.
*** 양배추.

71

의 가공, 누구의 창작이든, 민중은 따른다. '느낌'이란 말도 근년에 누가 쓰기 시작해 퍼진 말이요, 지금 일반적으로 쓰는 '것이다' '하였다'의 토도 '니라' '도다'에 불만을 가진 누구의 발견일 것이다. '거니와'도 '였지만'에 단조로움을 느껴 새로 퍼진 토이며 '하게끔'도 '하도록'만으로 성이 차지 않아 요즘 새로 쓰이고 있다. 조선 글은 어휘는 풍부하면서도 토가 없는 한문맥漢文脈의 영향을 받아 토가 발달되지 못했다. 언문일치言文一致의 새 글이 일어나며 첫 번째로 고민한 것도 이 토였음이 틀리지 않을 것이다.

아무튼 말은 의식주보다도 대중 전체가 공동 사용하는 최대의 문화다. 이 '최대 문화'의 발전을 위해 기여할 사람들은 누구보다도 글 쓰는 사람이다.

제 3 강

운문韻文과
산문散文

1. 운문과 산문은 다른 것

글을 쓸 때, 흔히 쓰는 데를 중얼거려보며 소리 내어 읽어본다. 이것은 부지중에 다음 말을 찾으려는 노력이며, 문체를 다듬는 노력인 것이다. 이 노력이 필요하기도 하나 자칫하면 글을 망치는 위험이기도 한 것이다. 자꾸 소리 내어 읽으며 찾고 다듬다가는 글의 음조音調를 유창히 하는 데만 쏠리고 뜻을 정확하고 예리하게 나타내는 데 둔하기 쉽기 때문이다.

글자는 눈으로 보기만 하는 부호가 아니라 입으로 읽을 수 있는 음향을 가졌다. 악기와 같이 음향이 나는 것을 이용하면 뜻만 아니라 정서를 음악적으로 표현할 수 있게 되었다. 그래서 글은 대체로 음향과 장단을 주로 하는 것과 뜻을 주로 하는 것으로 분화되었다. 음향과 장단을, 즉 음조를 효과적이게 하는 글을 운문韻文이라 하고, 뜻만을 주로 하는 글을 산문散文이라 일러, 이 운문과 산문이 본질적으로 달라져 있다. 이 다름을 미처 의식하지 못하고 운문도 아니요 산문도 아닌 글을 써서 그 표현 효과를 철저히 하지 못하는 글을 많이 보므로 여기에 운문과 산문이 다름을 대강 밝히려 한다.

2. 운문韻文

> 창 안에 혔는 촉불 눌과 리별하였관대
> 겉으로 눈물지고 속 타는 줄 모르는고
> 그 촉불 날과 같아여 속 타는 줄 모르더라
>
> —이개*의 시조

이 글은 운문이다. 곡조를 붙여 노래할 수 있거나 일정한 곡조는 붙이지 않더라도 소리 내어 읊을 수 있어서, 소리 없이 읽기보다 소리 내어 노래하거나 읊어서 더 효과적이게 되었다. 이런 것이 운문이다. 운문은 뜻을 알릴 뿐 아니라 어떤 계획적인 음조가 일어나서 읽는 사람에게 절로 음악적 감흥을 돋우는 것이다.

창안에 혔는촉불 눌과리별 하였관대
　3　　　4　　　4　　　4

에는 벌써 음향 장단에 계획적인 데가 있다. '창 안에 컨 촛불은 누구와 이별을 해서'란 뜻만 담겨 있는 것이 아니라, 3 · 4, 4 · 4조의 장단, 즉 한 형태의 율격律格이 나온다. 뜻만 아니라 음악적인 일면을 가지고 있다. 이 음악적인 일면이 나타나지 않게 이렇게 고쳐보라.

창 안에 컨 촛불은 누구와 이별을 해서 겉으로 눈물을 흘리며 속은 타는 줄 모르는 것일까. 저 촛불은 나처럼 속이 타는 줄 모르고 있다.

---

* 1417~1456년. 조선 시대의 충신. 사육신 중의 한 명으로 단종의 복위를 꾀하다가 처형당하였다. 시문詩文에 뛰어났으며, 이 시도 단종에 대한 충절을 읊은 것이다.

운문으로서의 맛은 아주 없어지고 마는 것이요, 뜻은 그대로 있더라도 이런 내용의 글로는 맛이 반 이상 없어지고 만다. 그러면 이 글의 반 이상의 것을 살리고 죽이고 하는 것은 음악적인 일면, 즉 음향 장단(리듬)에 있음을 알 수 있다. 운문은 리듬이 절대적인 역할을 하고 있는 것이다. 먼저 유쾌하거나 비통하거나 장중하거나 그 뜻에 맞는 리듬을 타고 나타난다. 어떤 학자는 "산문은 도보徒步요 운문은 무도舞蹈라."* 하였다. 도보는 볼일이 있어서 걷는 걸음이다. 실용적인 행동이다. 춤은 볼일을 보는 실용적인 행동은 아니다. 흥에 겨워야 절로 추어지는 것이니, 유쾌함이든 비통이든 장중이든 흥취와 감격이 먼저 솟고야 나타날 수 있는 행동이다. 운문은 먼저 리듬의 형식이 없이는 쓸 수 없는 글이다.

영웅전(1)

저기가 바로 어젯밤
대장을 작별하던 곳이다
개울과 들과
산과 숲이여
흰 구름 떠가는 푸른 하늘이여

나는 스물한 해 동안
아무데도 가지 않고
여기서 자라고 여기서 커서

| *프랑스의 철학자이자 평론가인 알랭Alain의 『산문론』에서.

인제 가서
돌아오지 아니할
'고랑리' 투표소로 간다

내 가슴엔 불씨가 들은
조그만 수류탄이 있고
그보다 더 큰 불길이 타는
붉은 마음이 있고

아 눈물과 더불어 우리 대장이
나에게 주던
조국의 신성한 명령이 들어 있다

물소리와
미풍에 흔들리는 이삭 소리와
참을 수 없이 좋은 들 냄새 풍겨오는
나의 마음의 아침 하늘이여

모래알마다에
나의 발길이 찍혀 있는
고향 길이여

아 조국의 원수들이
나라를 팔려는 저잣거리에
망국단선이 파탄하는 폭음이 일어나고

우리의 피가 조국의 땅을 붉게 물들일 때

고향이여 한층 더
아름다워라

저기가 바로 어젯밤
대장을 작별하던 곳이다

—임화의 시

한번 읽어보면 다시 읽어보고 싶어진다. 다시 읽어볼수록 어떤 독특한 리듬이 나온다. 일정한 형태가 아닌 자유시이나, 통일된 한 리듬이 나서면서 그 리듬이 내용을 더 힘차게 다져줌을 느낄 수 있다.

이렇게 뜻만이 아니라, 리듬으로써 그 뜻의 아름다운, 즐거운, 슬픈, 장중한, 힘찬, 경쾌한, 엄숙한, 여러 가지 정서를 북돋아주는 글은 운문인 것이다. 자기가 표현하고 싶은 것을 뜻만으로 알릴 것인지, 음악적 리듬을 통해서 알릴 것인지, 먼저 그것을 가려서 철저히 운문에 입각하거나 철저히 산문에 입각하거나 해서 표현할 것이다. 다시 말하거니와 극단의 예를 들면, 운문은 먼저 있는 곡조에 가사를 맞추어 짓는 것과 흡사하다. 아무리 창가처럼 부르기 위주인 것은 아니라도 운문은 읊을 수는 있어야 할 것이니, 자기가 표현하려는 내용과 함께 리듬을 가져야 하는 것이다.

3. 산문散文

산문은 쉽게 말하면 줄글이다. 운문은 구절을 끊어 딴 줄을 잡는 데서 그 줄과 줄 사이에 여러 말이 있을 것을 생략하고 비약해나가지만, 산문은 뜻을 생략하기 위해 구절을 끊는 법은 별로 없다. 호흡에도 음조에도 아무 구속 없이 뜻이 충분히 드러날 때까지 줄글로 써내려간다. 운문은 노래하듯 쓰는 글이라면 산문은 말하듯, 찬찬히 말하듯 쓰는 글이다.

"재밭에는 과목이요 터알에는 논이로다." 하면 노래하듯 쓴 것이요, 즉 운문이요, "언덕 밭에는 과수를 심고 터알 밭은 논으로 풀었다." 하면 말하듯 쓴 글, 즉 산문이다. 발표하려는 뜻에 충실할 뿐, 결코 음조에 관심할 필요가 없다. 관심할 필요가 없다는 것보다 "산문이란 오직 뜻에 충실하다."는 의식을 갖지 않으면 어느 틈에 음조에 관심을 갖고 만다. 글을 쓸 때는 누구나 속으로 중얼거려 읽으며 쓴다. 소리 내어 읽으며 쓰다가는 낭독하기 좋도록 음조를 다듬게 된다. 산문이라고 절대로 음조에 무관심해야만 되고 그래야 좋은 산문이란 것은 아니나, 요령 없이 음조를 다듬는 데만 몰두하다가는 그만 '뜻에만 충실'을 지키지 못하기 쉽기 때문이다.

춘향이 집 당도하니 월색은 방롱方濃*하고 송죽松竹은 은은한데 취병翠屏** 튼 난간欄干 하에 백두루미 당거워요 거울 같은 연못 속에 대접 같은 금붕어와 들쭉, 측백, 잣나무요 포도, 다래, 으름덩굴 휘휘친친 얼크러져 청풍清風이 불 때마다 흔들흔들 춤을 춘다. 화계상花階上 올라보니 동백, 춘백, 영산홍, 모란, 작약, 월계화, 란초, 지초, 파초, 비자, 동매, 춘매,

---

* 바야흐로 짙어 감.
** 꽃나무 가지를 휘어서 문이나 병풍 모양으로 만든 물건.

홍국, 백국, 유자, 감자, 능금, 사과, 복숭아, 황실, 청실, 앵두, 온갖 화초 갖은 과목 층층이 심었는데…….*

『춘향전』의 일절인바 대체로 3·4조, 4·4조의 글이다. 뜻에 충실하지 않고 음조에만 붙잡혀 낭독하기에는 흥취가 나게 되었으나, 뜻에는 거짓이 많아졌다. 이런 글은 산문인 소설이 아니요, 운문인 서사시敍事詩라 할 것이다.

운문이라 해서 거짓이 있어도 괜찮은 것은 결코 아니다. 일개 기생의 집이 정원을 이처럼 굉장히 차렸을 리도 없거니와, 풍토, 기후를 가리지 않고 유명한 나무, 유명한 화초, 유명한 실과는 모조리 주워섬겼다. 목청 돋우어 흥겹게 읽히도록 낭독조만 내다가 이런 허황한 내용이 되어버렸을 것이다.

다락에는 '제일강산'이라 '부벽루'라, 빛 낡은 편액篇額**들이 걸려 있을 뿐 새 한 마리 앉아 있지 않았다. 고요한 그 속을 들어서기가 그림이나 찢는 것 같아, 현은 축대 아래로만 어정거리며 다락을 우러러본다. 질 펴하게 굵은 기둥들, 힘 내닫는 대로 밀어 던진 첨차***와 촛가지들****, 리조李朝의 문물다운 우직한 순정이 군데군데서 구수하게 풍겨 나온다.

다락에 비겨 대동강은 너머나 차다. 물이 아니라 수정 같은 것이, 부벽루에서도 한 뽐처럼 들여다보인다. 푸르기는 하면서도 바닥에서 마름(수초水草)의 포기포기 흐늘거리는 것, 조약돌 사이사이가 미꾸라지라도 한 마리 엎디었기만 하면 숨 쉬는 것까지 보일 듯싶다. 물은 흐르나 소리 없

---

* 『춘향전』「옥중화獄中花」 중에서.
** 종이, 비단, 널빤지 따위에 그림을 그리거나 글씨를 써서 방 안이나 문 위에 걸어놓는 액자.
*** 삼포三包 이상의 집에 있는 꾸밈새. 초제공, 이제공 따위의 가운데에 어긋나게 맞추어 짠다.
**** 초제공, 이제공 따위에 쑥쑥 내민 쇠서받침. 포包.

다. 소리 없는 물은 수도국 다리를 빠져, 청류벽을 돌아, 비단필이 활짝 펼쳐지듯, 질펀하게 깔려나갔는데 하늘과 강은 끝이 한 가지로 장밋빛 저녁놀에 물들어버렸다. 연광정 앞으로부터 까뭇까뭇 널려 있는 매생이와 수상선들 하나도 움직여 보이지 않는다. 끝없는 대동벌에 점점이 놓인 구릉丘陵들과 함께 자못 유구하다.

—필자의 단편 「패강냉」에서

음조에 구속되지 않고 뜻, 부벽루에 올라 다락과 대동강에 받는 인상을 전하기에만 충실해 쓴 글이다.

산문이라고 해서 소리 내어 읽기에 거북한 것이 특색이란 것은 아니다. 같은 값이면 뜻도 예리하게 나오고 읽기도 유창하면 그것이 더 좋은 것임엔 틀림없다. 그러나 이것은 글 쓰는 데 능숙해진 뒤의 일이요, 처음부터 두 가지에 다 관심을 돌리기 어려울 뿐더러 첫 솜씨로 음조를 다듬는 데 정신이 팔리다가는 뜻을 소홀히 하기 쉬우므로 차라리 "산문이란 오직 뜻에 충실하다."는 철칙을 엄수하는 편이 유리한 것이다.

제**4**강 │ 각종 문장의
         요령要領

1. 일기日記

일기는 그날 하루 생활에서 보고, 듣고, 느끼고, 생각하고, 처리한 일들 중에 중요한 것을 다듬어 적어두는 사생활기私生活記다.

누구나 '그날'이 있고 '그날 하루의 생활'이 있다. '그날'은 자기 일생의 하루요, '그날 하루의 생활'은 내일의 기초이며 자기 전 생애의 한 고리다. 행복했거나 불행했거나 '그날'을 빼어버리지는 못하는 만큼, '그날'이 언제 어느 날이든 자기에게 무의미할 수 없다. 하물며 기뻐 잊어버리기 아까운 날이거나, 슬퍼서 인생과 사회에 대한 심각한 현실을 체험하는 날에 있어서랴. 어떤 뜻 깊은 날은 곧잘 사진을 찍어 기념한다. 그러나 사진으로 남길 수 없는 무형한 사실 속에도 아주 망각해버리기 아까운 일이 얼마든지 있다. 불의를 보고 의분을 견디지 못하는 것도 무형한 정의감 속에서요, 진리를 찾아 세계관을 확립하는 사상적 열락悅樂도 사진 찍을 수 없는 사유思惟의 세계에서다. 누구나 그날그날의 물질적, 정신적 생활 속에서, 없어서는 안 될 값있는 경험을 기록하는 글이 '일기'다. 보고 듣고 느낀 것 가운데서, 또 생각하고 행동한 것 가운데서, 중요한 것을 적어두는 것은, 그것이 형태가 있는 것이나 없는 것이나 모조리 글로 찍어두는 훌륭한 생활의 앨범일 것이다.

그러나 일기는 사진의 앨범과 같이 과거를 기념하는 데만 치우치지 않는다. 과거보다는 오히려 장래를 위해 더 의의가 크다.

첫째, 수양이 된다. 그날그날 자기의 한 일을 가치를 붙여 생각하게 된 것이니 자기를 반성하여 사상적으로 성장하는 날마다의 기회가 되고, 사무적으로도 정리와 청산이 된다.

둘째, 글 짓는 공부가 된다.

"오늘은 여러 날 만에 날이 들었다. 아침에 집을 나설 때, 유쾌했던 기분은 공장의 기계들보다 내 몸부터가 다른 날 몇 배의 능률이 날 것 같았다."

이렇게만 쓰는 경우라도 우선 생각을 다듬어 글자로 표현하는 노력을 거쳐서 된 것이다. 생각하는 것이 이내 곬이 서서 쉽게 글로 써내는 습관만 생기면 '글을 쓴다'는 데 새삼스럽거나, 겁나거나 하지 않는다. 더구나 일기는 남에게 보이려는 것이 목적이 아니기 때문에 쓰는 데 좀 더 자유스럽고 자연스러울 수 있다. 글 쓰는 것이 어렵다거나 남에게 약점을 잡힐까봐 받는 압박이 없이 글 쓰는 공부가 된다.

셋째, 관찰력과 사고력이 날카로워진다. 듣고 본 바에서 중요한 것을 가려내자면 먼저 어떤 사물이든 가늠을 잡아 저울질해봐야 될 것이다. 경중과 시비곡직을 가려 비판하는 힘이 길러질 것이요, 관찰과 사고가 치밀하기만 하면, 만물을 정관靜觀만 하면, 개자득皆自得*한다는 격으로 천사만물의 진상과 깊은 뜻을 투시할 수 있을 것이다. 일기는 훌륭한 '인생 자습'이라 할 수 있다.

×월 ×일(금)

집을 나서 보니 엄청나게 온 눈이다. 발목이 푹푹 빠졌다. 이 눈이 다 녹아 철도 침목들이 제대로 드러나자면 사흘은 걸리지 않을까? 그동안

| * 만물을 조용히 지켜보면 모두 스스로 얻게 된다는 뜻.

조차작업操車作業*을 어떻게 하나? 나는 이마부터 찡그리며 공장 구내에 들어서 전에 눈 왔을 때 보지 못하던 광경이 눈에 띄었다. 그것은 요즘 조차작업을 도와주러 온 소련군인 와샤와, 기관차 수리를 도와주러 온 콜긴이 기다란 널빤지를 레일 위에 놓고 밀고 다니며 눈을 치우고 있는 것이었다. 벌써 눈 치워놓은 것을 보아 그들은 이미 한 시간 일은 하고 난 뒤였다. 그들은 나처럼 눈 온 것을 원망하는 빛도 없이 늘 하던 모양대로 벙실벙실 웃는 얼굴과 몸을 사리지 않는 태도로 일하고 있었다. 나는 이렇게 무안해본 적은 없다. 이들이 작업 시간 전에 와서, 작업 시간에는 원작업을 곧 착수할 수 있게 준비해주지 않았다면 오늘 계획의 조차작업에는 반드시 지장이 있었을 것이다. 인민경제계획의 완수는 작업 시간에서만 아니라 언제나 한때도 마음에 잊어서는 안 되리라는 것을 나만이 아니라 모든 동무들이 오늘 절실히 느꼈다. 나는 며칠 전에도 이 와샤 동무에게 감탄한 것이 있다. 그는 이 조차장에 온 지 2, 3일에 이 조차장 일을 눈을 감고도 행하니 알고 조차계획을 물 샐 틈 없이 하는 데 놀랐다. 나중에 알고 보니, 그는 이 조차장의 십여 측선側線들을 그 장단과 전철점들을 노트에 그려 가지고 있었다. 나는 이만 생각을 왜 진작 못하였던가? 우리는 소련 동무들에게서 기술도 배우려니와 먼저 그들의 일에 대한 성실한 태도, 사업 작풍부터 배워야 할 것을 절실히 느꼈다. 남의 일을 월급이나 받고 마지못해 하던 태도가 아직 우리에겐 남아 있다. 어서 이 노예노동자의 잔재를 떨어버려야 한다!

어떤 철도 공장 노동자의 일기다. 그 자신이 성장해나가는, 기념할 만한 하루의 기록이다. 첫머리에 '나'라는 자기 표시가 없이 쓰기 시작

* 열차를 편성하거나 다른 선로에 넣거나 나누거나 하는 일.

했다. 일기에서는 그것이 더 주인공과 직접적인 실감을 준다.

×월 ×일(수)

집에서 돈이 왔다. 시간이 늦어 찾지는 못하고 돈표로 주인에게 식비를 갚았다. 거슬러 받은 것이 120원. 이제 신문 값을 내면 양말 한 켤레 사 신기가 빠듯하겠다. 곧, '집의 돈 받았습니다' 하고 답장 써 부치다.

어느 학생의 하루 일기로 순전히 사무적인 내용이다. 무엇을 내면적으로 생각하고 어떤 감상을 체득한 기록이 아니라 집에서 돈 온 것 처리한 것과 편지 답장한 것뿐이다. 생활의 외면적인 기록이어서 제삼자가 읽을 재미는 없다. 그러나 일기로는 역시 사무적인 것도 필요한 것은 물론이다.

×월 ×일(토)

오늘도 나는 겨드랑에서 체온기를 꺼낼 때, 마음이 조마조마하였다. 벌써 4, 5일을 내리 두고 단 1도의 미열이 나를 안타깝게 군 것이다. 그러나 오늘은 다행히도 고 1도의 열이 수은주 위에서 자취를 감추고 말았다. 나는 묶였던 사슬에서 풀리듯 얼른 알코올 솜으로 손을 닦고, 날 듯한 기분으로 마당에 나왔다. 마당에는 그새 봄이 늦은 봄이 되어 있었다. 모란은 이울고* 불두화佛頭花**가 싱싱하게 피기 시작한다. 나는 흙내 훈훈한 향기로운 공기를 마음껏 들이마시며 푸른 하늘을 쳐다보았다. 하늘도 새로 보는 호수처럼 신기했다. 아직 쇠약한 눈이라 현기가 나서 나는 오래 마당을 거닐지 못하고 도로 방으로 들어와 눕고 말았다.

* 꽃이나 잎이 시들다.
** 인동과의 백당나무의 한 품종. 주로 절에서 관상용으로 재배한다.

이번 20여 일 앓는 동안 나는 잊어버렸던 여러 예전 동무들을 생각해 냈다. 그들 속에서는 내 편에서 야속하다기보다, 저 편에서 나의 무심했음을 야속케 알 동무가 더 많았다. 나는 좀 더 건강해지면 우선 동무들에게 편지부터 쓰리라.

내가 기쁘고 건강할 때는 잊었다가 내가 아프고, 약한 때는 생각나는 사람들, 그리운 사람들, 그들은 이미 무엇으로나 나에게 고마웠던 사람들임에 틀림없을 것이다. 고마운 사람들을 잊어버리고 지내는 생활, 그것은 그리 좋은 생활이었을 리 없다.

어느 동무에게고, 나 자신도 그들이 아프거나 고요한 때 생각나는 사람이 되어 있을까? 알고 싶은 일이다. 나도 무엇으로나 남에게 고마운 사람이 되어야 한다.

어느 앓다가 회복기에 있는 사람의 일기다. 누구에게나 동감되는 데가 있다. 이렇게 내성적인 생활이 많이 기록되는 것도 일기의 한 특징일 것이다.

1948년 8월 25일(수)

내가 잠을 깨었을 때는 새벽 세 시였다. 통행시간 해제가 다섯 시인 것만 생각하고 다시 눈을 붙인 것이 너무 고지식했었다. 밖에서 왁자지껄하는 소리에 놀라 깨니 아직 다섯 시는 못 되었어도, 벌써 떼를 이루어 선거장으로 가는 군중이었다. 선거장에 제일착으로 들어서려던 꿈은 나 하나만이 아니었고, 그중에는 나보다 더 열성자들이 그렇게 많았던 것이다! 눈곱도 미처 떨지 못하고 뛰어가니 벌써 유권자들의 행렬은 장사진을 이루고 있었다.

아무튼, 나는 이날 눈을 뜨는 길로 무슨 일보다 먼저 선거장에 나가 투표부터 하였다. 잊을 수 없는 기쁨이다! 나이 삼십이 넘어 비로소 권리 있는 사람 노릇을 한 것이다. 삼십 아니라 칠십, 팔십을 산 로인이라도 오늘 이 투표로 말미암아, 그는 비로소 사람으로 가장 높고 신성한 권리이며 나라 있는 국민으로 첫째 되는 권리를 행사한 것이리라.

우리 손으로 선거하는 이 최고인민회의! 우리나라의 모든 것, 정부와 모든 법령이 이제 여기서 탄생될 것이다. 즉 우리 인민들의 손으로 나라를 세우는 것이다. 이야말로 누구에게 있어서나 진정한 우리나라인 것이다. 그전에는 한 제왕의 나라를, 인민들은 노예적 강제 밑에서 '우리나라'라 했고 소수 특권계급들만 투표하는 나라를 인민들은 아무 권리도 없으면서 '우리나라'라 했다. 그것은 말로만 '우리나라'요, 실제로 인민들에게는 명예나 리익은커녕, 반대로 모멸과 손실만 있던 가짜 '우리나라' 였던 것이다.

오늘 조선 인민들은 너나없이 모두 평등한 권리로 투표하였다. 삼천만 우리 민족은 오늘 처음으로 제 나라를 위해 투표해보았다. 국민 전체가 투표해서 되는 나라, 이 나라는 국민 전체가 잘사는 나라가 됨에 틀리지 않을 것이다!

오! 어서 탄생되어 어서 부강하게 크거라! 우리 조선민주주의인민공화국이여!

어떤 인민의 선거날 일기다. 이날 자기의 기쁨과 감격을 가장 뜻 깊은 곳을 찾아 정리해놓았다. 막연히 떠들썩한 기분으로 지내버림보다 이만큼이라도 정리해 기록을 남기는 속에서는, 그 자신이 정치적으로 일단의 성장을 가지는 것이다.

① 일기日記와 기상氣象

누구나 그날 하루 기분에 날씨의 영향을 받는 수가 많다. 더구나 조선처럼 춘하추동 네 계절이 분명히 오고가는 데서는, 기상의 변화가 생활 속에 예리한 감촉으로 미쳐온다. 그냥 청晴, 담曇, 소우小雨, 이렇게 표만 할 것이 아니라, 좀 더 음미해서 인상적이게 쓰는 것은 자연을 이해하는 지식도 되고, 자연을 친하는 취미도 되고, 자연을 묘사하는 글공부의 기초도 될 것이다.

② 일기와 사건

하루 세끼 밥을 먹듯, 으레 있는 일, 학생이면 학교에 가는 것, 노동자나 사무원이면 직장에 가는 것 같은, 정해놓고 있는 일은 사건이랄 수 없다. 작든 크든 날마다 으레 있는 일이 아닌 일이라야 사건이다. 날마다 있는 일이 아니니까 주의하게 되고 주의하니까 가치와 의의를 붙여 생각하게 되고 가치와 의의를 붙여 생각하게 되니까 그 사건을 사회와 시대에 결부시켜 생각하게 된다. 무슨 사건이든 비판 의식이 없이 기록하기만 하는 것은 무의미하다. 일기는 누구에게나 자기의 사상을 길러나가는 보금자리가 된다.

③ 일기와 감상

누구에게 있어서나 생활처럼 절실한 것은 없다. 절실한 생활이니까 생활에서 얻는 감상은 부질없는 것이 적을 것이다. 공연히 꾸밀 필요가 없다. 돌을 지나치게 다듬으면 돌의 무게와 굳셈이 없어 보이듯 워낙 자체가 절실한 것은 지나치게 다듬으면 도리어 약해진다. 소박하게, 솔직하게, 적는 데 일기의 생활기록다운 특징이 있을 것이다.

④ 일기와 서정抒情

거리에 달려 나가 소리쳐 자랑하고 싶은 정열, 그러나 혼자 진득이 지니고 있어야 할 기쁨, 그런 반면에 그런 슬픔 또한 없지 않다. 일기는 누구에게 보고하는 글이 아니니까 원인이나 동기를 설명해 적을 필요는 없다. 마음에 파문을 일으켜준 그 사태, 그 물정을 묘사하면 그 사물의 그늘 속에 자기의 정서가 절로 깃들어 보존될 것이다.

⑤ 일기와 관찰

일기는 생활기록이라, 관찰의 범위가 대개 자기 신변에 국한되는 수가 많다. 신변이라 하면 좁은 듯하나 그것도 자기라는 한 생활자의 생활 범위에 따라 결정될 것이다. 일기는 자기 체험이 아닌, 자기 생활이 아닌 데서 가져올 수 없는 것이니, 무슨 글보다 '자기'에 제한되는 것이 이 일기다. 그러므로 자기의 한계 있는 생활 속에서 되도록 다채롭고 풍부한 기록을 하자면, 예리한 관찰과 사색으로 그 한계선을 뚫고 나아가는 길밖에 없을 것이다. 오동잎 하나가 떨어지는 것을 보고, 천하에 가을이 왔음을 아는 것도 관찰의 묘한 경지일 것이며, 천만 사람과 한 마당에 섰다 돌아오되, 시대를 예견하는 황홀에서 남다른 감격을 체득하는 것도 관찰에서 오는 차이일 것이다. 아주 적게, 꽃씨 하나를 묻고 그것이 싹터 나오고 자라는 것을 들여다보는 것도 일기에서나 맛볼 수 있는 유일의 미美일 것이다.

⑥ 일기와 사교

누가 찾아온 것, 누구를 찾아간 것, 편지를 보낸 것, 편지를 받은 것, 누구와 무슨 약속이 있는 것, 모두 당장에는 별로 대단치 않은 일 같으나 뒷날에 요긴하며 읽을 재미도 있다. 처음 만난 사람의 인상을 적어보는 것은 사람을 이해하는 공부이며 글 짓는 공부의 훌륭한 하나다.

2. 편지

편지는 하고 싶은 말이 있는 사람에게, 만날 수 없어 글로 써 보내는 것이다.

조선에서처럼 편지를 어렵게 쓰고 까다롭게 여긴 데는 동서고금에 드물 것이다. 자기 말과 자기 글이 있되, 자기 말과 자기 글로 쓰는 것은 유치한 사람들이나 할 것으로 돌려놓고 체면을 본다는 사람들끼리는 으레 한문으로만 썼다. 한문은 조선말이 되어버린 얼마의 단어 외에는 전적으로 외국 글자요, 외국 문장이다. 외국 글이요, 외국 문장인 중에도 러시아어나 영어의 글자처럼 단순한 표음문자表音文字가 아니요, 글자 하나마다 뜻을 가졌고, 어떤 글자는 한 자가 두세 가지 뜻을 가진, 복잡한 표의문자表意文字인 한문은, 그 한문 나라 사람들로도 수십 년을 공부하지 않고는 편지 한 장 마음대로 못 쓰는 것이다. 서양에는, 무엇이나 알아내기 어려운 것을 "이건 중국 문자다!" 하는 속담까지 있다. 하필 조선에 이런 어려운 글자가 들어와 행세하는 바람에 인민들이 글 때문에 받아온 고통이 큰 중, 그중에도 편지 때문에 받은 고통이 가장 컸을 것이다. 평생을 도사리고 글만 읽은 사람들은 편지를 어렵게 쓰는 것을 지식의 자랑삼아 하였고, 알아보기 어려운 편지는 상대편을 은근히 누르는 수단이기도 하였다. 그래서 나라와 나라 사이에도 편지를 되도록 까다롭게 꾸미는 것이 상대국에 대한 일종 외교적 자존심처럼 여긴 시대도 있어서, 어느 임금 때, 중국에서 국서가 나온 것을 신하들이 풀어 읽지 못하여, 무슨 정승이 머리를 싸매고 누웠는데, 그 딸이 글이 용하여……
이런 이야기가 지금도 있다.

　나라 편지 아니라 어떤 굉장한 편지든지, 그것이 편지일 바엔, 할 말을 말 대신 글로 적어 보내는 것에 불과한 것이다. 상대편을 만날 수만 있다면, 구태여 편지로 쓸 필요가 없는 것이다. 공간적으로 떨어져 있어 만날 수 없으니까 할 말을 글로 대신 써 보내는 것이다. 그러면 편지란 어렵거나 까다로워야 할 이유는 조금도 없는 것이다. 할 말이란, 그 내용을 만나서 말로 하듯 쓰면 그만일 것이다. 이쪽에서 먼저, 알릴 내용이니까 이쪽에서 먼저 써 보낸다. 이쪽에서 알리고 싶은 대로 될 수 있는 한, 쉽게, 똑똑히 알려지는 것이 성공이다. 문장이 어렵거나 꽤 까다로워서 저쪽이 잘 알아보지 못한다면 결국 실패는 이쪽인 것이다. 될 수 있는 대로 쉽고 똑똑하게 사연을 전하는 것이 편지뿐 아니라 모든 글의 원칙인 것이다.

　　그리 간 후의 안부 몰라 하노라. 어찌들 있는다. 서울 각별한 기별 없고 도적은 물러가니 기꺼하노라. 나도 무사히 있노라. 다시곰 좋이 있거라.
　　　　　　　　　　　　　　　　　　　정유丁酉 9월 20일

　이것은 왜놈들의 난리로 서울을 떠나 피난해 있던 이조 때 왕 선조宣祖가 역시 다른 피난처에 있는 딸 정숙옹주貞淑翁主에게 보낸 편지다. 말하듯 쉽게 쓰여졌다 해서 품品이 없는가 하면, 그렇지도 않다. 간략하면서도 사연은 자세하게 다 드러났고 말하는 표정까지 보이는 듯 친근미가 있다.

　　오래 적조하였습니다. 우리는 숭이동으로 이사했습니다. 아내는 쌀

씻고 나는 불 피우고…… 이게 마치 어린애들 소꿉질 같습니다. 인산因山
때 상경하십니까? 상경하시거든 꼭 들르셔서 우리가 지은 진지 좀 잡수
시오. 그러나 단, 술과 안주는 지참해야 됩니다. 하하하…… 너무 오래되
어 숫자로 문안합니다.

—최학송이 어느 친구에게 보낸 편지

마주보고 말하듯 쉽고 정답게 쓰여진, 훌륭한 편지다.

프라그*
체코슬로바키아 공화국
외무상 클레멘치스 각하

존경하는 상 각하.
조선민주주의인민공화국정부의 위임에 의하여 외무상 각하에게 다음
과 같이 제의하는 영광을 가지는 바입니다.
위대한 소비에트동맹의 무력에 의하여 우리 조국이 일본제국주의의
장구한 식민지적 억압에서 해방된 그때로부터 3년이 경과하였습니다.
이 3년 동안에 조선에서는 우리 민족 사상 일찍 없던 대전변들이 일어났
습니다. 이 전변들은 우리 인민이 자기의 민족적인 경제, 문화 및 국가 독
립을 재건하는 전선에서 전개하여온 완강한 투쟁의 정당한 결과인 것입
니다.
1948년 8월 25일 남북조선을 통하여 총선거가 실시되었는데 이것은
우리 민족의 자유로운 의사표시였습니다.

---

*프라하.

이 선거의 결과로 조선에는 국가 주권의 최고기관인 최고인민회의와 조선민주주의인민공화국정부가 수립되었는바 이는 주민의 각계각층의 대표자들을 망라하고 있는 것입니다.

조선민주주의인민공화국정부는 자기 임무의 수행에 착수하였습니다.

존경하는 각하.

상기한 바로부터 출발하여 나는 우리 정부의 이름으로서 각하와 각하를 통하여 귀 정부에 대하여 우리 량국가 간에 외교관계와 경제적 련계를 설정할 것을 제의합니다.

우리 량국 인민 간의 우호적 외교관계의 설정은 량국 인민의 번영을 촉진할 뿐만 아니라 전 세계 인민들의 평화와 안전을 위하여 기여하는 바 크리라고 나는 확신하는 바입니다.

각하에게 충심으로 경의를 표하면서.

조선민주주의인민공화국

외무상 박헌영

1948년 10월 8일 조선 평양

평양

조선민주주의인민공화국

외무상 박헌영 각하

경애하는 외무상 각하.

위대한 소비에트동맹의 무력에 의하여 귀국이 일본제국주의의 식민지적 억압으로부터 해방된 결과로서 또 자기의 민족적 경제, 문화 및 국가독립의 재건을 위한 전선에서의 귀국 인민의 완강한 투쟁의 결과로서

1948년 8월 25일 남북조선을 통하여 귀국 인민의 자유로운 의사 표시인 총선거가 실시되었고 이 선거의 결과 조선에는 주민의 각계각층의 대표들이 참가한 최고국가주권기관인 조선민주주의인민공화국 최고인민회의와 정부가 창건되었으며 조선민주주의인민공화국정부는 자기의 임무 수행에 착수하였다는 통지를 받았음을 체코슬로바키아공화국정부는 만족하게 여기는 바입니다.

조선민주주의인민공화국이 우리 국가와 외교관계 및 경제적 련락을 설정할 것을 원한다는 귀한을 받고 체코슬로바키아공화국정부는 그러한 관계의 설정을 충심으로 환영하며 그렇기 때문에 1948년 10월 19일 내각회의에서 조선민주주의인민공화국과의 외교관계 및 경제적 련락을 설정하기로 결정하였다는 것을 각하에게 통지하는 영광을 가지는 바입니다.

우리 량국 인민의 이 우호적 관계는 다만 우리 량국 인민의 발전을 촉진시킬 뿐만 아니라 전 세계 인민의 평화와 안전을 위하여 기여하는 바 크리라고 확신하는 바입니다.

각하에게 충심으로 경의를 표하면서.

체코슬로바키아공화국

외무상 울라도 클레멘치스

프라그 10월 21일

나라와 나라 사이에 더구나 국교를 처음으로 트는 나라와 나라 사이에 막중한 내용을 가지고, 가고 온 편지다. 편지로 이처럼 존엄하며 중대한 편지는 없을 것이다. 그러나 역시 사연이 무슨 별다른 방법으로 쓰인 것은 조금도 아니다. 정중하면서도 친절함이나, 자세하면서도 깍듯한 사연은, 우호적 국가끼리의 대표자가 서로 만나 존경하며 말하듯 하는 경지를 원칙으로 했음에 틀리지 않다.

일반 개인끼리 보내는 편지는 더욱 말하듯 쓰면 그만이다. 아랫사람에겐 아랫사람을 만나서 물을 것은 묻고, 이를 것은 이르듯 쓰면 되고, 윗사람에겐 윗사람을 뵙고 여쭤보는 것은 여쭤보고, 아뢸 것은 아뢰듯 쓰면 될 것이다. 첫머리와 끝에서만 '상서上書'니, '상백시上白是'니, '기체후일향만강氣體侯一向萬康'이니, '여불비상서餘不備上書'니 쓰면 무얼 하는가? 정말 사연에 들어가서는 꼼짝 못하고 말하듯 쓰고 말지 않는가? 그 말하듯을 억지로 '기체후氣體侯'식에 맞추려니까 진땀이 나고, 진땀을 흘린댔자 되지도 않고, 편지라면 겁이 나는 것이다. 한문체로 통일해 못 쓸 바에는, 또 한문으로 쓸 필요도 없는 바엔, '상서上書'나 '복모구구伏慕區區' 등은 기억할 필요가 없는 것이다.

"아버님 보옵소서."

"어머님께 올립니다." 하면, 훌륭하다.

"안녕히 계옵신지 알고자 합니다." 하면, 훌륭히 안부를 여쭙는 것이 되고, "이만 그칩니다." 하면 끝맺음으로 나무랄 데 없다. 말에 자신이 있듯, 편지에도 자신을 가지고 쓰자. 다만, 형식을 무시한다고 해서 예모를 차릴 줄 몰라서는 안 된다. 조선말은 토가 있고, 토는 윗사람과 아랫사람에게 엄연히 구별되어 쓰이니, 조선말에서 토가 없어지지 않는 한, 이것을 경시하지는 못할 것이다.

아버님 보옵소서

뵙지 못한 동안 아버님께서와 어머님께서 안녕하시며 동생들도 잘 있습니까? 저는 몸 성히 잘 있으며 날마다 유쾌한 생활을 하고 있습니다. 집에서들은 군대에 왔다고 힘든 일이 많은 줄로 념려하실지 모르나 우리 인민군대는 우리가 많이 보아온 왜놈들의 군대와는 근본적으로 다릅니다. 처음에는 서로 낯이 설어 집 생각도 났습니다만 이내 동무끼리 친해졌고, 상관들도 엄격하게 명령만 하는 것이 아니라 마치 학교의 선생님들처럼 매우 친절히 지도해주십니다. 정말 군대가 아니라 학교에 온 것처럼 배우는 것이 많습니다. 오늘 우리나라의 정황이며, 우리나라가 다른 나라들과 함께 끼어 있는 전 세계의 정황이며, 우리 민족이 잘살아나가려면 우리 인민공화국이 륭성해 나가야만 될 것이며, 그러자면 우리 인민공화국을 우리 인민의 손으로 굳게 보위해 나가야 할 것을 잘 알았습니다. 작년 가을에 아버님께서, 현물세는 물론이요 애국미를 바치는 것은 나라를 위하는 것이며 동시에 우리 인민 자신들을 위하는 것이라 하시던 말씀이, 저는 여기 와서 다시 일깨워졌습니다. 처음에는 날마다의 규칙적인 생활이 무슨 구속을 받는 것 같았으나, 차츰 몸에 익고 보니 불규칙한 생활은 도리어 괴로울 것 같고, 규칙적인 생활이 몸뿐 아니라 정신에도 건강을 준다는 것을 절실히 체험했습니다. 이담에 집에 돌아가면 저는 무엇보다 시간과 위생에 있어서는 군대식을 그대로 계속하려 결심합니다. 목욕을 하고 거울 앞에 설 때마다 이 튼튼해지고 방정해진 체격을 어서 아버님과 어머님께 보여드리고 싶습니다. 군대에는 다른 정해진 데서 못 보던 초상들도 있습니다. 을지문덕乙支文德과 리순신李舜臣 장군의 초상을 여기 와 처음 뵈었습니다. 이 위대한 애국자들에 대한 력사도 처음 자세히 배웁니다. 그리고 김일성 장군과 함께 항일전투를 하던 군무관은 여러분이 계십니다. 모두 훌륭한 애국자들이십니다. 직접 이분들에게서 빛난 전통의 애국정신과 국가 보위의 기술을 배우는 것이 얼마나 감격스러운 일입니까! 열심히 배우고 단련하여 훌륭한 우리 인민공화국의 군인이 되겠습니다. 다들 무고하신지 답장 주시기 바라오며 이만 그칩니다.

×월 ×일

××드림

'상백시上白是'니, '일향만강一向萬康'이니 '여불비餘不備'니 따위가 없어도 얼마나 어엿하게 잘 쓰인 편지인가? 뜻도 잘 모르는 한문 술어를 쓴 것보다 도리어 얼마나 잘 어울리고 자신이 있게 쓰여졌는가.

×숙에게

오늘 나에게 전해진 편지는 네 결혼 청첩, 암만 들여다보아도 네 이름이 틀리지 않고, 또 그 옆에 찍힌 남자의 이름이 낯선 걸 느낄 때, 나는 손이 떨리고 가슴이 울렁거려 그만 방을 나와 뒷산으로 올라갔다. 멀리 외국으로 떠나가는 너를 바라보기나 하는 것처럼 하늘가를 바라보며 한참이나 울었다. 동무의 행복을 울었다는 것이 례의가 아닐지 모르나 나로는 네게니만치 솔직한 고백이다. 네가 나를 떠나는 것만 같고, 너를 듣도 보도 못한 남자에게 빼앗기는 것만 같아서 안타까워 못 견딘 것이다. 결코 너의 행복을 슬퍼한 눈물이 아닌 것은 너도 리해해줄 줄 안다.

네가 어떤 남자와 결혼을 한다! 지금 이 편지를 쓰면서도 이상스럽기만 하다. 어떤 남자일까? 학식은? 사상은? 키는? 얼굴은? 직장은? 그리고 너를 정말 나만큼 알까? 나만큼 아낄까? 그이가 가까이 있다면 곧 찾아가 이런 것을 따지고 또 눈에 보이지 않는 네 훌륭한 여러 가지를 일러드리고도 싶다. 아무튼 옷감 한 가지를 끊어도 선택을 잘하던 너니까 일생의 배우자를 범연히 선택하였을 리 없을 것이다. 물론 어디 나서든 인망이 높을 남자일 줄 믿는다.

네가 신부가 된다! 음악회 때나 소인극 무대에서나 네가 제일 곱던 생각이 난다. 그 고운 모양에 꽃을 안고 새까만 연미복 옆에 설 네 전체가, 얼마나 아름다울까! 아무것도 도와주지 못하는 이 동무이나마 혼례사진이 되는 대로 나한테부터 한 장 보내다오. 너와 그이를 아는 모든 사람과 함께 나도 진심으로 축복한다. 그리고 변변치 못한 물건이나 정표로 한 가지 부치니, 너의 즐거운 신혼 생활에 한때 화제에라도 오르면 다행이겠다.

멀리 너 있는 곳을 향해 가슴에 손을 모으며.

×월 ×일

동무 ×순

어떤 여학생이 먼저 결혼하는 동무에게 보내는 편지다. 진정이 뚝뚝 흐른다. 그의 신랑 될 남자를 보지 못했으면서도 그가 평소에 마음 찬찬하던 것에 비춰 으레 그 남자가 훌륭하리라는 것을 믿는다는 말, 묘한 생각이다. 시집가는 동무를 정말 즐겁고 희망에 차게 해주었다. 흔히 이런 편지에 보면, 결혼은 인륜대사라는 둥, 현모양처가 되라는 둥, 사회에 모범이 되라는 둥, 동무로서는, 더구나 자기보다 먼저 어른이 되는 사람에게 사뭇, 결혼의 정의와 훈계를 내리는 수가 많다. 그것은 부질없는 지식의 나열만 된다. 저쪽은 당사자로 이쪽보다 더 심각하게 그런 데 관한 생각은 하고 나선 것으로 여기는 것이 예의일 것이다. 결혼하는 그들로 하여금 더 즐겁도록, 더 희망에 차며 더 행복에 자신을 갖도록 그런 점을 깨쳐주고 추어주는 것이 정당한 축복의 뜻이 될 것이다.

나는 최근에 『소련단편집』에서 훌륭한 편지를 읽었다. 유리 그리모프라는 소련 작가가 소·독 전선에 나가서 자기 아내에게 보낸 편지들이 소설로 쓴 작품처럼 훌륭했기 때문에 단편소설집에 한데 소개된 것이다. 여러 장 편지들이 모두 인상에 깊이 남는데 그중에도 원수들에게 포위되어 영웅적 전사를 하기 직전까지 쓰다가 중단된 편지가 더욱 잊히지 않는 명문이기에 여기 소개한다.

1941년 9월 19일 22시

사랑하는 안나

편지를 부칠 기회가 없어서 오랫동안 당신에게 글을 쓰지 못했소. 하기는 지금도 역시 틈은 없소. 그러나 나는 이렇게 생각하오. 쓰지 못한 채 남아 있는 편지는 자취도 없이 사라질 것이나 한번 쓴 편지는 비록 오래 걸린다 하더라도 어떻게든지 당신에게 갈 것이요. 그래서 나는 앉아 써보기로 하겠소.

지금은 늦은 밤이오. 나는 지금 어떤 큰 집 안에 앉아 있소. 내 주위엔 의자와 마루와 침상 위에 전우들이 잠들어 있소. 그들은 언제나 떠날 수 있게 총이나 기관총에 손을 얹고, 외투에 혁대를 띤 채 행군할 때의 순서대로 잠들어 있소. 장작불의 껌벅거리는 불길이 맞은편 흰 벽에 움직이는 그림자를 던지고 있소. 맞은편 테이블에는 경리부원이 앉아 있소. 그도 나와 같이 나흘 밤을 자지 않았소.

어떤 일이 일어났으며 어떻게 우리가 포위를 당했느냐고요? 그것을 설명하려면 긴 시간이 필요한데 나는 지금 그것을 말하기를 원치 않소. 왜냐하면 아직도 사태가 명확하지 않기 때문이오. 그러나 한 가지만은 명확하오. 어느 편을 둘러보나 독일군의 전차와 자동총수와 탄약상자가 있다는 것이오.

나흘 동안 우리 부대는 포화砲火의 포위 속에서 원형의 방어 태세로 싸웠소. 밤에는 우리를 둘러싼 포위선은 큰 불빛으로 표지標識되오. 놈들은 하늘을 환상적인 자미색으로 물들이며 여기저기서 우리 방어선을 뚫고 나타나오. 나뭇가지 같은 거대한 금빛 광선이 암흑 속에 우뚝 나타나오. 별들이 빛을 잃소. 불덩어리는 굴러 먼 벌판으로 기어가서는 또다시 다른 곳으로 터지오. 새벽이면 우리는 이 촌락을 떠나야 하오. 집단농장

농부들의 얼굴은 엄숙하고 난처한 빛이오. 녀인의 말소리는 부드럽고…… 장교들의 투박한 외침이……. 자동차의 기관이 돌아가고 말들이 가까워지는 소리가 들리오.

"념려 마오. 동무들, 우리는 다시 오겠습니다. 미구*에 다시 오겠습니다."

"꼭 다시 오세요―."

"그러나 만일 동무들이 독일 놈에게 죽는다면?"

"우리가 안 오면 다른 사람이 오지요. 자, 이리 좀 오세요. 혁대를 좀 잡아주세요. ……안장에 마초馬草**를 넣어주세요. 랭수와 가자茄子***를 하나 주면 고맙겠는데……아이 고맙습니다. ……곧 다시 오겠습니다. 우리가 못 오면 다른 사람이 올 겝니다. 우리보다 결코 못하지 않은…… 독일 기생충들은 악몽이 깨듯 멸망하고 말 겝니다. 그럼…… 동무들 안녕히 계시우."

먼지 나는 길을 트럭과 마차의 기본 부대가 포위선의 중심을 향해 움직이고 있소. 포병 부대는 결정적인 돌격으로 포위선을 돌파하기 위하여 진용을 재편성하여 전진하고 있소. 포위선은 바로 목전에 있소. 이제 우리는 더 이동할 장소가 없소. 앞으로 두세 시간 이내에는 결정적인 전투가 벌어질 것이오. 우리 부대가 이 포위를 뚫고 나갈 것은 분명한 사실이오. 그러나 어떻게 싸울지? 무엇을 희생해서 싸울지? 이것이 모든 장교들의 머리를 스치고 지나가는 생각이오.

이러한 긴박한 환경 속에서 내게는 가장 의미 깊은 중요한 일 한 가지가 생겼소. 이제 그것을 자세히 적어보겠소. 나는 이틀 동안 딴 곳에 가

---

* 얼마 오래지 아니함.
** 말꼴. 말을 먹이기 위한 풀.
*** 가지.

있다가 오늘 낮에 다시 내 부대에 참가했소. 나는 상한 자동차를 가지고 왔소. 도중에 나는 우리 유격 부대가 미처 가지고 오지 못한 탄약상자와 중상을 입어 신음하는 병사 두 사람을 데리고 밤새 차를 몰았소. 마침내 나는 촌 산원産院을 발견하여 두 사람을 거기 맡기고 독일 놈이 오면 감추어주라고 부탁하였소. 내가 떠날 때 두 사람은 내 옷깃을 잡고 입을 맞추며 야단하였소.

"소좌동무, 동무는 내게는 아버지보다 더 나았습니다." 실상 그 순간엔 그가 나 자신의 장래보다도 더 살뜰하였소.

나의 이 행동은 무슨 유별히 기특한 것이 아니고, 우리 동료들이 매일같이 하는 일과 비슷한 일이었소. 그러나 어쨌든 내가 부대를 떠나 있는 동안 나는 공연한 시간을 허비한 것이 아니었다는 것을 의식하면서 내가 본대本隊로 돌아왔다는 것은 요행된 일이었소. 그렇기 때문에 내가 돌아왔을 때 나는 탁월한 전투 정신을 가질 수 있었소. 내가 인민위원에게 보고하기 전에 당 위원회가 열렸소. 나의 입당심사가 그 의안議案에 올라 있었소. 먼지를 쓰고 수염을 기른 나는 도착하자 곧 키 높은 강낭밭* 가운데 앉았소. 내 주위에는 당 위원과 열성적인 당원 동무들이 있었소. 모두 소기관총이나 소총에 손을 얹고 있었소. 멀지 않은 곳에서 총성이 들려왔소. 정찰병들이 우리 주위에 있는 강낭밭으로 진군하고 있었소. 내가 입당심사를 받던 때의 정경이었소.

당 책임비서와 정치지도원 알렉세이 챠루크가 내 신청서와 당원인 장교 동무들의 추천서를 읽었소. 그들은 다 전쟁 후에 사귄 친구들이오. 그들의 추천서가 얼마나 굉장했는지 모르오. 그중에는 내가 참가했던 어떤 전투에 대한 상세한 기록이 포함되어 있었소. 특히 보브릿차 부근에서의

| *북한어. 옥수수를 심은 밭.

전투의 묘사는 대단히 재미가 있었소. 나는 눈이 뜨거워져 땅만 보고 있었소. 격렬한 전투 중에서 당에 입당하기를 원해온 심정을 당신은 리해할 줄 아오. 내가 예견했던 것이 현실로 실현되었소. 우리 전 부대가 포위를 당한, 말하자면 나와 내 동료들의 생사를 건 결정적인 전투의 밤에 나는 당에 가입하였소. 내 정신은 극히 랭정하고 기분은 유쾌하오. 나는 평상시에도 랭정하였으나 지금은 어떤 새로운 감정이 그 균형 잡힌 랭정에 더 가해진 것 같소. 얼마나 큰 자랑이오? 내가 헛되이 살지 않았다는 것을 나는 의식하오. 나는 당신을 믿소. 당신이 혼자 남게 된다 하더라도, 당신은 견디어나갈 줄 믿소. 당신이야말로 참으로 훌륭하고, 과단성 있는 녀인이오. 당신과 같은 사람은 결코 타락하는 법이 없소.

지금은 새벽 2시, 방금 적군이 우리 좌익*에서 4킬로 앞에 육박했다는 보고를 받았소. 루다코브의 말에 의하면 우리는 동전銅錢 잎 위에 외다리로 섰는데 다른 다리를 짚을 자리가 없다는 것이오. 지평선 위엔 온통 섬광이 빛나고 돌격의 전조인 듯한 소음이 들려오오. 무슨 일이 진행되고 있는지는 알 수 없으나 인생의 대부분을 경험한 우리는 쉽사리 위협 당하지는 않소. 병사들은 다 자고 있소. 새 보고가 또 들어왔소. 우리 좌익엔 방비가 없다 하오. 우리는 원형으로 방어 태세를 취하고 있소. 사건은 급격히 전개되오. 상급 정치지도원 그리드친이 방금 내게로 와서 비스킷 두 개를 주오. 어디서 그것을 구했는지 모르나 혼자 먹지 않고 내게로 가져왔소.

(편지는 여기서 끊어졌고, 총창에 찔린 자리와 피에 물들어 있었다.)

—전재경의 번역에서

| * 왼쪽에 있는 부대. 또는 대열의 왼쪽.

이제 편지 쓰는 요령을 요약해 말하면,

① 편지 받을 사람을 잠깐이라도 생각해서 그와 지금 마주 앉은 듯한 기분으로 붓을 들 것.

② 자기 아는 말에서 쓸 것. 한문식 문구를 억지로 끌어온다든지, 억지로 유식하게 쓰면, 정말 유식하게 되지도 않거니와, 편지 받는 사람에게 자기 면모를 연상시키지 못한다. 따라서 친필다운 반가움과 미더움을 주지 못한다.

③ 쓰는 목적을 분명히 따질 것. 위의 결혼 축하 편지 같은 데서도, 저편을 기쁘게 하기 위함인가? 무슨 교훈이나 충고를 주기 위함인가? 목적이 분명할 것.

④ 예의를 갖출 것. 말하듯 쓰라 했다고, 품이 없는 말을 쓴다든지, 문안을 잊어버리고 제 말부터 내세운다든지 해서는 안 된다.

⑤ 감정을 상하지 않게 주의할 것. 마주 대해서 말로 할 때는 얼굴의 표정이 있어, 말은 비록 날카로우나 표정으로 중화시킬 수 있다. 그러나 글에는 표정이나 음성이 따라가지 못한다. 이쪽에서는 그다지 심한 말이 아닌 걸로 쓴 것도 저편에선 심한 말로 오해되기 쉽다. 중대한 일에는 편지를 믿지 못하고, 전위해 만나러 가는 것이 그런 때문이다.

⑥ 저편을 움직여놓을 것. 무슨 편지나 써 보낸 바에는 저편을 움직여놓아야 한다. 아무리 문안편지라도, 저쪽이 받고 무슨 자극이 있어야지, 그저 왔나 보다 하고 접어놓고 그만이게 해서는 헛한 편지일 것이다. 더구나 무슨 청이 있어 보낸 편지인데 저쪽이 움직이지 않는다면 그 편지는 안 하니만 못하다. 써가지고 그 사연이 넉넉히 자기가 필요한 만큼 저쪽을 움직일 힘이 있나 없나 읽어보고, 없으면 얼마든지 그런 힘이 생기도록 고쳐 써야 할 것이다.

편지는 누구나 가져보기 쉬운 자기표현의 한 형식이다. 실용적인 말만 쓰이는 것은 아니다. 편지의 비실용적인 일면을 무시할 수 없다. 문화적으로 아직 낮은 사람에게도 자기표현의 의욕은 다 있다. 비록 서투른 글로라도 마음을 서로 주고받는 동무끼리는 인생을 말하고, 사회를 말하고, 자연을 말하는 문장을 곧잘 서로 주고받는다. 표현욕은 본능이어서 누구나 자기의 느낀 바를 그냥 묻어두기는 갑갑하다. 그래서 이는 한 사람을 상대로 쓰는, 허물없는 글인 이 편지는, 누구에게 있어서나 문학적 표현의 첫 무대가 되는 수가 많은 것이다.

그러나 인생을 말하고 사회와 정치를 말하며 자연에 대한 술회가 나오는 것은 벌써 편지의 범위를 벗어난 딴 성질의 글일 것이다. 이런 글은 앞으로 감상문이나 수필에서 말하기로 하자.

그 외에 역시 편지에 가까운 '청첩請牒'이 있다. 한 사람에게만 보내는 것이 아니라서 사신私信보다는 아무래도 의식적이어야 할 것이다. 의식적이면 벌써 사회성을 띠는 것이다. 그 시대다워야 할 것은 물론, 더욱 결혼 청첩에서는 윤리적인 면이 바르게 반영되어야 할 것이다. 아들이나 딸은 부모를 위해서만 존재하는 것 같던, 가장 본위로 오대일당五代一堂 같은 것을 자랑삼던 시대에는, 아무의 혼인이기보다 아무의 아들, 혹은 아무의 손자의 혼인으로 누가 손자며느리를 본다, 누가 몇째 며느리를 본다는 데 더 사회적 의의가 있었다. 그래서 혼서婚書나, 혼인 청첩에 으레 부모나 조부모의 이름부터 나왔고, 호적등본처럼 누구의 몇째 아들 ×× 군, 누구의 몇째 손녀 ×× 양, 이렇게 쓰여 왔다. 요즘이라고 부모나 가족을 무시해서가 아니라, 본인들이 어엿이 나설 자리에까지 내가 아버지다, 내가 할아버지다 하고 나서지 않아도 좋을 것이다. 더구나 결혼할 만한 아들이나 딸이면, 그들도 당당한 공민들로서 이미 자기들의 사회적 존재가 있을 것이요, 그것이 부모들 때문에 가려져서는 안 될 것이다.

삼가 다음 두 분의 기쁜 소식을 알려드립니다.

××× 군

××× 양

이달 ×일 오× ×시 ××회관에서 이분들의 혼례식이 있사오니 바쁘
시더라도 부디 오시어 꽃다운 례식을 더욱 빛나게 하소서.

19××년 ×월×일
주례 ×××

　　　　　　　　　　례식 뒤에 신랑 댁에서(신부 댁. 혹은 ××관에서)
　　　　　　　　　　소찬 준비가 있사오니 들러주시기를 바랍니다.

그 외에 청첩 두엇을 소개하는바 하나는 8 · 15 해방 3주년 기념 축하
연의 청첩이요, 하나는 모스크바 고리키 예술극장 창립 50주년 경축 대
회의 청첩이다. 모두 형식적인 번다함이 없이 요긴한 말만의 간결한 사
연들이다.

××× **귀하**
동부인

조선이 일본제국주의 식민지로부터 해방된 지 세 번째 기념일을 맞이
하면서 아래와 같이 축하연을 개최하오니 왕림하여주시기를 바랍니다.

장소 북조선인민위원회 특별회의실
시간 1948년 8월 15일 18시

북조선 인민회의상임위원회
의장 김두봉
북조선 인민위원회
위원장 김일성
1948년 8월 14일

××× **귀하**

전동맹대외문화협회 문화회관 조 · 소문화협회는 레닌 훈장을 탄 소
련 아카데미 모스크바 고리키 예술극장 창립 50주년 기념 경축 대회에 귀
하를 초청하는 영광을 가지는 바입니다.

시일 1948년 10월 26일 오후 7시
장소 문화회관

3. 감상문感想文

자연, 인사人事, 생활, 일체 사물 등에서 얻은 감상을 주로 짓는 글이다.

감상은 정情과 달라 저 자신에게서보다 어떤 대상, 자연이거나 인사

거나 한 사물을 객관적으로 상대해가지고 얻는 수가 많다. 산천에 대한 감상은 산천을 대해가지고 얻을 것이요, 세상일이나 생사生死에 대한 감상도, 세상일과 생사를 대해가지고 느껴야 할 것이다. 그런데 어떤 대상이든 누구에게만 한해서가 아니라 어떤 사람의 눈앞에나 마음 앞에 다 같이 전개되는 것이다.

"개울물도 맑기도 하다! 속이 다 시원하구나!" 하는 촌 아낙네의 말 한마디도 감상이요, "그느므 땅 걸긴 허이! 흙내만 맡아두 속이 흐뭇허네그려!" 하는 농부의 말 한마디도 훌륭한 감상이다. 고저심천高低深淺의 차는 있을지언정 감상은 누구에게나 있다. 누구에게나 있는 것이니, 글로 써내기까지 할 감상은 평범해서는 안 된다. 남보다 더 깊이 보고, 남보다 더 깊이 듣고, 남보다 더 깊이 찾고, 생각하여, 남의 생각이 미치지 못한 데 있는 것까지 짚어 보여야 한다. 좋은 감상은 발견하는 노력 없이 탄생되지 않는다. 육안肉眼 이상으로 정관靜觀, 응시凝視, 명상瞑想, 사색思索, 비판批判하지 않으면 안 된다.

어린이가 잠을 잔다. 내 무릎 앞에 편안히 누워서 낮잠을 달게 자고 있다. 볕 좋은 첫여름 조용한 오후이다.

고요하다는 고요한 것을 모두 모아서 그중 고요한 것만을 골라 가진 것이 어린이의 자는 얼굴이다. 평화라는 평화 중에 그중 훌륭한 평화만을 골라 가진 것이 어린이의 자는 얼굴이다. 아니 그래도 나는 이 고요한, 자는 얼굴을 잘 말하지 못하였다. 이 세상의 고요하다는 고요한 것은 모두 이 얼굴에서 우러나는 것 같고, 이 세상의 평화라는 평화는 모두 이 얼굴에서 우러나는 듯싶게 어린이의 잠자는 얼굴은 고요하고 평화롭다.

고운 나비의 나래, 비단결 같은 꽃잎, 아니 아니, 이 세상에 곱고 보드랍다는 아무것으로도 형용할 수 없이 보드랍고 고운 이 자는 얼굴을 들여다보라. 그 서늘한 두 눈을 가볍게 감고 이렇게 귀를 기울여야 들릴 만치 가늘게 코를 골면서 편안히 잠자는 이 좋은 얼굴을 들여다보라. 우리가 종래에 생각해오던, 천진무구한 얼굴을 여기서 발견하게 된다. 어느 구석에 먼지만큼이나 더러운 티가 있느냐. 어느 곳에 우리가 싫어할 한 가지 반 가지나 있느냐. 아무 꾀도 갖지 않는다. 아무 획책도 모른다. 배고프면 먹을 것을 찾고 먹어서 부르면 웃고 즐긴다. 싫으면 찡그리고 아프면 울고 거기에 무슨 꾸밈이 있느냐. 시퍼런 칼을 들고 핍박하여도 맞아서 아프기까지는 방글방글 웃으며 대하는 이다.

오오 어린이는 지금 내 무릎 위에서 잠을 잔다. 더할 수 없는 참됨과 더할 수 없는 착함과 더할 수 없는 아름다움을 갖추고 그 위에 또 위대한 창조의 힘까지 갖추어 가진, 어린 아기가 편안하게도 고요한 잠을 잔다. 옆에서 보는 사람의 마음속까지 생각이 다른 번루*한 것에 미칠 틈을 주지 않고 고결하게 순화시켜준다.

사랑스럽고도 부드러운 위엄을 가지고 곱게 순화시켜준다.

—방정환의 「어린이 예찬」의 일절

퍽 고요한 관찰이다. 아무나 다 보는 어린아이의 자는 얼굴이되 남들이 얼른 느끼지 못한, 여러 가지를 느껴냈다. 정관靜觀하는 시야에는 이만큼 새롭고 귀여운 것들이 떠오른 것이다. 그리고 정이 있으나 서정문처럼 격하지 않은 것도 감상문으로는 참고할 점이다.

| * 번거로운 근심과 걱정.

녀의女醫 안나

리춘진

비는 지루하게도 멎지 않는데 환자는 자주 계속적으로 발견되었다. 아무리 살피듬*이 좋던 사람도 이 병에 걸리기만 하면 몇 시간 동안에 바람 빠진 공처럼 홀쭉해진 꺼풀만 남는다. 송장이 다 된 환자를 하루 대여섯 사람씩은 메어 나르고, 그중에 네댓 사람은 죽어버리는 것을 소독 물을 끼얹어서는 끌어다 묻는다. 마스크를 하고 고무 우장에 고무장화를 신고 소독 물에 잠겨 있다시피 하면서도 불안과 공포는 잠시를 떠나지 않았다. 호렬자**가 무섭다는 말은 들어왔으나 당해놓고 보니 이처럼 성한 사람들까지 공포에 떨게 하는 병은 다시없을 듯싶었다. 눈만 감으면 처참한 환자들과 송장들이 보이고, 나 자신이 그런 운명의 한 사람으로, 기고 싸고 하는 꿈뿐이었다.

이날도 세 번째의 환자로 우리 민청원 K동무의 부인이 발견되었다. 우리는 역시 들것을 가지고 달려갔다. 환자의 얼굴빛과 살 빠진 것이 진찰해볼 것도 없이 벌써 호렬자 환자였다. 이부자락과 방바닥에 기고 싸고 하여 그 악취가 풍겨 나오는 것까지 이 병 환자의 공통되는 환경이었다. 방 안은 물론 이불, 환자의 몸뚱이까지 흥건하도록 소독수를 뿌리고 나오니, 뒤미처 따라온 의사도 눈만 내놓고는 소독 무장은 하였으면서도 차마 방 안으로 발이 옮겨지지 않아 멈칫거리고만 있었다. 바로 그때다. 흰 마스크 위에 푸른 눈과 금실머리칼이 인상적이던 소련 의사단의 안나 녀의女醫가 나타난 것은. 안나는 서슴지 않고 방으로 들어갔다. 우리들은 소독수 분무기도 대기가 섬찍한 환자의 몸에 거침없이 손을 대어 진찰하였

---

* 몸에 살이 피둥피둥한 정도.
** '호열자'의 북한어. 콜레라.

112

고 나중에 살가죽을 집었다 놓으면, 집혔던 그 모양대로 있는 것까지, 호렬자 환자의 증상을 샅샅이 진단한 뒤에 우리를 손짓해 환자를 들것에 태워 격리병실로 가자고 하였다. 그리고 안나는 환자의 방을 둘러보더니, 그 환자의 결혼사진을 틀째 떼어 내렸고, 그 환자가 평소에 애착하였을 수놓은 수젓집이며 공들여 손으로 뜬 편물編物 이불보를 걷어가지고 따라 나오는 것이었다. 병원에 와서는 환자에게 응급조치를 하여놓고, 환자에게 안심하라는 표정을 지어 보이며 가져온 물건들을 자기 손으로 맞추지 않게 조심조심 소독하였다. 환자가 누워 바라보기 좋은 데로 사진들을 걸었고 이불보로는 창을 가리고, 수젓집은 기둥에 걸어주는 것이었다. 그리고 안나는 이 환자의 집에 다시 나타났다. 우리 민청원들은 전례에 의해 가장 집물*을 고스란히 넣은 채 집에다 석유를 뿌리고 마침 불을 지르려는 때였다. 안나는 눈이 뚱그래지며 손을 저어 말리었다. 알아들을 수는 없어도, 왜 아까운 물자를 태워버리느냐? 하는 눈치였다. 그는 우리들을 지휘하여 불을 지르는 대신 집안을 속속들이 철저한 소독을 시키었다.

K동무의 부인은 기록적으로 단기간에 회생하였다. 이 안나 녀의가 나타난 후로 전체적으로 회생률이 높아졌고, 불안과 공포가 앞서 손을 걷고 들어, 덤비듯 하지는 못하던 환자 치료와 소독과 모든 예방사업도 용기를 얻어 아주 철저하게 시행되었다.

환자를 겁내지 않는 것, 더러워하지 않는 것, 환자의 병만 아니라, 환자의 마음을 따스하도록 보살펴주는 것, 소독을 믿는 것, 사업에 헌신적인 것, 우리들은 안나 녀의에게 눈물을 머금고 감격하였다. 우리들은 그 호렬자 방역 사업이 끝난 뒤에도, 안나 녀의의 그 숭고한 사업 작풍은 잊을 수가 없으며 그때 받은 교훈은 우리 모든 사업에 있어 영원한 지침이

| * 집 안이나 사무실에서 쓰는 온갖 기구.

되어줄 줄 믿는 것이다.

호열자 예방사업에 종사하던 한 민청원의 감상문이다. 논문에서처럼 이론을 세워 주장하지 않으나 자기가 느낀 바를 그대로 보여줌에 그 감상을 독자로 하여금 체험케 한다. 주장할 바를 논리로 하지 않고, 사실을 들어 같이 감상케 해서 독자 마음에 절로 그런 주장이 생기게 함도 감상문의 특징이다.

과실果實

과실치고 빛 곱지 않고 몸매 어여쁘지 않은 것이 별로 없다. 같은 사과도 여러 빛깔이요, 같은 배도 여러 몸매다. 한 나뭇가지에서 따되 고르게 달렸고, 한 과실이라도 그 모양은 그릇에 놓기에 달렸다. 화가들이 과실을 그릴 때, 먼저 잘 놓기부터가 어렵다 하거니와 모델로가 아니라, 그저 놓고 보기 위해서도 정물 그릇 위에 유자 한둘이나 목과木瓜* 몇 덩이를 제대로 놓기란 그리 쉬운 노릇이 아니며, 놓는 데 따라 그 빛깔과 몸매가 다르기 때문에 이모저모 돌려놓아 보며 그 정물의 최선의 색조와 최선의 형태를 탐구하는 재미도 과실이 우리에게 주는 영양 이상의 미덕일 것이다.

나는 계절감季節感의 행복을 꽃에서보다 못지않게 과실에서 느낀다. 복숭아 처음 난 것을 보면 참말 반갑다. 포도, 양리洋梨, 석류, 유자, 목과, 귤, 모두 꽃보다 차라리 반가운 계절의 선물들이다. 어디서 이런 것이 될까? 누구의 손이 이렇게 잘 걸렸을까? 이것을 딸 때 얼마나 즐거웠을까? 땅과 땀과 계절에 대한 감사와 치하를 아니 드릴 수 없는 것이다.

| * '모과'를 한방에서 이르는 말.

반중盤中 조홍감早紅柑을 고아도 본 이 없다.
유자 아니라도 품음즉 하다마는
품어가 반길 이 없으니 그를 설워하노라.

　친구 한음漢陰으로부터 보내온 조홍감을 목판에 고여 놓고 보다가 보면 볼수록 혼자 보기 아까워 읊었다는, 옛 시인 노계蘆溪 박인로朴仁老*의 노래다.

　유자 같은 향기 많은 과실은 옛 선비들은 기명器皿**에 담고만 본 것이 아니라 품에 품고도 다녔다 하거니와, 동양화「기명절지器皿折枝」에 나오는 불수감佛手柑*** 같은 것은 그 반쯤 번 국화송이처럼 의젓하면서도 선과 음영의 변화가 많아 정물 과실로는 최고급일 것이다. 과실 망신은 목과가 시킨다고 하나 괴석미怪石美까지를 겸해 가진 목과가 불수감 다음은 갈 것인데, 세상에는 괴석미를 알아주는 이 적어, 흔히는 푸대접으로, 그 산지로부터 우리 손에 이를 때까지 그의 몸은 너무 많은 상처를 받는다. 분원汾院 백자기白磁器에 푸른 것으로 오얏****, 양리, 포도와, 누르고 붉은 것으로 감, 석류, 귤, 모두 관상할 만하거니와 널따란 청백자 제기祭器에 불수감 두엇과 령지靈芝 한 가지쯤 곁들여 놓아보면 그 우미한 색조와 전아한 형태와 그윽한 향기는 가히 더불어 삼매三昧에 들 만한 것이다. 다못 한 되는 것은 우리나라에는 불수감이 귀한 것이다. 귤과 유자에 가

<hr>

* 1561~1642년. 가사 문학 발전에 크게 이바지한 조선 중기 무신 겸 시인. 무과에 급제하여 수문장·선전관을 지냈었다. 주요 작품으로 『노계집蘆溪集』『태평사太平詞』 등이 있다.
** 살림살이에 쓰는 그릇을 통틀어 이르는 말.
*** 불수감나무의 열매. 겨울에 익으며 유자보다 훨씬 크고 길며, 끝이 손가락처럼 갈라지고 향내가 매우 좋다.
**** '자두'의 옛말.

장 향기 좋은 것이 소산되는 제주도가 있으니 불수감도 심으면 어디 것보다 상등품이 나렸마는 아직 우리는 조선 불수감을 구경하지 못했다.

정물 과실로 석류도 고급이다. 말라도 빛이 곱고 더구나 분에 가꾸어서나마 내 손으로 잎을 보고 꽃을 보고 열매까지 보다가 나중에는 다시 내 손으로 그 열매를 따, 내 가장 위하는 옛 기명에 놓아본다는 것은 그 기명에의 청공淸供*이며 내 눈을 스스로 손님에 모시는 것이었다. 석류는 불수감이나 모과와 함께 미각에는 쾌적치 않은 것도 덕이 된다. 배, 귤, 포도는 너무나 입을 탄다.

향기를 풍기기 유자나 모과만은 못하나 그 빛깔과 모양으로 레몬이 또한 이채롭다. 유자보다 묵직하며 갸름하여 눕혀놓을 수 있고 끝이 복숭아처럼 뽀로통한 것도 귀엽다. 이런 귤감류橘柑類는 어서 우리 제주도에서 생산되었으면 좋겠다.

—필자의 소품집 『상허문학독본』**에서

4. 서정문抒情文

어떤 일에나 어떤 현상에 부딪혀 감동될 때 정서情緖를 주로 하고 쓰는 글이다.

사람에게는 일곱 가지 감정이 있다 하거니와 희喜, 로怒, 애哀, 락樂, 애愛, 오惡, 욕慾의 감정들은 언제나 우리 마음속에서 타오를 수 있는 불

---

* 맑고 깨끗하게 갖춤. 혹은 맑고 깨끗하게 바침.
** 『신문장강화』에는 출전이 『무서록』으로 되어 있으나, 확인해본 결과 「과실」은 이태준의 『상허문학독본』(백양당, 1946년)에 실려 있어 정정해둠.

이 되어 있다. 가지가지 인간 사물과 변화 무궁한 자연계에 부딪힐 때, 이 일곱 가지 감정 중에 어느 하나나 한두 가지는 반드시 불이 붙는다. 시원한 일을 당하여 기뻐하지 않는 사람이 없으며 억울한 일을 당하면 분노하지 않는 사람이 없을 것이다. 악한 자를 보고 미워하며, 아름다운 것을 보고 귀여워하는 것은 누구나 공통으로 가지고 있는 일곱 가지 감정 중에서 어느 하나나 어느 한둘이 불붙는 때문이다. 이 불붙는 것이 정서情緒이며, 이 정서의 실마리를 풀어 쓰는 글이 서정문이다.

나의 나이 불과 사십이다. 험한 세상을 만난 까닭으로 고통에 많이 늙다시피 하였으나, 옛말로 경영사방經營四方할 나이다. 앞으로 나아가서 성취함이 있을 때다. 마차 말과 같이 앞만 보고 나가고 싶은 생각이 많건마는 전날에 후회에 후회를 거듭하고 비탄에 비탄을 거듭하여서 생활 내용의 전부를 삼던 타력惰力*이 남아 있음인지, 지난 일을 돌치어** 생각하며 후회하고 비탄할 때가 드물지 아니하다. 맑은 밤 잠 아니 올 때, 이 일 저 일 생각하다가 알던 사람, 알던 사람 중에도 심지心志가 서로 합하던 사람의 수가 지하地下에 많이 간 것을 생각하고 흐르는 눈물을 금치 못하는 때가 있다. 작년에 같이 일하던 사람 중에 지하로 보낸 사람이 여러 사람이요, 그 여러 사람 중에 내가 묻고 태우는 데까지 따라가 보낸 사람이 세 사람이요, 그 사람 중에 참혹한 변사로 지하로 보낸 사람이 한 사람이다.

내가 신간회관新幹會館에 있다가 변사가 났다는 전화를 받고 천도교 당으로 달려갈 때에 걸음이 걸리지 아니하여 갑갑하던 것을 지금까지 기억하고 길에서 엎드러지지 않고 간 것을 지금까지 별일로 생각한다.

그 사람과 나와는 사귄 동안은 짧으나, 사귄 정은 깊고, 서로 말하여

---

* 버릇이나 습관이 갖는 힘.
** '돌이키다'의 옛말.

거의 다름이 없던 사람이다. 나는 그 사람의 피를 보았고, 피가 묻은 자리를 보았고 또 피가 빠진 살을 보았다. 한동안은 그 피가 눈에 어른거리지 아니하는 날이 없었다. 지금도 피 묻었던 자리를 볼 때에 마음이 움직이지 아니하지 못한다. 그 사람과 형제같이 지내던 사람으로 날마다 그 자리를 보고 지내는 여러 사람은 이따금 보게 되는 나와 달라서 자연히 맘이 무디어지지 아니치 못하였을 것이라고 생각한다. 그러나 나의 눈에 어른거리던 것이 없어진 대신에 맘의 아픔을 참기 어려운 때가 있는 것과 같이, 여러 사람이 그 사람의 피를 생각하고 차마 그 자리에 발을 놓지 못할 때가 있으리라 생각한다.

　그 사람의 피는 아깝다. 귀한 피를 허무하다고 말하여 좋을 만큼 의외에 흘린 그 사람은 죽어도 눈을 감지 못하였을 것이다.

—홍명희의 「죽은 사람을 생각하며」의 전반

동지의 죽음, 더구나 변사로 죽은 아까움을 못내 애절해하는 글이다. 불타는 정서를 지그시 누르고 차근차근 써내려감에 도리어 감개에 사무침을 더 날카롭게 한다.

승리의 깃발은 날린다!
7월 11일, 이날은 우리 조선민주주의인민공화국 헌법의 실시와 우리 조선최고인민회의 선거의 군중대회 날이었다.

　여름 하늘은 시원스럽게 바다처럼 트여 있었다. 30만 대중이 열광해 우러러보는 인민위원회 지붕에는 이날 무엇이 나부끼고 있었던가?

　하늘 아래 얼굴을 들어 떳떳한 사람들은 일찍부터 저희들의 깃발을 가지고 있었다. 저희들의 자유, 저희들의 승리, 저희들의 온갖 명예를 그 밑에 성취하며 그 밑에 바치는 저희들의 깃발을 가지고 살았다. 그러나 우리는 얼마나 오랫동안 깃발 없는 하늘 밑에 살아왔는가!

7월 11일, 우리는 잊을 수 없다!

우리는 보았다! 우리 눈 속에는, 이날 인민위원회 지붕에 그 첫 모양을 나타내어 드높게 휘날리던 우리들의 새 국기가 지금도 퍼덕이고 있으며 눈감아도 우리 마음속에 활화活畵처럼 영원히 퍼덕이고 있을 것이다!

오! 우리 국기! 우리 조국을 '민주주의인민공화국'으로 선포하는, 저 창공에 뚜렷한 우리 국기! 파도치듯 힘차게 퍼덕이는 푸른 줄기, 불길 날리듯 하는 붉은 바탕에 날개를 펴고 떠올라, 쳐다보는 가슴마다에 쏘아와 박히는 별! 이 희망에 타는 별의 기! 무한한 앞날 우리 조선 인민들이 받들고 나갈 지상至上*이 화폭畵幅! 무궁한 생명의 별, 무궁한 불꽃의 탄생인 것이다!

금색 찬연한 국장國章 마주 걸린 인민위원회 로대露臺에는 이날, 우리 민족의 영웅이신 김일성 장군을 선두로 인민의 각계 대표들과 남북의 요인들이 한 줄에 나타나 있었다. "저분은 누구시다!" "저분은 어떤 이다!" 군중들은 저마다 발돋움을 하였다. 흰 여름옷에 언제나 그득한 웃음이신 김 장군! 오늘 우리들이 저 새 국기를 우러러 이처럼 가슴 뛰거든, 저 어른의 심사 어떠실 것인가! 지난날 우리들의 고난苦難의 기록을 왜적의 총검에 찢기며 동지들의 피로 물들이며 해방되는 날까지 고군분전해보신 저 어른의 심사가 오늘 우리들의 새 국기 앞에 과연 어떠실 것인가? 장군은 이번 인민회의에서 이렇게 외치셨다.

"우리 민족을 영원히 분렬시킬 위험과 남조선을 미제국주의 식민지로 변화시킬 위험은 어느 때보다도 더 현실적으로 되었습니다. 우리는 우리 조국에 조성된 정치 정세와 사변들의 진행을 침착하고 랭정하게 방관

| *최상.

하고만 있을 수 있겠습니까? 우리는 결코 방관하고 있을 수 없습니다."

장군은 대의원들을 통해 전 조선 인민의 가질 바 결의를 일깨우신 것이다. 우리는 이미 분노를 견디어온 지 오래며 끓는 피를 억눌러 참은 지 오래다. 장군의 이 호소는 삼천만의 불길 서린 가슴에 드디어 점화點火하신 것이다!

저 민주 하늘에 번뜩이는 조국의 새 깃발 밑에 우리는 어찌해서 아직 마음껏 즐겁지 못하며, 거듭 분노로써 궐기하지 않으면 안 되는가? 해방된 지 이미 삼 년에 어찌해 우리는 다시금 조국의 해방을 위해 피 흘려야 하는가?

우리는 리왕조李王朝의 암매 부패한 정치 때문에 일본제국주의 독아毒牙*에 걸려 반세기에 가까운 비참한 노예생활을 맛보았다. 그러나 이 반세기에 가까운 모욕의 시기는, 우리 민족이 침략자에 대한 끊임없는 반항과 투쟁의 빛나는 력사이기도 했다. 3·1운동은 약소민족의 해방투쟁으로 세계적 파문을 일으킨 것이며 김일성 장군의 무장투쟁은 세계 최장기의 유격전이었고, 국내 선각자들의 반제反帝 사상투쟁은 어느 곳 피압박 민족들보다 치렬한 것이었었다. 소위 제왕과 사대부들은 나라를 헌신처럼 팔아먹었으나 인민들은 자유와 조국을 위해 한결같이 싸워왔다. 이제 리승만, 김성수의 무리가 미군의 비호 밑에 괴뢰정권을 수립하였으며 또한 조선을 절반만이라도 미제국주의자들에게 팔아먹을 연극을 꾸미고 있다! 이것이 가능한 일인가? 이것이 3·1운동과 김일성 장군과 혁혁한 반제 투쟁사를 가진 조선 인민으로 무심히 보아버릴 수 있는 일인가? "우리는 결코 방관하고 있을 수 없습니다."라고 한 김 장군의 말씀은 삼천만 조선 인민 전체의 대답이 아니고 무엇인가? 조선 인민은 자유와 조국을 위

| *남을 해치려는 악랄한 수단.

해 이미 싸울 줄 알았으며, 파시즘의 아성을 처부순 소련은 변함없는 정의와 민주정신의 성새*로서 그들이 진주한 지역에서는 그곳 인민, 그곳 민족들의 자주권이 확립되어 있다. 이런 다행한 북조선에서는 우리의 영명한 지도자 김일성 장군의 20개 정강을 기초로 한 모든 민주개혁으로 말미암아 단기간에 최대한의 건국 기초를 닦아놓았다. 자유와 조국을 위해서는 언제든지 싸운 민족□□들과 영명한 지도자와 모든…(중략―『신문장강화』 원본 116~117쪽 3줄을 판독할 수 없음.)

얼마나 목말라 그리했으랴!

남조선은 우리 조선의 절반이다!

남조선은 지금 미제국주의자들과 그들의 주구 리승만, 김성수 등 매국노들의 지배하에 있다. 거기서 인민들은 모든 국가기관에서 구축되었다. 거기서 애국자들은 말할 것도 없고 정의와 통일독립을 말하면 어린 학생까지도 체포, 감금, 학살되어야 한다! 36년 간 노예생활에서 풀려 이제는 자유스러운 조국 하늘 밑에 살아보리라! 희망에 끓던 형제들은 반년이 못 지나 또다시 제2 리완용과 제2 일제에 걸려 원통하게도 총검과 곤봉과 교수대의 이슬이 되어 있다!

그러나 여기 조선민주주의인민공화 국기는 날리고 있다! 저 깃발을 갈망해 흘린 인민의 피와 땀은 결코 헛되지 않았으며 영원히 헛되지 않으리라!

파도처럼 퍼덕이는 푸른 줄기, 불길 날리듯 하는 붉은 바탕에 날개를 펴고 떠올라 쳐다보는 가슴마다에 쏘아와 박히는 별, 희망에 타는 별의 기, 삼천만의 피와 땀에서 솟은 꽃이여! 세계 모든 민주주의국가 인민들이 축복을 보내는 깃발이여! 높이 높이 어서 삼천 리 방방곡곡에 휘날리

---

* 성과 요새를 아울러 이르는 말. 혹은 나라를 지켜 싸우는 강력한 역량을 뜻하는 북한말.

라! 오늘 너 공화 국기는 우리 조국을 우리 손으로 싸워 세우는 영원한 승리와 명예의 깃발이 되라! 네 밑에 모든 불의는 굴복할 것이요, 네 밑에 정의의 인민은 영원히 승리와 평화를 노래하리라!

—필자가《문화전선》에 쓴 것

서정문이라 하면 과거에는 애달프고 달콤한 감상感傷만을 쓰는 글로 알아온 폐가 있다. 그 시대에는 정의를 예찬하며 불의를 미워하는 격한 감정은 표현할 자유가 없었기 때문에 정서를 주로 하는 글은 절로 애상哀傷을 주제로 하는 데 치우치기 쉬웠던 것이다.

1) 서정문의 세 가지 수법

① 직서법直敍法

꽃도 좋다. 그러나 나는 신록이 더욱 좋다. 밤비 뿌리는 소리에 꽃이 흩어질 것을 아까워하지 않는 사람은 무정한 사람일지 모른다. 그러나 나는 꽃을 더 오래 보기보다 어서 신록이 드리운 푸른 그늘 아래를 거닐고 싶은 것이다. 비 갠 이른 아침 흩어진 락화는 밟으면서라도 그 금빛 같은 태양과 맑은 바람에 선들거리는 푸른 잎들을 우러러볼 때 그때처럼 나 자신까지 힘차고 신선함을 느끼는 때는 드문 것이다.

자기의 감동됨을 독자에게 직접 호소한다. "신록이 꽃보다 더욱 좋다." 하는 감동이 독자에게서 절로 일어나도록 묘사한 것이 아니라 대뜸 자기의 격해진 감정대로 "나는 신록이 더욱 좋다." 해버렸다. 일반적으로 많이 쓰는 단순한 수법이다.

② 묘사법描寫法

연주가 끝나자 나는 꿈을 깨는 것같이 전신이 허전하였다. 청중을 향해 례를 하고 걸었는지 뛰었는지 모르게 나오니 내 귀에는 그제야 박수 소리가 와르르 울려왔다. 5초…… 10초…… 박수 소리는 아마 재청再請인 듯하였다.

"졸업 연주도 이것으로 끝이 났구나!"

나는 내 방 책상 위에 걸려 있을 어머니 사진이 선뜻 눈앞에 떠올랐다. 웃으시는 얼굴이다. 내 이 졸업을 위해 남모를 눈물과 땀을 흘리신 어머니, 한 학기를 한 학년처럼, 내 뒤를 대시기에 애써 오신 어머니, 오늘 이 저녁을 못 보시고 반년 전에 돌아가시고 만 어머니! 어머니는 오늘밤 내 연주를 들으셨을까? 동무들이 재청에 나가라고 어깨를 흔들었으나 나는 다시 연주할 정신을 차릴 수가 없었다.

직접 슬프다, 기쁘다 하지 않았다. 그 정상情狀을 그대로 그려 독자로 하여금 그 정서를 체험케 한다. 가장 우수한 수법이다.

③ 영탄법詠嘆法

만세! 만세! 조선독립 만세!

자꾸 부르자! 목이 쉬어 터지도록 부르자! "만세! 만세!" 소리는 여태 36년간 우리 민족이 하고 싶으나 목이 졸리어 못하던 모든 소리의 총화인 것이다! "만세! 만세!" 소리는 국내, 국외에서 반일 투쟁하던 민족의 모든 영웅들과 지도자들에게 목이 타도록 호응하고 싶으나 외치지 못하던 우리 민족의 모든 애국 정열의 총화인 것이다!

오, 만세! 만세! 조선독립 만세!
부르자! 목이 터지도록 부르자!

직서법처럼 직접 호소하는 점은 같으나 더 영탄조詠嘆調로 나타난다. 고조된 정서는 파도와 같이 물결쳐 어조가 율동적이기 쉽다. 낭독하기 좋은 것이 이 영탄법의 서정문일 것이다. '오!' '아!' 를 남용하지 말 것이며 너무 과장하여 호들갑을 떨면 진정이 없어지고 헛된 넋두리처럼 될 위험성이 있다.

5. 기사記事와 인상기印象記

1) 기사

어떤 사건을 과장 없이, 장식 없이, 빠짐없이, 분명·정확하게 알리는 글이다.

자기가 체험한 일이나, 자기가 보고 들은 일을 빠짐없이 정확하게 기록해야 될 경우는 직업적인 신문기자가 아니라도 누구에게나 있을 수 있다. 자기가 처음 체험한 일을 일기에 기록할 필요도 있고, 처음 보고 들은 바를 편지나, 기행문에, 혹은 연구나 조사보고문 중에 기록해야 될 경우도 있다. 한 사실, 한 사건을 기록하는 글로 일반적인 것은 신문 기사이니 우선 신문 기사에서 한 가지 예를 들어보기로 하자.

함남 북청北靑에서

큰 범을 잡다

(북청) 지난달 31일 오후 3시경에 북청군 하거서면 하신흥리 웅동이란 곳에서 백주에 큰 범 한 마리를 잡았다 한다. 잡은 사람으로 말하면 풍산군 안수면 장평리 리×× 씨와 동군 안산면 파발리 김×× 씨로, 그렇게 큰 범은 근래에 보기 드문 범이라 한다.

어느 신문 지방면 기사의 하나였었다. 얼마나 싱거운가? 큰 범이라 하였으니 누구나 첫째, 얼마나 큰가? 궁금할 것이요, 둘째, 어떻게 잡았나? 총으로인가? 몽둥이로인가? 사람은 상치 않았나? 이런 점을 알고 싶을 것이며, 백주라 하였으니 어디서 어떻게 나타난 범인가를 알고 싶을 것이다. 그런데 이 기사는 독자에게 이 첫째 되고, 둘째 되고, 셋째 되는 중요한 사실들은 빼어놓고 잡은 사람들의 주소, 성명만 호적등본처럼 캐어놓는 것으로 다하였다. 물론 주소, 성명도 필요하지만 가장 알릴 가치 있는 것들은 빼놓았기 때문에 주소와 성명만 쓸데없는 것처럼 두드러지는 것이다.

기사문은

① 누가(혹은 무엇이)

② 언제

③ 어디서

④ 무엇을

⑤ 어떻게 했다(혹은 됐다)

이 다섯 가지가 법칙인 것이다. 그러나 이 다섯 가지만 기계적으로 표시된다고 만족한 내용이 되는 것은 아닐 수도 있다. 그것은 위의 범 잡은 기사를 보고 알 수 있으니 '누가, 언제, 어디서, 범을, 잡았다' 는 다

드러났으되 독자는 물론 그 기사를 쓴 기자도 뒷날 읽어보면 결코 만족하지 못하게 되었다. 그러니까 '누가, 언제, 어디서, 무엇을, 어떻게 했다' 의 다섯 가지를 밝혔다 하더라도, 그 다섯 가지 중 가장 중요한 것, 독자들이 가장 관심을 크게 가질 것에, 또 독자들에게 가장 요긴한 것에, 중점을 두어 전달해주어야 할 것이다. 범을 잡았다는 사건만으로도, 만일 어린아이가 잡았다면 ①과 ⑤에 중점을 두어야 할 것이요, 종로 네거리 같은 데서 잡았다면 ③에, 밤이 아니라 백주라면 ②에 중점을 두어 써야 할 것이다.

이 기사문을 신문 기사만으로 국한해 말한다면, 다음 몇 가지 요점을 더 기억해둘 필요가 있을 것이다.

① 판단이 정확할 것. 이 사건이 기사의 가치가 있는가 없는가에 대하여.

② 객관적이어야 할 것. 되도록 공정하기 위해서.

③ 내용에는 냉정하더라도 독자들에겐 친절한 태도를 가져야 할 것. 기사가 좀 길어질 듯하면 먼저 대체 요령만 쓰고 다음에 자세히 써서 더 잘 알고 싶은 사람만 끝까지 읽게 하며 인상이 선명하도록 내용의 선후를 정리하고, 요령만 고르고, 중요한 것에 중점을 두어야 하며 같은 토를 중복하지 말 것이다.

④ 신속해야 할 것이다. 신속을 상업적으로 경쟁하던 시기에는 남보다 앞서 보도하기 위해 미처 내용 조사의 불충분이 많았다. 내용이 정확, 충분하다고 해서 시간적으로 태만해서도 안 된다.

2) 인상기印象記

어떤 인물을 만나보고 또는 어떤 집회와 어떤 사업의 현장에 가보고 받은 인상을 기록하는 글이다.

신문에는 흔히 어떤 인물과 어떤 집회나 사업 현장들의 사진이 난다. 한 폭의 사진보다도 여러 장면의 정황을 그대로 보여주는 영화도 있다. 글로는 아무리 여실히 그려도 사진이나 영화로 보는 이만 못할 것이다. 그러나 글로 써서 전하는 인상은 사진이나 영화보다 더 다채로울 수 있으며 여실한 데 그치지 않고 더 깊이 들어가 진실할 수 있는 특장特長이 있다. 사진이나 영화는 시각적인 것만을 전하되 그것도 기계적이 아닐 수 없되 글로는 같은 시각적인 것이라도 가장 인상적인 것만 골라낼 수 있고 비록 보기엔 적고 빛나지 않더라도 그것이 뜻 깊은 것이면 이것을 지적해 크게 전달할 수 있는 것이다. 그리고 시각적인 데 국한되지 않고 모든 정황을 인상적으로 전할 수 있으며 신문 기사와도 다른 것은 어느 정도로 주관을 넣어야 하며 장식적인 필치로써 숫자적인 것의 정확보다 가장 뜻 깊고 글자가 되는 것, 전형적인 것을 뚜렷이 내세워 독자에게 가장 중요한 광경과 사상을 보여 인상 가지게 해야 한다. 신문 기사에서는 읽고 나면 '알게' 되어야 하고 인상기에서는 읽고 나서 '느끼게' 되는 편이어야 한다.

해방 후 북조선에서는 우리 민족이 후손들에게 그 인상을 길이 남겨야 할 중대한 역사적 회합이 많았다. 다음에 소개하는 것은 조선최고인민회의 제1차 회의 인상기이다.

력사적 회의

선거 지난 지 여드레 만인 오늘 땀과 피로 투표한 전 조선 인민들의 열화 같은 기대 속에 조선최고인민회의는 드디어 열렸다. 이날 평양은 우리 민족의 신생을 상징하는 듯, 봄비 같은 고운 비가 내리쳐서 지난 모란봉을 신록처럼 씻어주는데 일제의 신사 터를 뭉개고 우리 손으로 새로 세운 모란봉 극장에서 반만년 력사에 일찍 있어본 적 없는 명실 그대로의 인민회의가 열린 것이다.

북으로 강계, 경흥으로부터 남으로 거제, 제주도까지 방방곡곡에서 뽑혀온 대표들, 빈발이 허연 로老혁명가가 계신가 하면 무쇠팔뚝에 석탄내와 흙내 그대로 풍기는 로동자와 농민도 있고 옷매무새 단정한 젊은 녀성이 있나 하면, 테러와 반동 경찰과의 피투성이 싸움판에서 찢어진 적삼인 채 온 투사도 있다. 서북 말씨와 령남 말씨의 서로 어우러져 잡는 손목, 그들은 손보다도 먼저 눈들을 뜨거워했다. 남달리 쓰라린 고초의 40년을 겪은 형제, 다시 남북으로 갈려 3년 동안 오늘 이날을 쌓아올리기에 북조선 형제들은 얼마나 많은 땀을 흘렸으며 남조선 형제들은 얼마나 많은 피를 흘렸는가?

로동자, 농민, 학자, 예술가, 사무원, 상인, 각계각층의 대표들, 여기가 한 덩어리 조선이요, 이것이 한 덩어리 우리 민족인 것이다. 누가 이 자리에 오지 않았는가? 오직 민족의 원수 리승만, 김성수 따위 매국도당들뿐이다.

회장은 정성스럽게 장식되어 있었다. 정면 면막 위에는 금자로 '조선민주주의인민공화국 최고인민회의 제1차 회의'라 쓰여 있었고 창공색을 배경으로 한 주석단 뒤에는 붉은 글자의 '조선민주주의 인민공화국 만세!' 그 아래 붉은 별의 광채 찬연한 국장, 그 좌우로는 13도를 상징하는 열세 개씩의 새 국기가 방사선으로 꽂혀 있었다. 심녹색 테이블들에 청초한 흰 의자들, 어서 주석들의 등단을 기다리는 듯했다. 각 도별로 대의원들 자리가 거의 찰 무렵, 래빈석에는 우리 민족의 해방의 은인이요, 오늘 우리의 조국 '조선민주주의인민공화국' 탄생에 절대적인 협조국인 소련의 귀빈들이 참석해주었다.

정각 오전 열한 시가 림박하자 장내에는 우레 같은 박수가 일어났다. 우리 민족의 영웅 김일성 장군을 선두로 김두봉 선생, 박헌영 선생, 허헌 선생, 최용건 선생, 김원봉 선생, 홍명희 선생, 모두 웃음에 찬 얼굴들로 입장하신 것이다. 멀리서 오랫동안 흠모하던 남조선의 대의원들은 황홀한 시선으로 이때 앞을 지난 장군의 뒷모양이라도 발돋움을 하면서 따랐다.

이윽고 박수 소리가 끝난 뒤에 이 력사적 우리 조선 인민의 최고회의는 최고령 대의원 충남 정운영 선생의 개회사로 시작되었다.

선생은, 오늘 이 최고인민회의는 북조선 인민들의 건설투쟁과 남조선 인민들의 반동과의 투쟁에서 나온 전 조선 인민들의 승리라 했고 이 회의에서의 통일중앙정부의 탄생을 남북조선의 인민들은 일각이 삼추로 고대한다 하였다. 어느 대의원이 이를 진작 폐부에 새기지 않았으랴! 오늘 이 북조선이 통일조국의 토대 되게끔 주야 없이 지하 몇 천 척 탄층 속에서 와 끓는 용광로 앞에서 싸워온 아오지 탄광 박동수 동무, 황해 제철 한기창 동무들이 저기 앉았으며, 국토를 분할하며 동포들을 다시 식민지 노예로 만들려는 미 제국주의와 그 주구들과 피투성이 싸움을 해온 제주도 무장 항쟁의 김달삼 동무며 허다한 구국투쟁의 투사들이 저기 있다.

어느 대의원의 얼굴이 핏줄 어린 굳센 결의로 번득이지 않았으랴! 미 제국주의배와 그 주졸들이 력사에서 사라져가는 검은 그림자들로 아무리 우리 강토 내에서 최후의 발악을 한다 한들, 이미 인민의 승리의 기초 위에 이룩된 조선민주주의인민공화국 앞에는 낮도깨비들의 무리로 사라질 날이 멀지 않을 것이다.

정운영 대의원은 개회사를 마치자 의장 선거의 순서로 옮겼고 의장으로 피선된 허헌, 김달현, 리영, 세 명이 등단하여 회의는 본 회의의 페이지가 열리기 시작한 것이다. 먼저 회의 순서 통과만으로 오전 회의를 마치고 오후 네 시에 속개하여 헌법위원회 선거와 대의원 권리의무규정, 기초위원회 선거로 이날 회의는 마쳤다.

나는 오늘처럼 뜨거운 박수 소리를 들으며 쳐본 적은 없다.

한 가지 순서가 지나갈 때마다 우레 같은 박수들과 끓는 시선들, 어찌 이 자리의 대의원들과 방청인들만의 박수요 시선들일 것이냐! 3천만 조선 인민들이 오늘 이 자리를 향해 뚜드리는 박수며 이 자리를 향해 우러러보는 끓는 시선들일 것이다.

—1948년 9월 3일 《노동신문》에 난 필자의 인상기

6. 르포르타주reportage

르포르타주는 실생활 속에서 구체적 사실을, 또는 어떤 현장의 정황을 문학적으로 보도하는 글이다.

르포르타주는 사실주의적寫實主義的 보도문이라 할까, 신문 기사에서 발전된 한 형식으로 신문기자의 입장에서 더 깊이 들어가 한 작가적 입장으로 쓰는 보도문이다. 보도문은 단순히 일러주는 데 그치나 르포르타주는 일러주기만 하지 않고 일러주는 대상을 묘사하여 보여주며, 또 중점적으로 역설하여 고무시키는 데까지 끌고 나갈 수 있다. 정확한 조사에 그치지 않고, 풍부하게 느껴 정채 있고 발랄한 표현으로 읽는 사람에게 자기 눈으로 보는 것 같고 자기 전신으로 느끼는 것 같게 체험답게 알려주는 것이 이 르포르타주의 사명이다.

1천 6, 7백도의 쇳물이 폭포처럼 쏟아지는 용광로 작업에서부터 시뻘건 철판이 신작로 깔려나가듯 하는 압연 작업에 이르기까지, 그 감격스럽고 현란한 공정들의 광경과 왕성한 애국적 의욕으로 찬 노동자들의 면모가 건조한 보도기사만으로는 알려지지 않는다. 좀 더 다채로운 전달이 필요한 것이다. 이번 제2차 대전 때 소련에서는 가장 격전지인 스탈

린그라드에 대한 기사에는 시모노프와 그로스만 같은 저명한 작가들이 많이 썼고, 이들 작가들의 문학적 기사, 즉 르포르타주들은 어떤 신문 기사들보다 전체 인민에게 그 현지 정황을 체험에 가까운 심각한 인식과 고무를 주었다.

우리나라에 있어서도 완전 통일을 앞두고, 영원한 자유와 부강을 앞두고, 인민들은 각기 자기 위치에서 영웅적으로 투쟁하고 있다. 이들의 실생활 속에서 구체적 사실들과 이들의 발랄한 현지 속에서 구체적 정황들을 들어 이들의 영웅적 노력을 세상에 과시시키며 전체 인민을 이 방향으로 더 한층 고무, 궐기시키는 의무는 모든 붓을 든 사람들에게 지워진 것이다. 이 르포르타주의 긴요성은 절실한 것이다.

르포르타주는 작가적 입장으로 쓴 보도문이라 했다. 그것은 작가만이 쓸 수 있다는 말은 아니다. 내용을 조사하여 독자의 귀에 전하려 하기보다, 구체적 사실을 충분히 보고, 깊이 느껴, 묘사해서, 독자의 눈에 방불하도록 보여줌으로써 그 내용과 진상을 체험적으로 인식시키는 것이 르포르타주의 생명인 것이다.

이런 르포르타주에는, 묘사해내는 힘이 절대로 필요하다. 묘사는 작가들의 근본 기술이기 때문에, 르포르타주는 작가들이 쓴 보도문이란 말이 나온 것이요, 작가만이 쓸 수 있다는 의미는 아니다. 이야기해 들리지만 말고 중요한 장면은 다채롭게 묘사하며 충동적인 역점을 두어 읽는 사람들로 하여금 그 현장에 가 서 있는 듯하며 그 현장 사업의 핵심에 부딪힐 수 있게 되었으면 그것은 누가 썼든지 훌륭한 르포르타주임에 틀리지 않을 것이다.

7. 기행문紀行文

여행하는 이야기와 낯선 곳에서 얻은 감상을 쓰는 글이다.

여행은 집을 떠나는 일이다. 하나도 눈에 익은 환경이나 몸에 밴 생활이 아니다. 기차든, 배든, 비행기든, 우선 빠른 것을 타고 날아보는 듯한 유쾌함에서부터, 가는 곳이 바다나 산이라면, 맑고 장엄한 자연 속에 안기는 것이며, 가는 곳이 옛 고향이나 새로 보는 도시라면, 감개 깊은 것으로나, 처음 보는 것 많은 것으로나, 모두가 감상의 대상이 풍부한 환경이 될 것이다. 더구나 멀리 외국을 여행한다면 이 모든 내용은 더욱 풍부할 것이다. 온천이나 약수나 신선한 공기는 몸의 피로와 병을 고쳐주며 아름답고 웅장한 경치는 감정을 미화시키며 기개를 돋우어준다. 고적지의 문화유물들은 역사의 산 공부가 되며 신흥도시의 현대적 건설들은 문명에 대한 지식과 의욕을 충동시킨다. 여행은 누구의 생활에 있어서나 가장 가치 있는 변화일 것이다.

이런 여행을 오늘 민주조선에서는 사회보험의 혜택으로 누구나 가질 수 있게 되었다. 모든 것이 새로운 여행 속에서는 누구나 다감하지 않을 수 없고, 누구의 이야기나 여행에서 보고 들은 것치고 평범한 것은 없다. 그래서 그 여행한 이야기, 여행에서 새로 보고 들은 이야기, 새로 느끼고, 새로 안 이야기를 여실히만 기록한다면 그것은 읽는 모든 사람에게 그 여행을 체험시키는 훌륭한 미덕이 되는 것이다.

기행문은,

① 떠나는 즐거움이 보이도록. 자신이 기뻐해야 독자가 기대를 갖는다.

② 가는 노정路程이 보이도록. '여행 안내'처럼 지도地圖 설명식이 될 필요는 없지만, 앉아서 읽는 사람에게 '어디로 가는' 느낌을 주어

야 한다.

③ 모든 풍물을 유심히, 또 자세히 보며 눈에 선 맛을 느껴놓아야 한다.

④ 그림이나 노래를 넣는 것도 좋다.

⑤ 여행의 목적이 성취되고 못된 것을 밝힐 것이다.

⑥ 고증考證을 일삼지 말 것이다. 어떤 이는 자연이나 고적에 대해서, 학술적 보고에서나 할, 지나친 전문적 이야기와 고증을 일삼아 기행문의 면모를 상친다.*

그리고 노정과 일정이 멀고 오래 걸릴 데서는 일기체로 쓰는 것도 좋으며 또 당일로 다녀올 원족기遠足記 같은 데서는 다음의 몇 가지에 유의하는 것이 요령을 잊지 않는 방법일 것이다.

① 날씨.

② 가는 모양.

③ 가는 곳과 자기.

④ 상상하던 것과 실지.

⑤ 새로 보고 들은 것.

⑥ 가장 인상 깊은 것.

⑦ 거기서 솟은 무슨 추억과 희망.

⑧ 이날 전체의 총결總結적 감상.

나는 여기, 떠나는 즐거움을 보이도록 쓰려고 한 나의 『소련기행』의 첫날 치 일부와 모든 풍물을 유심히 보아 쓰려고 한 나의 『사회보험 주을 정양소에 오는 길』의 1부를 전재한다.

| *북한어. 상하게 하다.

8월 10일(1946년)

감격, 새로운 8·15의 첫돌이 며칠 남지 않았다. 거리거리에 솔문이 서고, 광장마다 기념탑이 서고, 군데군데 사람들이 웅성거리고…… 옛 고구려의 서울은 여러 세기 만에 이 시민들의 진정에서의 성장盛裝을 해 보나 보다.

대동강 물은 그저 붉게 흐르나 비행장의 하늘은 여러 날 기다린 보람 있게 맑게 개었다.

우리를 실어갈 쌍발대형雙發大型 기익機翼 아래서 주둔 소련군 사령 장관 치스챠코프 대장은 우리의 일로평안을 빌었고 자기 나라에 가면, 무엇보다 그동안 일본의 대소선전對蘇宣傳이 옳았는가, 옳지 못하였는가를 보아 달라 하였다. 떠나며 보내는 군은 악수와 조·소 친선을 위해 높이 부르는 만세소리를 뒤로 남기고 우리는 비행기 두 대에 분승, 0시 25분에 리륙하였다.

비행장에 둘러선 수백 인사의 환호는 프로펠러 소리에, 태극기와 붉은 기를 휘두르는 모양들만 돋보기에 스치듯 어릿어릿 지나쳤다. 시선은 이내 수평이 소용없어진다. 솔개의 신경으로 물상物象의 정수리만 내려 더듬어야 하니 나는 이 눈 선 수직풍경垂直風景에 우선 당황해졌다. 대동 강은 일종 물의 표지標識였고 모란봉도 한 줌 흙만 한 것을 지나 큰 집이 라야 골패짝만 한 시가가 한편 귀가 번쩍 들리며 회전한다.

평양에 익지 못한 나는 어디가 어디인지 한 군데도 알아볼 수 없다. 강이 또다시 나오더니 이번엔 비행장이 손바닥만 하다. 평양을 한 바퀴 돈 것이었다. 저 좁은 비행장에서 어떻게 날았나 싶게 우리는 이미 고공 에 떠 있었다. 다시 모란봉 위를 지나서야 기수機首*는 동북간을 향하고

| * 비행기의 앞부분.

그린 듯한 균형 자세를 취한다.

높이 뜨니 가는 것 같지 않은데 잠깐 사이에 실개천같이 가늘어진 대동강 상류가 어느 산 갈피에 묻혀버리고 웅긋중긋 산봉우리들이 몰려들었다. 기체機體가 주춤거림은 양덕, 맹산 위로 조선의 척량脊梁을 넘는 것이었다.

구름들이 고왔다. 함박눈에 쌔운* 나무들이 정원에 둘러선 것 같았다. 어떤 것은 기익에 부딪혀 폭삭 꺼지는 것 같고, 어떤 것은 우리가 한참씩 시야를 잃고 그 속을 빠져나가야 했다. 이 눈부시게 흰 구름 속을 나오면 하늘은 몇 배 더 푸르렀다.

아, 해방된 조선의 하늘! 이 아름다운 청자靑磁 하늘을 우리는 지금 날고 있는 것이다! 로동자, 농민, 학자, 정치가, 예술가, 이렇게 인민 각층에서 모인 우리가 롱籠** 속에서 나온 새의 실감으로 훨훨 날고 있는 것이다. 권력의 독점자들만이 날 수 있던 이 하늘을 오늘 우리 인민이 나는 것은 땅이 인민의 땅이 된 것처럼 하늘마저 우리 인민의 하늘이란 새 선언이기도 한 것이다.

나는 맞은편에 앉은 농민대표, 호미 그것처럼 흙을 풍기는 거친 손의 윤 로인을 바라보고 이 려행, 이 비행의 감격이 다시금 새로웠다. 농민도 학자도 다 같이 비행기를 탈 수 있는 사회, 이 한 가지는 모든 조건에 있어 비약이요 그 약속이기 때문에 실로 아름답고 꿈인가싶게 감격되지 않을 수 없었다.

"꿈꿀 힘이 없는 자는 살 힘이 없는 자다."

나치 독일과 가장 맹렬히 싸운 작가 에른스트 톨리가 어느 작품 서두에 써놓은 말이다. 지금 우리가 이런 꿈같은 화려한 양식으로 찾아가는

* '싸이다'의 평북 방언.
** '농'의 북한어.

135

소비에트야말로 위대한 꿈이 실현되어 있는 나라가 아닌가!

어느덧 분수령을 넘은 듯 계곡은 모두 동쪽으로만 뻗어나갔다. 군데군데 산등어리에 버짐 먹은 화전火田과, 공중에서 우박 뿌린 듯한 무덤들이 자연의 두흔痘痕*처럼 보기 싫었다. 기다리던 것보다 빠르게 바다가 나오는데 그는 기차에서보다 더 녀성으로 보였다. 록정불가타綠淨不可唾**로 검불 한 올 떨어뜨려도 생채기 날 듯한 이 미인바다는 버섯 돋듯한 섬들을 보여주며 흥남, 단천의 항만과 공장들을 보여주다가, 그만 웅기만雄基灣 일대에 이르러서는 구름 속에 숨기 시작했다. 청진인 듯한 항도의 일부가 슬쩍 지나치고는 기하機下는 완전히 구름바다로 바뀌고 말았다.

이내 국경일 것인데, 국경이라도 두만강, 우리 민족의 피와 눈물이 가장 많이 흐른 두만강일 것인데 여기를 구름 때문에 우리는 분별없이 지낼 수밖에 없었다. 생활을 찾아, 간도間島로, 연해주沿海州로, 우리 선인들이 가장 많이 헤맨 국경이며 3·1운동 이후 우리 민족의 영웅들이 가장 많이 피 흐르는 발로 넘나들던 데가 이 국경일 것이다. 김일성 장군이 그 반생을 동구서치東驅西馳하던 빨치산 무대와 일부가 지금 우리 발밑에 있을 것이요, 이번 우리 민족해방의 선구 붉은 군대도 이 두만강을 건너 들어왔던 것이다. 더구나 나 자신은 남몰래 다감한 바 있었다. 리왕조가 넘어질 무렵, 보수 세력에 밀린 개화사상의 일 청년이던 내 선친께서는 여섯 살 난 나를 이끌고 이 국경을 넘으셨고 간도 일대를 중심으로 개화운동을 재기시켜보려던 꿈을 안은 채 바로 합병되던 해, 연해주 해변, '아지미'인가 '시지미'인가 하는 한 고촌孤村에서 그만 기세棄世***하시고 만 것이다. 내가 리조풍李朝風의 당시 땋아 늘였던 머리꼬리를 구라파식 니켈 가위로

---

* 마맛자국.
** 푸르고 맑아 침조차 뱉을 수 없다.
*** 세상을 버린다는 뜻으로, 웃어른이 돌아가심을 이르는 말.

잘라버린 곳도 이 국경 넘어 블라디보스토크에서였다. 감개무량한 국경 일대는 끝끝내 구름에 덮여 있었다.

"소련이다!"

누가 외쳤다. 구름이 한편 트인 것이다. 우리는 그쪽으로 몰렸다. 큰 호수와 민숭민숭한 초원인데 전답이 없이 계절만 살찌는 여유 있는 자연이 벌써 눈에 선 풍경이었다. 흰 벽의 양옥들과 함선 많은 항만들이 온전히 이국적이다. 기수는 자주 방향을 바꾸더니 고층건물이 무더기로 드러나고 공장연기 자욱이 엉킨 '블라디보스토크'를 멀찍이 지나친다. 상당히 큰 도시다. 두만강에서 지척인 여기에 언제 저런 현실이 있었나 싶다. 웅기만 이북은 온전히 자연의 여백인 것처럼 우리는 너무나 관념이 없이 살았다. 이 '블라디보스토크'는 전 소련에서 '타슈켄트'와 제3위를 다투는 대도시라 한다.

무슨 밭인지 얼레로 빗긴 것 같은 것은 기계농장일 것이다. 무성한 림상林床, 평화스러운 방목放牧의 무리, 밭마다 누런 꽃이 해바라기인 것을 알아볼 수 있도록 낮아졌을 때, 한편으로 백색 양옥들의 시가가 보이며 비행장이 펼쳐졌다.

푸른 버스, 그 옆에 늘어선 군복과 위생복의 사람들, 쳐다보고 또렷하게 손들을 젓는다. 무슨 지붕엔지 스칠 듯 가라앉으며 우리 30호기는 33호기보다 앞서 소련의 첫 공항 '워로실로브'에 안착하였다. 오후 네 시, 여기 시각으로 오후 세 시, 이제 조선과 모스크바 사이에는 여섯 시간의 차가 있어 가끔 한 시간씩 놓아야 할 것이었다.

산이라기보다 둥글둥글한 풀언덕을 미끄러져 오는 바람이 평양에서보다 훨씬 서늘하다. 33호기도 이내 뒤를 이어 착륙하였다. 우리의 긴 행정을 인도해줄 폴소프 소장과 강 소좌 두 분을 아울러 27명인 우리 일행은 함경도 사투리의 조선인 장교도 한 분 낀 소련원동독립군단 제씨의 뜨겁고 정중한 환영인사를 받았다.

—필자의『소련기행』의 첫머리 '첫날' 중에서

6월 5일 날 저녁 나는 평양역에서 라진행 급행에 올랐다. 나는 호젓하리만큼 아무것도 가지지 않았다. 우리 인민위원회 로동국의 정양권靜養卷 한 장을 넣었을 뿐 다른 무거운 아무것을 들지 않아도 내리는 곳에 생활이 먼저 기다려줄 것처럼 마음 가든한 려행은 없다.

차는 정각 19시에 가벼운 스타트로 구르기 시작하였다. 나는 맑게 닦은 차 앞으로 바투 붙어 앉았다. 아이스크림을 팔던 아이, 찬합 밥을 팔던 사람, 모두 한 걸음 물러나 길 떠나는 사람들을 축복하는 얼굴들이다. 손에 망치를 든 채 이미 굴러가는 차바퀴나마 다시금 들여다보는 검차원들의 믿음성스러움이며, 어느 칸에 상관이 앉아가는 듯 거수례를 부치고 섰는 인민군의 몇 사람, 이제는 땀 밴 복장들도 몸에 맞고 단련된 골격으로 어깨와 가슴들도 떡 벌어졌다. 긴 플랫폼 위의 모든 광경이 은성하고 자리 잡혀간다.

두어 정거장 지나서 우리 찻간에는 흰옷 입은 소년이 나타났다. "건국 사업들에들 얼마나 고단하십니까?" 인사하였고 식당차의 채단茶單* 안내를 하였다. 정식 이외에 일품식으로 비빔밥과 장국밥도 있으며 맥주와 사이다와 딸기도 있노라 하였다. 이번 국정물가 저하에 따라 3, 4할씩 값이 내린 것을 알리는데, 벌써 독특한 억양을 가지고 요긴한 말은 곱뇌면서 말하였다. 얼마 안 있어 차장도 들어섰다. 모자를 벗고 친절하게 중요 역들의 도착시간과 침대 리용에 관해 말해주었다. 역시 얼마 판박이의 어조

| *중국 요리의 식단.

여서 자기 호흡에 맞지 않는다. 우리말이 공중 앞에서 투식어로의 발달은 저렇게 써보는 데서 시작될 것이므로 날로 내용도 간명해지고 어조도 세련되어갈 것이다.

창밖은 우거진 신록들이 석양을 받아 더욱 다채로운데 보리가 패는 산모퉁이로 소를 앞세우고 돌아오는 농부의 모양이 태평스럽다. 마늘종이 솟고 감자꽃이 피는 터알에서 병아리떼와 즐기는 할머니도 있다.

촌마다 전등선이 들어갔다. 밭머리마다 돌을 주워낸 돌무더기가 있고 올해 새로 풀어 날흙내 풍기는 듯한 신답들도 여기저기서 모 낼 날을 기다린다.

토지개혁 이후 벌써 세 번째의 농사들이다. 내 집이요, 내 마당이요, 내 밭, 내 논들이라, 쓰다듬어 가꿔지는 집들과 땅들과 어루만짐에서 길러지는 곡식들은 아늑하고 정돈되고 기름져 있다. 이곳 땅들에 사람의 손이 오늘처럼 깊이 더듬어지고 이곳 곡식들이 오늘처럼 과학적 고려에서 길러지는 때는 일찍 없는 것이다. 저 구석진 산촌마다를 향해 늘어선 전주들은 자연의 어둠을 밝히기 위해서뿐 아니라 인문人文의 광명을 대중적으로 급속히 높이려는 민주정치의 표상表象일 것이다.

우리 찻간은 붐비지 않았다. 아직 촉광이 낮아 책은 보이지 않으나 한 자리에 한 사람씩 누울 수 있어 굳이 침대차로 옮기지 않고도 편히 잠들 수 있었다.

차는 밤 깊도록 조선의 서부와 동부의 분수령을 기어올랐다. 동틀 머리에 하두 찻소리가 요란해져 잠을 깨니 이제부터는 동해를 향해 내리막인 듯 커브를 달릴 때는 사뭇 한쪽 바퀴가 건공에 뜨는 것 같았다. 지나쳐 버릴 듯한 속력에 차는 뻗디디듯 전신을 떨면서 멎었고, 이슬 엉킨 촌역村驛 기슭에는 바위에 부서지며 흐르는 물소리가 이가 시렸다. 여기는 보리도 아직 패기 전이요, 감자도 꽃 피지 못했다. 무슨 광산인지 케이블 바

켈이 공중에 드리우고 증산표어 붙은 사무실 마당에서는 붉은 흙 묻은 청년들 수십 명이 아침 체조를 하고 있었다.

우리 차는 대분수령 넘기에 반시간 가량 지연으로 고원 역에 닿았고 여기서부터는 기관차가 위치를 바꾸어 렬차의 꼬리가 머리되어 평탄한 함경선을 달리기 시작했다.

바다가 나왔다. 기름처럼 고요한데, 엷은 안개 밑으로 해당화들이 올려 솟는다. 모래바닥에선 진홍 해당화요, 안개바닥에선 분홍 해당화다. 소나무들도 해풍 속에서는 우줄우줄 드리운 가지들이 많다.

식당차는 만원이어서 한참 기다려 자리를 얻었다. 놋쇠로 만든 '포크'와 '스푼', 금속의 접시와 주발들, 아직 '바이트' 자국이 껄끄러우나 우리 손으로 만든 식기들이요 우리 땅, 우리 바다에서 난 밥과 생선들이다. 우리 공장에서 나온 맥주와 사이다. 그 탄산의 뿜어 솟음은, 우리 경제생활의 영원한 자주번영을 축복하는 것 같았다.

해변을 달릴수록 굴이 잦고, 굴과 굴 사이일수록 금모래 앞뒷마당의 아름다운 어촌들이 나왔다. 조수의 간만干滿이 없는 해변이라, 조개껍질처럼 깨끗한 집들은 거울을 들여다보듯 바닷가에 바투 수그리고 나앉아 있었다. 어떤 배는 바다에 뜨고 어떤 배는 모래풀에 얹히었다. 마당에 그물을 널어 말리는 집, 울타리에 생선을 걸어 말리는 집, 어떤 공지에는 서너 길씩 될 말장을 '피라미드' 형으로 모아세운 것들이 있는데 명태잡이 때 명태를 말리는 덕대감이라 한다.

길주를 지나서부터 명천, 어대진 일경은 일망무제一望無際*의 옥답들로 벌써 7, 8할은 모가 나갔다. 북으로 올수록 깊은 인상을 받을 수 있는 것은 군데군데서 볼 수 있는 교량공사橋梁工事들이다. 5백 미터도 넘어

---

* 한눈에 바라볼 수 없을 정도로 아득하게 멀고 넓어서 끝이 없음.

보이는 대규모의 다리도 있는데 모두가 장마철을 앞두고 준공을 몰아치고 있었다. 우리 제철소에서 나온 철근들이요, 우리 시멘트 공장에서 나온 시멘트들이요, 우리 로동자들의 애국열로 건설되는 우리 국도國道의 다리들이다.

우리의 눈을 황홀케 하는 것은 다리만도 아니다. 건축양식부터 일제 때의 따분한 것과는 다른 현대식 2, 3층 벽돌집이 이미 준공된 것과 준공에 가까운 것들이 많았다. 대체로 학교들 같았고 그중에는 병원과 공장 비슷한 건물도 있었다. 공장과 학교와 병원이 어서 자꾸 생기어라! 그것이야말로 우리나라가 커가는 가장 뚜렷한 표일 것이다.

해질 무렵에 고대하던 주을에 닿으니, 주을은 역사驛숨부터 명랑한 새집이었고, 거리에 나서니 여기도 웅장한 새 건물이 한둘이 아니다. 군인민위원회도 새집이요, 극장도 새집이요, 내무서도 새집이요, 중학교도 멀지 않아 기와를 잇게 되었다. 인민경제의 위력 앞에는 실현되지 않는 꿈이 없을 것이다!

온천이 없어도 명승이겠다. 모래가 맑고, 살찌고, 맑은 도랑이 흐르고, 수양버들이 무성한 곳에 안개가 깃들어 있고, 수림 무성한 산기슭이 갈피지어 그윽이 들어간 속에 관북의 명산 관모봉冠帽峰의 검푸른 산정이 구름을 뚫고 올려 솟았다.

노량으로 걸어 20분쯤 들어가니 록음 속에 불빛 휘황한 휴양소가 나왔다. 2층 란간에 정원 연못가에 여기저기서 웃음소리와 노랫소리다. 사무소를 찾으니 정양소 건물은 도랑을 둘이나 건너 솔밭길을 지나 따로 있었다. 중앙에 망루望樓가 솟은, 탐승지대 호텔풍의 큰 2층 양관으로 들어서는 사람에게 푹 쉬어보고 싶은 안도감을 준다. 마당을 거니는 사람, 오락실에서 내다보는 사람, 모두 흰 정양복을 입었는데 녀자들과 소년들도 섞여 있었다. 햇볕에 그을고 힘든 일에 단련된 얼굴이 많았고, 섬세한 정밀기계를 련상시키는 기사풍의 창백한 얼굴도 있었다.

나는 간단한 절차로 녀성위생원에게 정해진 방에 안내되었다. 2층 동편이었다. 도어를 열고 들어서면 다시 미닫이가 있고 그 문을 열면 두 침대가 놓여 있어 알맞은 마룻방이었다. 류리 미닫이 밖에 다시 전망실이 있고 거기는 한 테이블에 두 의자가 놓여 있었다.

나는 욕실부터 가고 싶었으나 식장부터 안내되었다. 이미 저녁 시간이 끝날 무렵이기 때문이었다. 흰밥에 곰국에 저냐*에 풋김치에 고추장도 있었다. 회령 특산인 두툼한 회색 컵에 투명한 것이 그득 담겼기에 물로 알고 덥석 마셨더니 코를 찌르는 인삼주였다.

앞으로 여기 주을은 휴양소 두 곳까지 모두 정양소로 통일하려 하는데 지금 내가 든 이 집은 일제 때 총독부 고관들이 저희 놈들만 전용하기 위해 지었던 별장이라 한다. 이런 집이 또 한 채 있고 두 려관 자리까지 합하여 네 군데로 나눠 있다 한다. 여기서 30리를 들어가면 수석은 더 좋은 '온포'라는 곳이 있는데 거기도 장차 휴양과 정양지대로 발전되리라 하며 이미 내무원들을 위한 휴양소는 건축 중에 있다 한다.

나는 더운물이 개울물처럼 흔한 욕실에서 긴 때를 밀고 나와, 2층 어느 로대에서 몸을 식히고 있었다. 마침 내 앞에는 오락실에서 핑퐁을 하다가 나오는 듯 땀을 씻으면서 소년 한 사람이 나타났다. 나는 그와 통성을 하였다.

그는 성진제강 야금과에서 온 특수강特殊鋼의 기능공으로서 금년 18세의 고상진 군이었다. 자기가 일하는 제1호로爐에서는 도급 생산량의 140퍼센트를 내었다 자랑하며 이렇게 말한다.

"나는 내 몸이 약해진 줄 몰랐어요. 손이 모자라니까 쉬어볼 생각은

---

*얇게 저민 고기나 생선 따위에 밀가루를 바르고 달걀을 입혀 기름에 지진 음식.

하지도 못했는데 공장 의사가 얼마 동안 쉬어야 한다고 해서 여기 왔어요. 모르고 그냥 일만 했다면 정말 병이 날 뻔했다고 여기 의사가 그래요. 나는 여기 온 지 여드레가 됐는데 체중이 1킬로 넘어 늘었어요."

나는 이내 경원군慶源郡 하면탄광下面炭鑛에서 왔다는, 채탄공 김정한 녀사에게서도 이 비슷한 이야기를 들었고, 그는 작년 가을에는 외금강휴양소에 가본 일이 있다고 하였다.

과연 감축할 일이다! 어느 시대의 국가나 문화도 로동 없이 건설되지 않았다. 지하 몇 천 척 밑에서 우리나라 예산을 세우기 위해 곡괭이질 하는 사람이 이들이며 천 7, 8백도의 용광로 앞에서 땀을 비 맞듯 하며 생산계획량을 초과달성해 내는 전사들이 바로 이들인 것이다. 이들 로동자들이야말로 조국을 그들 자신의 손으로 창조하는 현역 애국자들인 것이다. 이들의 심신이 위안되고 이들의 건강이 국가적으로 보장되어야 할 것은 당연 이상 당연한 일이다. 이것이 옳은 사회, 진정한 문명국가의 륜리요, 풍습이 아닐 수 없는 것이다.

소장을 만나보는 것과 의무실에 가서 건강진찰을 받는 것은 래일 아침으로 미루고 나는 내 방으로 돌아와 일찍 쉬기로 하였다. 전망실의 넓은 류리창으로는 온천 김이 자욱이 서린 수양버들 숲이 한 폭의 수묵화처럼 고요히 떠올랐다.

—필자의 기행문『사회보험 주을 정양소에 오는 길』에서

8. 수필隨筆

정치, 시사, 자연, 예술, 광범한 범위에서 단편적인 소회所懷를 간략하게 서술하는 글이다.

수필은 수의隨意* 수제隨題**의 글이다. 논조를 따지고 형식을 차릴 것 없이 어떤 내용이든 소박한 채 솔직하게 써내는 글이다. 논문보다는 단도직입적이어서 찌름이 빠르고, 형식에 구애되지 않아 풍자와 경구도 적나라하게 드러난다. 그래서 수필은, 강의나 연설이 아니라 좌담 같은 글이라 하며, 정식定食이나 회석會席 요리가 아니라 일품一品 요리와 같은 글이라고 비유한 말도 있다. 아무튼 단적이요, 소야疎野해서 필자의 의도와 면목이 가림 없이 드러나는 글이다. 그 사람의 세계관, 그 사람의 습성, 취미, 교양, 이러한 모든 '그 사람의 것'이 소탈하게 드러나는 경우가 많으며, 감상문이나 서정문보다는 자기의 주장, 독특한 일가견이 있어, 늘 논설의 성질을 띠기도 한다. 아래에 전재한 「인민군대」가 그런 것의 하나이다. 수필 역시 서정문처럼 신변잡사나 쓰는 것으로 알아서는 잘못이다. 그전에는 정치, 시사에 대하여 쓸 자유가 없었으므로 절로 신변잡사에 국한되어 있던 것이다. 자기 소회에 절실한 것이면 어떤 큰 문제라도 단적으로 짚어 서술하는 자유스러운 형식이 이 수필인 것이다.

인민군대人民軍隊

내가 겨우 철날 무렵, 함경북도 부령에 있을 때다. 하루는 남녀로소 온 동리가 떨어나서*** 눈보라 치는 신작로 좌우에 이른 아침부터 늘어서 있었다. 나도 할머니의 손을 붙들고 무슨 영문인지 모르나 어떤 위압 밑에서 손발 시린 것을 참으며 서 있었다.

해가 한낮이 훨씬 지나서야 웅기 쪽으로부터 시커먼 말떼가 먼지를 구름 일으키듯 하며 나타났다. 모자에 먼지떨이 같은 흰 털뭉치를 꽂은

---

* 자기 뜻대로 함.
** 자기를 나타내게 함.
*** 북한어. 떨쳐나서거나 떨쳐 일어나다.

기병들이 앞서고, 뒤에는 총을 멘 보병단이 십리 길이가 되게 늘어서 들어왔다. 로 · 일 전쟁에서 돌아오는 서슬이 시퍼런 일본 군대였던 것이다. 로소남녀 군중들은 눈보라와 말발굽에서 이는 먼지 속에 꿇어앉아 허리를 꾸벅거리면서 절을 해야 했다.

이렇게 나는 처음 본 군대가 일본 제국주의 군대였다.

조선을 침략하기 위해 그들은 옆의 나라들부터 그 부실한 틈을 타 트집을 걸어 청국을 밀어 던지고 제정 러시아를 침묵시켜, 총 한 자루 변변한 것이 없는 조선을 알몸으로 고립시켜놓았다. 우호조약을 맺은 유일한 강국 미국은 조선에 대한 조약 리행을 묵살했을 뿐 아니라 당시 대통령 테어도르 루스벨트는 동양에서 강대국들의 세력 균형을 위해 일본은 조선을 점령해 마땅하다고까지 배신적 폭언을 하고 돌아섰다. 이리하여 일본 제국주의의 악독한 이 부리와 발톱은 알몸 조선을 움켜들고 천상천하에 거리낌 없이 36년 간 우리 민족의 골수를 뽑아먹은 것이다.

이 36년 동안 우리 민족은 자기의 무장 없음을 얼마나 뼈저리게 뉘우쳤으랴! 총이라고는 새총 하나를 마음대로 들지 못했고 칼이라고는 주머니칼 하나 큼직한 것을 지녀보지 못했다. 조국애에 끓는 피, 가슴에 넘쳐도 빈손으로 독립만세를 부르짖는 것만으로는 놈들의 피에 주린 총검을 배불려줄 뿐이었다.

총을 들자!

칼을 들자!

이는 마침내 3천만의 간곡한 구호였고 지극한 넘원이 되었다. 김일성 장군의 무장은 이 민족의 간곡한 구호와 지극한 넘원의 폭발로서 우리 민족 전체 무장의 선봉이었던 것이다.

우리 조선민족은 유구한 력사 위에 빛나는 승리의 무장이 한두 번 아니었다. 우리는 무장할 때마다 승리했다. 수(隋)의 침략을 청천강에서 무찔

렀고, 당唐의 침략을 안시安市에서 물리쳤으며, 왜적의 침략을 한산도 바다에서 뒤엎었다. 우리 민족은 지난 세대에 있어서도 남을 침략하기 위한 불의의 무기를 든 적은 한 번도 없고 언제나 내 조국과 내 민족의 자유를 보위하기 위한 정의의 무장이었고 자유를 위한 신성한 싸움이었다. 자유를 위한 우리 민족의 무장은 언제나 빛나는 승리를 가져왔다. 김일성 장군의 무장 역시 조국의 강토와 민족의 자유를 탈환하기 위한 것으로서 멀리 을지문덕 장군이며, 합소문 장군이며, 리순신 장군의 성스러운 전통을 이은, 오직 정의에 끓는 의분의 무장이었던 것이다.

오늘 우리 민족은 오래간만에 합법적 무장부대를 가졌다! 우리 민족의 무장부대 조선민주주의인민공화국 군대는 영광스럽게도 그 어른, 정의와 용맹의 민족전통으로 무장하여 백배 천배의 일본 제국주의 군대와 경관대를 상대하여 백전백승하던 민족의 영웅 김일성 장군께서 손수 조직했으며 손수 지도하고 있는 것이다.

우리 인민군대는 작년 1948년 2월 8일 그 영예로운 전통과 정예로운 현대적 무장으로 빛나는 첫 대오를 우리 인민들 앞에 행진해 보였다. 우리 인민들은 감격해 울었다! 4백 년 전 리순신 장군 이후 우리 강토에는 군대다운 군대가 없었다 해도 과언이 아니며, 우리 조선 인민이 자기 군대의 행진하는 대렬을 향하여 발돋움해 환호해보는 것도 4백 년 만이라 하여 과언이 아닐 것이다. 더구나 오늘 인민군대 대렬마다 선두에는 어떤 사람들이 섰는가? 저 장백산 갈피갈피에서 남북 만주 넓은 들에서 조국 광복의 기치를 들고 일본 군대와 백절불굴로 싸우던 '김일성 부대'의 최용건 장군을 비롯한 장기 유격전에서 단련된 맹장들이 서 있는 것이다.

오, '김일성 부대!'

우리 3천만이 몽매간에 고대하던 그 '김일성 부대'의 이성이나 다름없는 이 인민군대의 행진이었던 것이다.

우리는 며칠 전에 인민군대를 참관하였다. 이른 아침 류량嘹喨*한 나팔소리에 기상하는 데서부터 즐거운 오락시간을 거쳐 취침하는 때까지 그들의 씩씩하고 명랑한 하루를 옆에서 보며 함께 체험하며 지내보았다.

"전체 군인들이여! 우리의 조국을 열렬히 사랑하며 마지막 숨결까지 그에게 충성을 다하라!"

그들의 집회실에는 이런 표어가 붙어 있었고 이런 말씀을 전체 군인들에게 시시로 깨쳐주는 듯한 김일성 장군, 을지문덕 장군, 리순신 장군의 초상들이 걸려 있었다.

"군관동무, 용무 있어 왔습니다."

"네, 말씀하시오."

이렇게 상하가 그 생활의 구체적 표현인 언어에 있어서부터 서로 존경하였다.

이런 경어로써 학습되고 훈련되는 병영 안의 모든 질서는 욕과 매질이 아니면 통솔하지 못하던 제국주의 군대들의 생활과는 근본적으로 달라 있었다. 숙사에서, 식당에서, 교련장에서, 행군에서, 학습실에서, 오락실에서, 그들의 생활과 모든 질서는 낡은 사회 군대에서는 볼 수 없던 새 것들로 충만해 있었다. 하관은 상관의 노예나 다름없던 그런 군대가 아니었다. 어느 군무관 한 분은 이렇게 말했다.

"군대의 주체요 주력은 상관들이 아니라 전사 동무들입니다. 우리 군무관들은 전사들의 발전과 편의를 위해 책임진 사람들입니다. 한 전사의 잘못이나 불편한 점이 있다면 그것은 전사에게보다 우리 군무관들에게 먼저 책임이 옵니다."

공화국 북반부에는 여러 가지 민주개혁을 토대로 모든 부면에 있어

| * 음악 소리가 맑으며 또렷하다.

인민들의 생활은 봉건과 자본의 낡은 유습을 나날이 청산하면서 새로운 생활관습을 지으며 발전하고 있다. 그러나 우리가 인민군대의 생활을 보고는 여기처럼 과거 시대의 낡은 것과 이미 완전한 절연으로 새 민주질서가 확립된 데는, 아직 없으리라 느껴졌다. 우리 인민군대는 무력으로써 조국과 인민을 보위할 뿐 아니라 조국과 인민이 걸어 나갈 완전한 민주사회의 미래를 선행하며 있다는 것도 뚜렷이 깨달을 수 있었다.

1년 동안에 혹은 나중 들어온 전사들은 또 5, 6개월 동안에 그들의 몸은 하나하나 력사力士들처럼 건장해졌다. 무게 있는 장비도 그들에게는 이미 자신들의 체중처럼 익숙해졌다. 당당한 무보, 충천하는 기개, 그러나 그들에게서 더욱 강대함을 느끼게 하는 것은 사상성의 견실이었다. 그들은 하나같이 민주도덕성으로 훈련된 정의 정신의 군인이었다.

남을 침략하기 위한 소수 제국주의자들의 도구나 노예로서가 아니라 제국주의자들의 이른바 '소모품'으로가 아니라, 내 조국의 완전 독립과 내 형제자매인 인민들의 리익을 보장하며 세계 전체 인류의 평화를 위해 자각하고 나선 열혈청년들의 모든 애국 력량 모든 민주 력량의 무장 집단이 이 인민군대인 것이다.

제국주의자들의 군대는 그들이 누구를 위해 싸우는 것인지 깨달으면 깨달을수록 약해지며 무너지며 나중에는 그 주인들에게 총부리를 돌려대는 군대이지만, 남의 도구도 노예도 소모품으로도 아니라 저마다가 각성한 사상과 공통한 력사성을 지닌 동지들로서 조국의 자유와 세계평화를 위해 나선 이 인민군대는 알면 알수록 강해지며 뭉쳐지는 군대인 것이다. 다른 민족의 자주권을 존중하며 세계 근로대중과 형제적 혈연관계를 타고난 이 인민군대는 세계 평화 애호국가들의 모든 군대와 서로 우호군대인 것이다. 그러므로 우리 인민군대는 한없이 강대해지는 군대인 것이다.

이 강한 인민군대는 인민들에게는 가장 부드러운 군대다. 교련을 배우다 쉬는 틈에 로동자들의 공장 건설을 도와주는 군대이다. 극장이나 차중에서 인민들과 오락을 조직해 노래하며 춤추는 군대다. 인민들 또한 이들에게 뜨거운 친애심을 일으키지 않고 견디지 못한다. 인민들로부터 많은 편지와 위문품이 들어와 있었다. 자기들의 아우요, 아들이요, 조카이기 때문만 아니라, 그들이 자기들을 착취하던 임금이나 자본가나 지주들의 성벽이 아니라, 도리어 그런 불의의 세력을 상대로 하는 자기들의 성벽이 되어 나섰음을 알고 믿기 때문이다.

인민들은 인민군대를 위해 아끼는 것이 없으며, 시시로 격려하며 자랑하며 있다.

우리 조선은 오래간만에 자기의 군대를 가졌다! 우리 조선 인민들만이 아니라 세계 모든 평화 애호 인민들이 함께 축복해줄 것이다. 어느 나라에 있어서나 남을 침략하기 위해서가 아니라 자기의 주권을 보위하기 위한 군대들의 탄생은 나중엔 군대 없이 살 수 있는 세계를 위한 발전이기 때문이다.

―필자가 《문화전선》에 쓴 것

목수들

벼르고 벼르던 안채를 물자 귀해진 금년에, 더욱 초복머리에 시작해 말복을 통해 치목治木을 하며 달구질을 하며 참으로 집 귀한 줄을 골수에 느낀다.

목수 다섯 사람 중에 네 사람이 육십 객客들이다. 그중에도 '선다님'*으로 불리는 망건 쓴 이는 칠십이 불원한 로인으로 서울바닥 목수치고 이

---

* '선달'의 높임말.

신申 선다님더러 '선생님'이라 안 모시는 사람이 없다 한다. 무슨 대궐 지을 때, 남묘南廟 동묘를 지을 때, 다 한몫 단단히 보던 명수로서, 어느 일터에 가든 먹줄만 치고 먹는다는 것이다. 딴은 재목을 고르는 데서부터 마르는 일은 모두 이 선다님이 맡아 해나가는데 십여 간 남짓한 적은 공사이기도 하거니와 한 가지도 기록이 없이 주먹구구와 왼금*인 채 똑똑 맞아떨어지게 해내는 것만은 용한 일이다.

나는 그들에게 도급**으로 맡기려 했다. 예산도 빠듯하지만 간역할 틈이 없다. 그런데 목수들은 도급이면 일할 재미가 없노라 하였다. 밑질까 봐 넘려, 품값 이상으로 남기려는 궁리, 그래 일손에 재미가 나지 않고, 일재미가 나지 않으면 일이 솜씨대로 되지 않는다는 것이다. 이런 솔직한 말에 나는 크게 찔림을 받았다. 돈은 품값이면 족하고 잡념이 없이 일에 충실하려는 그들의 창조적 태도에 나는 감복하였다. 내가 조선집을 지음은 조선 건축의 순박, 중후한 맛에 끌림이라, 그런 전통을 표현함에는 돈보다 일에 정을 두는 이런 진실한 목수들이 아니고는 불가능할 것이므로 나는 크게 다행히 여기고 그들이 마음 편히 일할 수 있다는 일급日給으로 정한 것이다.

이들은 여러 모로 시체***와는 먼 거리에 있는 목수들이었다. 탕건을 쓰고, 안경집과 쌈지를 늘어뜨린 허리띠를 배꼽 아래까지 늦추었고, 합죽선合竹扇에, 일꾼들로는 비교적 장죽長竹인 담뱃대, 그리고 솜버선에 헝겊 편리화들이다. 톱질꾼 두 로인은 서울서는 보기 드문 짚세기를 신었다. 그 흔한 왜수건 하나 차지 않고 무명수건으로 땀을 닦는다. 톱, 대패, 자귀****, 먹통, 모두가 아무 상호도 붙지 않은 저희 자신들의 수제품이다.

* 북한어. 머릿속에 외워둔 기억이나 짐작.
** 일정한 기간이나 시간 안에 끝내야 할 일의 양을 도거리로 맡거나 맡김.
*** 그 시대의 풍습·유행을 따르거나 지식 따위를 받음. 또는 그런 풍습이나 유행.
**** 나무를 깎아 다듬는 연장의 하나.

그들이 일하면서 주고받는 이야기가 역시 엇구수했다.

"내 연전에 진고개 일인의 집에 가 일 좀 해보지 않았겠수. 고찌 고찌 하는 말이 뭔가 했더니 인제 알구 보니까 못釘이더랬어."

"고찌가 못이야? 알긴 참 여불없이* 알아맞혔군, 흥!"

"그럼 뭐람 고찌가?"

"고찌가 저기란 거야 저기…… 못은 국키**구…….."

"국키…… 국키가 요즘 천세라지?"

"여간해 살 수 없다드군."

그들은 별로 웃지도 않고 말문이 이내 다른 데로 돌아갔다.

하루는 톱질꾼 로인들이 땀을 씻노라고 쉬었다가 물들을 마시었다.

"내 한번 비싼 물 사 먹어봤지!"

"어디서?"

"저 개명 앞 가 일허구 오는데 그때두 복지경***이었나 봐, 일손을 떼 구 집으루 오는데 목이 여간 말라야지. 마침, 뭐라나 이름두 잊었어. 그런 데 참 양떡으로 만든 고뿌****가 다 있습디다그려! 거기다 살짝 담아주는 데 으수 덧물진 푸석 얼음이야. 목젖은 선뜩선뜩허드군……."

"오, 거 아씨구리로군그래."

"무슨 구리라나…… 헌데 그런 날도둑놈이 있어?"

"으째?"

"아, 목젖이 착근착근하는 맛에 두 고뿔 먹지 않았겠수?"

"을말 물었게?"

"고작 물에 설탕 좀 타 얼쿠지 않았겠수?"

---

* '확실하게'의 북한어.
** 국키くっき, 원래 표기는 '구기くぎ'임.
*** 더위가 한창인 무렵.
**** 일본인을 통해 들어온 포르투갈어에서 유래한 말. 컵.

"그렇지. 물 얼쿤 거지. 어디 얼음이나 되나? 그게 이를테면 얼쿠다 못다 얼쿤 게로그려."

"그러니 얼쿤 거라야 새누깔만한 데루 물이 한 사발이 들었겠수? 두 사발이 들었겠수? 그걸 숫제 이십 전을 물라는군."

"딴은 과용이군."

"기가 안 막혀? 이십 전이면 물이 얼마요? 열 지게 아뇨? 물 스무 초롱 값을 물래. 그저…… 그런 도둑놈이 있담!"

"아씨구리라는 게 워낙 비싸긴 허다드군."

"그래 그해는 여름내 그 생각을 허구 온 집안이 물을 다 맘대루 못 먹었수."

"변을 봤구려!"

이런 로인들은 왕십리 어디서 산다는데 우리 성북동 구석에를 해뜨기 전에 대어 왔다. 일도 젊은이들처럼 재빠르지는 못하나 꾸준하다. 남의 일 하는 사람 같지 않게 독실했다. 그들의 연장은 날카롭게는 놀지 못한다. 그러나 마음 내키는 대로 힘차게 찍고 밀어 던지고 한다. 그들의 연장 자국은 무디나 힘차고 자연스럽다. 이들의 손에서 제작되는 우리 집은 아무리 요즘 시쳇집이라 하더라도 얼마쯤 날림새가 적을 것을 은근히 기뻐하며 바란다.

―필자의 소품집 『무서록』에서

9. 식사문式辭文

어떤 의식이 진행되는 회장에 보내어 공개적으로 낭독이 되는 글이다.

어떤 식장이나 회장에 보내어 그 진행되는 식순과 절차에 참가되어 공개될 글은, 대체로 축복과 격려가 내용이 될 것이며, 그 식장이나 회장을 더욱 정중하고 다채롭게 빛내주는 역할을 해야 할 것이다. 너무 형식에만 치우치고 회중의 마음을 찌르는 내용이 없다든지, 너무 내용에만 노골적이어서 의례의 정중성을 깨뜨려도 옳지 못할 것이다. 사신私信과 달라 대중 앞에 소리 내어 읽을 것이니 억양에도 관심 있게 써야 하며 간곡할수록 좋으나 중언부언이 있어서는 지루해지고 말 것이다. 1948년 4월 평양에서 열렸던 남북 제 정당 사회단체 연석회의 때 여러 축사가 있었는데 그중 가장 청중들을 감동시킨 것이 혁명자 유가족학원 강원식 군의 축사였다. 상당히 긴 글이나 듣는 사람들은 물론, 나중에 신문에서 읽는 사람들까지도 구구절절에 가슴을 찔러 조금도 긴 줄을 몰랐다. 이 축사가 소년의 호흡답게 찬찬하고 간곡한 데 비기어, 투사들다운 탄력있는 억양으로 힘차게 내려간, 호대조好對照의 축사문으로, 남조선 철도노동자들이 조선최고인민회의 제1차 회의에 보낸 것이 있다. 이 두 가지 축하문을 여기 함께 전재한다.

축사

존경하는 남북조선 제 정당 사회단체 대표 여러분, 나는 3백 50명의 혁명자 유가족학원 학생을 대표하여 이 회의에 특별한 환영과 축하의 뜻을 표합니다. 오늘 이 자리에는 우리 민족이 세계에 자랑하는 절세의 애국자 김일성 장군님을 위시하여 우리 부모들과 같이 싸우던 많은 애국자들이 한자리에 모였습니다. 그렇기 때문에 나는 돌아가신 우리 아버지, 어머니들을 대하는 마음으로 여러분을 대하여 우리 부모님이 한자리에 마주앉은 마음으로 이 회의를 기뻐하며 축하합니다.

존경하는 대표 여러분, 여러분도 다 잘 아시는 바와 같이 우리의 사랑하는 아버지, 어머니들은 늙으신 부모와 우리들 어린 자식들을 다 버리고 그리운 고향과 가정을 떠나 그 악독한 원수 일본 놈들과 싸우다가 왜놈의 감옥에서, 류치장에서, 그리고 그 한 많은 교수대에서 철천의 원한을 품고 '조선독립만세'를 부르며 세상을 떠났습니다. 어찌 이뿐이겠습니까? 오늘 남조선에서 날뛰고 있는 친일과 민족 반역자 놈들이 왜놈과 결탁하여 우리 동포를 잡아 죽이고 자기 개인의 영달을 누리고 있을 때 그리고 리승만 같은 놈들은 일본 놈들과의 투쟁을 피하여 외국에 가서 미 제국주의자들의 품에 안겨 그들의 미끼로 호의호식하면서 국내의 동포들은 일본 놈에게 학살당하고 있는데 나라도 없이 저 혼자 자칭 대통령 소리만 하며 편안히 앉아 있을 때 우리의 부모들은 왜놈을 타도하기 위하여 직접 총칼을 들고 힘에 겨운 왜놈의 군대와 피를 흘리며 싸우다가 왜놈의 총칼 앞에 쓰러졌습니다.

우리 부모들은 오직 우리나라를 찾고 우리 민족의 독립을 위하여 싸우다가 어느 산, 어느 강기슭인지 알지도 못하는 곳에 뼈를 묻었습니다. 우리들은 부모를 잃고 따뜻한 부모의 사랑도 모르고 가난과 천대 속에서 누더기와 눈칫밥으로 자라났으며 심지어 고아와 거지로 거리에서 헤매기까지 하였습니다. 왜놈들은 우리들을 사상이 나쁜 집의 자식이라 하며 학교에 넣어주지도 않았으며 취직까지도 시켜주지 않았습니다. 그렇기 때문에 우리는 남달리 나라를 사랑하는 뜨거운 마음과 남달리 공부하고 싶은 열성을 가지고 있었으나 학교 문 앞에는 가보지도 못하고 남의 학생들을 부럽게 바라만 보며 높이 솟은 학교들을 원망스럽게 쳐다보기만 하였습니다.

언제야 우리도 학교에 가며 제 집 안에서 형제가 모여 같이 살까 하는 생각을 하다가는 이것이 모두 부모 없는 탓이며 무엇보다도 제 나라 없는 탓이라고 생각하며 오직 하루바삐 일본 놈이 망하고 우리나라가 해방되기만 기다리고 있었습니다. 이러하던 우리들의 기원은 우리 북조선에서는 이루어졌습니다. 김일성 장군님은 우리들을 위하여 혁명자 유가족학원을 세워주었습니다.

그리하여 오늘 우리들은 좋은 교사에서 훌륭한 선생님들의 따뜻한 사랑 밑에 아무 근심 없이 열심히 공부하고 있습니다. 의복에서부터 식사, 교과서, 학용품까지 모두 학교에서 무대로 받고 있습니다. 그뿐만 아니라 우리의 부모들과 같이 싸우시던 김일성 장군님이 탄생하신 력사 깊은 만경대 언덕에 훌륭한 3층 학교를 지금 새로 짓고 있습니다. 우리 혁명자 유가족학원을 짓는다는 것이 알려지자 전 북조선 농민들은 방방곡곡에서 쌀을 모아 보내며 평양에 계시는 시민들은 일요일마다 나와서 학교 건축을 도와주고 있습니다. 이러한 것은 북조선에서는 정권이 인민의 손에 있고 민주개혁이 실시되고 김일성 장군이 계시기 때문입니다. 그렇기 때문에 우리는 왜놈들에게 우리 부모를 다 빼앗겼으나 지금은 조금도 슬퍼하지 않습니다.

우리에게는 우리 부모와 같이 싸우시던 김일성 장군이 계시기 때문입니다. 우리 혁명자 유가족학원 학생들은 김일성 장군님을 아버지로 부르며 참말 아버지로 삼고 지냅니다. 그러나 지금 남조선은 어떠합니까? 우리의 부모들을 학살하던 그 악독한 원수 일본 강도 놈이 쫓겨 간 이후에도 애국자들의 유가족은 여전히 가난과 천대 속에서 거리를 헤매고 있지 않습니까? 일본 놈들이 다 쫓겨 간 이후에도 왜 남조선에서는 일본 놈의 앞잡이로 우리의 부모들을 잡아 죽이던 그 악독한 친일파 놈들이 다시 우리 동포들을 탄압하고 학살하고 있습니까? 왜놈들에게 부모를 빼앗긴 우리 혁명자 유가족들은 누구보다도 이 분하고 안타까운 사실을 참을 수 없습니다. 무엇 때문에 남조선에서는 일본 놈 시대에 일본 놈 앞잡이로 우리 부모를 잡아 죽이던 그 흉악한 우리의 원수 김성수 같은 놈이 해방된 우리 조선 동포를 학살하고 있습니까? 무엇 때문에 남조선에서는 일제시대에 오직 우리나라의 독립을 위하여 싸우던 애국자들이 또다시 잡혀가고 사형 받고 있습니까? 무엇 때문에 해방된 우리 강토에서 우리 동포들이 미국 헌병들에게 채우고, 맞고, 천대받으며, 해방된 조선의 어린이들에게 일제시대의 우리와 같이 부모 없는 슬픔을 또다시 맛보게 합니까? 지금 남조선에서 얼마나 많은 어린이들이 감옥에 잡혀간 아버지, 어머니를 기다리며 배고파 울다가 쓰러지고 있습니까?

여러분, 돌아가신 우리의 부모들이 목숨을 내놓고 싸운 것이 우리 조국을 오늘의 남조선과 같이 만들자고 하여서입니까? 우리의 부모들이 죽는 순간에까지 목이 터지도록 부르짖던 우리나라의 독립이 무엇 때문에 해방된 지 3년이 가까워 오는 오늘까지 되지 못하고 있습니까? 그것은 오직 미 제국주의자들이 우리나라를 또다시 식민지로 만들려고 하기 때문입니다. 그것은 오직 리승만, 김성수 같은 친일파 민족 반역자들이 우리나라를 또다시 팔아먹으려고 하기 때문입니다. 심지어 이놈들은 우리 조국 강토를 절반으로 끊어놓고, 우리 민족을 영원히 두 쪽으로 갈라놓으려고 남조선 단독선거, 단독정부를 준비하고 있습니다. 이것은 마치 왜놈들이 우리 부모의 허리를 무참히 찍어놓듯이 참을 수 없는 일이며, 이가 갈리고 치가 떨리는 일입니다.

조금이라도 나라를 생각하고 조선 민족의 피가 끓고 있는 사람이라면 이것을 보고 가만 있을 수 없을 것입니다. 우리는 일본 놈이 멸망한 이후에도 또다시 우리 조선의 아들딸이 일제시대의 우리들과 같이 뼈아픈 슬픈 생활을 하게 할 수 없는 것입니다.

우리는 어떻게 하여서도 미 제국주의자들과 그 앞잡이 놈들의 단독선거를 파탄시키고 우리가 안타까이 바라고 있는 독립을 하루바삐 하여야 하겠습니다.

나는 여기에 모이신 여러 선생님들이 이러한 우리들의 요구를 달성하여주실 것을 혁명자 유가족학원 학생 일동과 그리고 우리 조국의 독립을 위하여 싸우다 희생된 우리의 아버지, 어머니들의 이름으로 간절히 부탁하며 여러분의 건투를 축복합니다.

혁명자 유가족학원

강원식

축하문

조선민족의 진정한 해방을 위하여 분투하시는 대의원 여러분!

우리 조국의 림시적 국토 량단을 영구화하여 남조선을 미제국주의의 식민지로 만들려는 국내의 반동은 조선로동계급을 선두로 하는 전 조선 인민의 결사적 반대에도 불구하고 야수적 탄압으로 그들의 남조선 괴뢰 단독정부수립 조작을 강행하였습니다.

존경하는 대의원 여러분!

우리 남조선 철도 로동자들은 우리 조국에 위험이 박두할 때마다 제국주의 침략 반대와 친일파, 민족반역도배 타도를 위하여 언제나 그 선두에 서서 용감히 투쟁하였습니다. 9월 총파업, 10월 인민항쟁, 3·22 총파업, 2·7 구국투쟁, 5·10 단선반대투쟁 등, 우리 남조선 철도 로동자들은 조국과 우리 민족이 우리에게 맡겨주는 무거운 사명 수행에 전력을 다하여 싸워왔습니다. 투쟁에 투쟁을 거듭하는 가운데서 우리의 투지는 단련되었고 승리의 자신은 날로 확고해가고 있습니다. 인민이 단결된 무진장한 력량은 내외반동의 발악적 폭압을 모조리 짓부수고 오늘과 같은 영광스러운 승리를 가져왔습니다.

실로 오늘의 이 회의는 모든 민주주의 개혁으로 조선민주주의인민공화국의 물질적, 정치적 토대를 튼튼히 구축하고 있는 북조선 인민들과 피의 구국투쟁을 전개하고 있는 남조선 인민들의 통일된 투쟁으로 전취한 최대의 성과입니다.

1948년 8월 25일, 남북조선 인민들의 통일 선거에 대한 승리는 참으로 위대한 인민 민주세력의 위력을 전 세계에 다시 한 번 시위한 것으로 남조선 매국노들과 그 상전 미국인들의 반동정책에 결정적 타격을 준 것입니다.

존경하는 대의원 여러분!

남조선 반동분자들이 꾸며낸 단독정부는 인민과는 하등의 관련이 없는 유령적 존재에 불과합니다. 우리는 이 가소로운 유령정부가 인민의 노도 같은 위력 앞에서 여지없이 분쇄될 날이 멀지 않았다는 것을 굳게 확신하는 바입니다. 우리는 민족의 가장 열성적인 부대로서 유령정부 분쇄 투쟁에 있어서도 반드시 여러분의 기대에 어긋나지 않고 여전히 용감히 선두에 설 것을 여러분 앞에 맹세합니다.

끝으로 여러분은 우리 민족사상 처음으로 열리는 조선최고인민회의의 중대한 사명을 완수하여 로동계급과 전 근로인민들의 리익을 진정으로 옹호하는 조선민주주의 인민공화국 헌법의 채택과 통일중앙정부 조직을 성공하시기 바랍니다.

1948년 9월 1일

서울 철도 로동자 5천 4백 9십 명 일동

축하를 보내는 회석이 워낙 중대한 자리며, 그들 자신이 피 흘려 투쟁하고 있는 구국투사들이라, 형식적인 언어는 하나도 없다. 매국노들의 유령정부 분쇄에 있어서도 선두에서 싸울 것을 맹세하였다. 이 한 마디의 맹세는 백 마디의 축하보다 더 큰 축하일 것이다.

10. 격문檄文과 선언서宣言書

어떤 긴박한 정치적 정세에서 궐기, 결속하여 정세의 진상을 밝히며, 그 해결을 위해 대중적으로 언명, 호소, 선동하며, 널리 호응과 동지를 구하는 글들이다.

해방 이후 조선에는 남북을 물론하고 정치적 선동을 위한 문건文件들이 대중 앞에 그칠 사이 없이 쏟아져 나왔다.

그중에는 반동을 때려 부수기 위한 격문, 생산능률을 제고시키기 위한 격문, 남북통일 독립을 위한 남북조선 정당 사회단체들의 공동성명과 선언서 등, 허다한 역사적 문건들이 발표되었다. 일찍 1894년 동학당東學黨 때에도 괘서掛書라고 해서 격문전술을 썼으며(끝에 가서 참고하라) 3·1 운동 때 33인의 명의로 발표된「독립선언서」도 유명한 것으로, 우리 민족의 역사적 문건의 하나일 것이다. 동학당의 격문은 순한문으로 된 것이었고, 3·1 운동 때「독립선언서」도 국문과 한문을 섞어 쓴 글이나 대중적으로 읽히기에는 난삽한 문장이었다. 이번 해방 이후의 격문이나 선언서들은 대체로 문체가 쉬워졌다. 이런 점으로 보아도 전체 목표가 인민대중을 향하는 것이 명료해졌다. 이런 글일수록 한 사람이라도 더 읽어야 하고 한 사람이라도 더 많이 분발시켜야 한다. 그러므로 쉽게 쓰고, 감격스럽게 써야 할 것은 물론이며 대체 요령으로는

첫째, 입장을 밝힐 것이니, 남의 일에 나서거나 쓸데없는 걱정이 아니라 심심한 관계와 절박한 단계에서 드디어 궐기하는 엄연한 태도가 보여야 할 것이며, 둘째, 내용을 중점적으로 강조시켜 단일적인 강한 인상을 주도록 할 것이며, 셋째, 간곡하며 박력이 있을 것이니, 설득력이 강하지 못하면 군중은 선동되지 않는다. 넷째, 구체적 지시가 있을 것이니,

일의 추진과 결탁을 위해서는 조직적 지시가 필요한 경우가 있을 것이다. 다섯째, 위신이 서야 할 것이다. 말에 중언부언이 없고, 태도에 결연함이 보여야 할 것이다.

전 조선동포에게 격함
(남북조선 제 정당 사회단체대표자 련석회의에서)

친애하는 동포형제자매 여러분!

남북조선 16개 정당과 40개 사회단체 전체 당원, 맹원을 대표하여 평양에서 남북 련석회의를 개최한 우리들은 우리의 신성한 구국사명을 다하기 위하여 이 글을 친애하는 동포 여러분에게 드린다!

상호부동相互不同한 정견을 가진 여러 정당들과 제 단체 대표들이 어찌하여 호상분쟁互相紛爭을 중지하고 우리 조국의 유서 깊은 고도古都 평양에서 일당에 회합하게 되었는가? 산명수려한 금수강산 삼천리, 우리 조국의 운명을 념념불기念念不己하는 우국의 충정을 참지 못하여 우리는 남북에서 여기 모였노라. 반만년의 유구한 력사를 가지고 자유와 평화를 사랑하는 삼천만 우리 민족의 의사를 대표하여 조국의 위기를 극복하고 자주독립을 쟁취하기 위하여 우리는 여기에 모였노라.

다시 고하노니, 우리 조국과 민족을 또다시 암흑과 참화 속으로 몰아넣으려는 미 제국주의자들의 침략의 마수가 머리 위에 박도하였음을 누구나 통감하였기에 우리는 분연 이 자리에 달려왔노라.

동포들이여!

골수에 사무쳐 사라지지 않는 망국민족의 쓰라린 원한을 아직도 기억하는가? 삼천만 동포와 삼천 리 강토를 가진 우리 조국은 서구라파의 몇 개 국가를 합친 것보다도 더 큰 나라이다. 그러나 우리 민족은 수치스럽게도 근 반세기 동안이나 악독한 왜놈들의 식민지 노예로서 멸시받고 천대받으며 놈들의 철제下鐵蹄下에서 신음하지 않았는가? 3년 전까지만 하여도 우리 민족은 해방을 위하여 왜제倭帝의 학살과 박해 하에서 피의 투쟁으로 아름다운 이 강산을 물들이지 않았는가?

련합군의 승리로 말미암아 우리 민족 불구대천의 원수인 일본 략탈자들은 격파 구축되고 우리 민족이 일일천추로 고대하던 해방의 날은 왔었다. 우리 조국은 일제 철쇄에서 풀려났으며 삼천만 민족은 천지를 진동하는 환호성 속에서 조국의 해방과 영광을 축복하였다. 우리 민족은 력사상 처음으로 전도 찬란한 새날의 서광을 맞게 되었다. 전 세계 자유애호 민족의 대렬에 동등한 일원이 될, 조선민주주의 자주독립국가 건설을 공약한 3대 강국의 모스크바 결정으로서 우리 조국의 찬란한 전도는 더욱 밝아졌다. 그때로부터 3년이 지났다.

그러나 그 후 우리가 지나온 길은 어떠하였는가?

날이 갈수록 미 정권당국은 모스크바 3상 회의 결정을 파탄시키고 남조선을 미 제국주의자들의 식민지화하려는 파렴치한 음모를 날이 갈수록 공개적으로 감행하여 오지 않았던가? 우리 민족은 날로 커지는 공포와 약소민족의 비애와 아픔을 가지고 그들의 행동을 주시하게 되었다. 실로 미 제국주의자들은 봄 하늘을 향하여 피어오르는 꽃봉오리에 찬 서리를 내리듯이 찬란한 희망과 기대를 가지고 일어난 우리 민족의 머리 위에 뜻하지 않은 야수적 타격을 가하여왔다.

우리 삼천만 민족은 물론, 세계가 다 아는 바와 같이 북조선에서는 일체 정권이 해방된 조선 인민의 수중으로 넘어오고 사회, 정치, 경제, 문화의 각 분야에서 위대한 민주개혁들이 실시되어 빛나는 열매를 거두고 있을 때, 우리 조국의 절반 땅인, 남조선에서는 미 강탈자들이 식민지적 테러 경찰 제도를 수립하였다. 인민들은 일제시대와 같이 탄압, 유린되고 있으며 강탈, 파탄되고 있다. 해방된 이 나라 남쪽 하늘 밑에서는 우리 동족이 굶주리고 헐벗으며 불의의 도탄 속에서 또다시 신음하게 되었다.

그러나 미 정권당국은 이것으로도 아직 만족하지 못하였는가? 그들은 마치 우리의 리익을 옹호하는 듯이 또는 '조선통일'을 위하여 노력하는 듯이 감언리설을 다하고 있으나 실제에 있어서는 이미 오래 전부터 우리 조국을 분렬하려는 길을 걸어왔으며 조선 인민들을 또다시 식민지 노예의 철쇄로 얽어매려고 시도하여왔다. 그렇기 때문에 우리는 미 정권당국의 배신적인 흉악한 정책을 세계에 폭로, 규탄한다. 동시에 미 제국주의자들의 범죄적 정책을 받들어 조국과 민족을 팔아먹는 친일파 민족 반역자들을 우리 민족 대대손손이 저주할 매국 멸조의 죄인으로 우리는 단죄한다.

동포형제자매들이여!

우리 조국의 통일과 자유 독립을 롱락하고 있는 미 제국주의자들의 흉악한 술책은 우리 민족의 국가적 독립과 자유와 민족적 존립에 직접 위험을 주는 최악의 계단에 들어섰다. 이것은 조선 인민의 대표도 참가함이 없이 조선 인민의 의사에 배치하여 미국의 강압으로써 유엔 총회가 소위 '유엔 조선위원단'을 위조할 때로부터 시작되었다.

그러나 어찌 이뿐이리오? 미국 정부의 사주使嗾에 의하여 소위 유엔 소총회는 남조선 단독선거를 실시하여 우리 국토를 량단할 단독정부 수립을 결정하였다.

이 결정은 우리 조국을 정치적으로 경제적으로 완전히 분렬하는 것이며 조선 인민의 기본적 권리를 침해하는 것이며 조선 인민에게 참담한 민족적 불행을 주는 것 이외에는 아무것도 아니다. 우리 조국의 운명에 일단 위기가 박두한 이 순간에 있어서 총명한 예지와 민족적 량심을 가진 조선 애국자들은 더 참을 수 없다. 우리 조국에 대한 미국 정책의 본의를 전 조선 인민은 이미 명백히 간파하였다. 소위 '유엔 조선위원단'의 본의 는 조선에 대한 미국의 식민지정책 실시를 은폐하려는 것이다. 소위 '선 거' 운운은 흉악한 허위이며 간교한 사만이다. 우리 조국에 대한 외국의 로골적 간섭 하에서 '선거'를 실시한다는 것은 벌써 오래 전부터 우리 조 국을 팔아먹으며 미 식민지 략탈자들 앞에서 꼬리를 치며 자기 주인들인 미 제국주의자들의 흉악무도한 계획을 충직하게 실현할 배족적* 망국노 들의 '정부'를 수립하려는 리승만, 김성수 등 매국도당의 반역 음모인 것 이다.

친애하는 형제자매들이여!

만일 모스크바 3상 회의 결정이 제때에 실현되었다면, 우리 조국은 벌써 오래전부터 진정한 민주주의 통일정부를 가지게 되었을 것이며, 이 미 통일된 민주주의 독립국가로 되었을 것이다. 그러나 미 제국주의자들 은 이것을 원치 않았다.

만일 미국 정부가 우리 조국이 세계평화에 기여하며, 민주주의의 길 로 발전하는 자유 독립국가로 되는 것을 원하였다면, 조선에서 외국 군대 를 동시에 철거하고 우리 민족 자체에게 자기의 통일정부 수립을 맡기자 는 소련의 제의를 벌써 수락하였을 것이다.

그러나 우리 조국에 대하여 음흉한 탐욕과 반동적 팽창정책을 실시하 려고 시도하는 미 정권당국은 우리 조선 인민의 대표도 참가시키지 않고 우리 조선 인민의 의사나 리익을 참작함도 없이 비법적으로 조직된 '유엔 조선위원단'의 미명하에서 파렴치한 선거 희극을 조작하여 미 제국주의 자의 마음대로 조종할 수 있는 괴뢰정부를 수립하려고 획책하고 있다.

그러나 결코 안 될 것이다! 조선민족은 죽지 않았다. 왜적의 노예로

| * 북한어. 자기 민족을 등지고 배반함.

163

서 쓰라린 망국의 슬픔을 겪어온 우리 조선민족은 또다시 망국의 노예생활을 거듭하려 하지 않을 것이며, 또 결코 하지 않을 것이다.

우리 민족은 하나이며 우리 조국도 또한 하나이다. 진정한 조선 인민은 어느 누구를 물론하고 한 사람도 이러한 '정부'를 승인하지 않을 것이며 우리 조국의 진정한 아들딸들은 그 어느 누구를 물론하고 한 사람도 이러한 '선거'에 참가하지 않을 것이다.

우리 민족은 오직 통일된 조국을 요구한다. 모스크바 3상 회의 결정은 우리에게 이러한 통일조선을 약속하였으며 우리는 이 정당한 권리를 고수한다. 우리 조국을 인공적으로 량단하며 남북을 정치적으로 경제적으로 분렬하는 어떠한 단독정부의 수립이든지 단연 용서치 않을 것이다.

단결하자! 결속하자! 전 민족이 행동을 같이하여 조직적으로 투쟁하자! 미 제국주의자들의 음흉 간악한 기도를 반대하여 결사적으로 항쟁하자! 소위 단독 '정부' 선거를 단호히 배격하자! 조선 인민의 민주와 권리를 침해하려는 흉악한 기도를 철저히 봉쇄하자!

더는 참을 수 없다. 앉아서 분렬을 보고 있을 수는 없다.

본 련석회의는 '남조선 단독선거 반대투쟁 전국위원회'를 조직할 것을 결정하였다.

전력을 다하여 거족적으로 동 위원회의 활동을 지지하라!

본 련석회의는 도, 시, 군, 면, 농촌, 공장, 제조소, 상업기관, 사무기관, 각처 어디를 물론하고 삼천리 방방곡곡 우리 민족이 사는 곳이면 각 정당 련합으로 '단독선거 반대투쟁 위원회'를 조직할 것을 결정하였다. 이 위원회에 참가하여 단독선거를 파탄시키는 열화 같은 구국투쟁을 전개하라!

형제자매들이여!

만일 그대들에게 우리 선조들의 유골이 묻혀 있는 이 강산이 귀중하고, 우리 조국의 자유와 독립이 귀중하거든 단독선거를 배격하라!

만일 그대들에게 우리 조국의 장래가 귀중하고, 우리들의 후생의 행복이 귀중하거든 단독선거에 참가치 말라!

만일 그대들에게 우리 민족의 독립과 영예와 인민의 행복을 위하여 흘린 선렬들의 피가 귀중하고, 가슴속 깊이 사무쳐 있거든 단독선거에 참가치 말라!

만일 그대들이 우리 조국을 통일되고 자유스럽고 부강하고 독립된 나라로 만들려거든 단독선거에 참가치 말라!

친애하는 동포형제자매들이여!

우리 조국에 위험이 박두한 이 엄숙한 순간에 만일 우리가 조금이라도 주저한다면 우리 후손들은 어찌될 것이며 그들은 우리를 얼마나 원망할 것인가?

우리 후손들은 우리의 국토를 량단하며 우리 조국을 또다시 새로운 식민지 예속물로 되게 하는 것을 도와주는 놈들을 민족 천추의 죄인으로 저주할 것이며 자손만대의 반역자로 락인할 것이다.

우리 조국강토에서 외국군대를 철거하고 어떠한 외국의 간섭도 없이 우리 민족끼리 우리의 문제를 해결할 것을 요구하라!

남조선 단선 단정을 타도하자!

식민지 노예의 새 철쇄로 우리 민족을 얽어놓으려고 하는 미 제국주의자의 정책을 배격하자!

미 제국주의자들의 주구이며 충복으로서 조국을 팔아먹는 변절자들과 민족 반역자들을 타도하자!

자유롭고 통일된 민주주의 조선 완전독립 만세!

우리 민족의 통일과 독립과 자유를 위하여 싸우는 백절불굴의 민족적 진취기개 만세!

조선 인민 만세!

(16개 정당, 40개 사회단체 명의 생략)

1948년 4월 23일
평양시

남북조선 정당, 사회단체 연석회의에서 전 조선 인민에게 보낸 격문
이다. 간곡하여 군데군데에서 폐부를 찌른다.

해방된 조국과 민족이 또다시 암흑과 참화 속에 빠질 최악의 위기라
는 것을 정견이 다른 정당, 사회단체들이 서로의 흉금을 털어놓고 구국
일념에 총결속해 나섰다는 것을 들어 강조하였다. 이로 인해 무엇보다
먼저 읽는 사람에게 최대의 경각심을 돋우어주었으며 모스크바 3상 결
정을 파탄시키는 데서부터 조선 문제를 유엔에 끌고 들어가 협잡을 부리
는 미 제국주의자들의 음흉한 침략 정책을 폭로하되, 소련의 '조선에서
외국 군대 동시 철퇴안'을 거부한 것을 짚어 그의 가면을 마각馬脚이 드
러나고 말도록 결정적이게 벗겨버렸다. 침략주의자들이 앞잡이로 쓰고
있으며 장차 그들의 괴뢰정부 구성분자로 만들 리승만, 김성수 등 매국
노들을 민족 천추에 저주받을 죄인으로 단죄하였다. 민족 전체가 갈망하
는 것은 오직 통일조국의 자주독립뿐, 이를 쟁취하기 위해 어떤 조직으
로 어떻게 해야 할 것이 구체적으로 제시되었고 위엄 있게 격려되었다.

예전 격문과 선언서들은 대개 순한문이요 국문을 섞은 것이라 하더
라도 한문에 겨우 토만 단 데 불과한 글들이었다. 대체로 개념적이요 구
체적이 아니며 뜻에 대담 솔직하지 못하고 어구에 사로잡혀 현란하게 꾸
민 폐단이 있다. 동학란 때 격문 중에 가장 내용이 간명한 것을 번역하여
여기 소개한다. 이 격문은 아마 각 지방 말단 관리들을 상대로 그들의 호
응을 얻기 위한 것이었던 듯하다.

우리가 의義를 들어 이에 나섬은 그 본의가 다른 데 있지 아니하고, 창생*을 도탄 속에서 구하며, 나라를 반석 위에 두기 위함이다. 안으로는 탐학한** 관리의 머리를 베고, 밖으로는 횡포한 강적을 몰아내기 위함이다. 량반과 부호의 밑에 고통을 받는 민중들과 방백方伯***과 수령守令 밑에서 굴욕 받는 소리小吏들은 우리와 같이 원한이 깊은 자이다. 조금도 주저치 말고 이 시각으로 일어서라. 만일 기회를 놓치면 후회하여도 미치지 못하리라.

갑오 정월 ×일

백산白山에서 호남湖南 창의대장소倡義大將所

선언서

평화옹호 국제문화인대회

45개국으로부터 파란波蘭**** 도시 브로졸라브에 회집한 문화, 과학 및 예술인 우리들은 전 세계 인텔리들에게 고한다.

우리들은 방금 전까지도 인류의 문화를 위협하던 극도의 위험을 회상하는 바이다. 즉 파시스트 야만들이 력사적, 문화적 기념물을 파괴하고 정신 로동자들을 박해, 학살하며 모든 정신적 귀중품들을 완전히 유린함으로써 량심, 리성 및 진보의 개념 자체까지도 위협하던 것을 우리들은 목격하였다.

소련 그리고 영英, 미美 인민들—모든 민주주의 세력의 가장 위대한 로력과 파시즘에게 강점당한 제 국가에서의 영웅적인 인민항쟁으로써 전

---

* 세상의 모든 사람.
** 탐욕이 많고 포학함.
*** 관찰사. 혹은 '도지사'를 예스럽게 이르는 말.
**** '폴란드'의 음역어.

대미문의 희생과 손실의 대가로써 인류의 문화는 구출되었다.

그러나 모든 국가 인민들의 의사와 요구에 반하여 미국 및 구라파에 있는 일부 리기주의자들은 인종적 우월사상과 반 진보사상을 파시즘으로부터 계승하며 모든 문제를 무력으로써 해결하려는 파시즘의 의욕을 배워가지고 세계 인민의 정신적 성과를 또다시 침범하고 있다.

인류의 세계적 보고寶庫에 가장 위대한 공헌을 한 구라파 제 국가의 문화는 민족적 면모를 상실당할 위험에 직면하고 있다. 서반아*, 희랍, 라틴 아메리카 제 국가 등 수다한 국가에 있어서는 진보에 적대되는 세력이 보존되어 있을 뿐만 아니라 또다시 파시즘의 근원을 부식하고 있다.

인권 및 압박자들이 유색인종이라고 부르는 수다한 인민들에 대한 압박이 리성과 량심에 반하여 계속되며 강화까지 되고 있다.

자국 내에서 파시즘의 방법을 채택한 사람들이 인종차별책을 실시하고 있으며 과학예술의 선진 활동가들을 박해하고 있다. 인류의 행복에 복무할 수 있는 과학적 발명은 살인물자 비밀생산에 적용되고 있으므로 과학의 심심한 사명이 추락되고 있으며 곡해되고 있다.

이 사람들의 권력 하에 있는 인류의 언어 예술은 인민들의 계몽과 친목에 사용되지 않고 인간 증오와 저급한 악감정을 조발하며 전쟁을 준비하는 데 사용되고 있다.

진보적 문화의 성과를 자유롭게 발전시키며 보급시킬 필요가 있다고 확신하는 우리들은 평화, 진보 및 인류의 미래를 위하여 이 자유에 대한 모든 제한을 반대하며 전 세계 문명의 리익을 위하여 문화와 인민 간의 상호리해가 필요하다는 것을 강조하는 바이다.

대회는 과학을 파괴의 목적으로 리용하는 것을 반대한다. 전 세계의

* '에스파냐'의 음역어.

인민들은 전쟁을 원치 않으며 또 새로운 파시즘의 침해로부터 평화와 문화를 옹호할 충분한 힘을 가지고 있다.

전 세계의 인텔리들이여!

우리에게는 자기 인민 앞에서, 인류 앞에서, 력사 앞에서, 고귀한 책임이 지워지고 있다. 우리들은 평화를 위하여, 인민들의 자유로운 문화발전을 위하여, 그들의 민족적 독립 및 긴밀한 협조를 위하여 목소리를 높이고 있다.

우리는 각개 국가에서의 정신 로동인들이 우리의 제안을 토의하기를 호소하는 바이다.

모든 국가에서 평화옹호문화인 전국대회를 개최하라. 평화옹호를 위한 전국위원회를 각지에 창설하라. 평화의 리익을 위하여 모든 국가 문화인들의 국제적 련락을 강화하라.

1948년 8월 25일 파란 브로졸라브에서 열린 '평화옹호 국제문화인대회'로부터 전 세계 문화인들을 향해 발표한 선언서다. 첫머리에서 어떠어떠한 우리들은 누구를 향해 고한다는 것을 밝혔다. 세계 인민의 정신적 성과는 또다시 침범되고 있으며 구라파 제 국가의 문화는 그 민족적 면모를 상실당할 위기에 직면해 있는 것, 서반아, 희랍, 라틴 아메리카 제 국가에 있어서는 진보에 적대되는 세력이 보존되며 반대로 과학, 예술의 선진 활동가들이 박해당하고 있고, 인류의 행복에 복무하여야 할 과학이 인류의 불행을 위해 복무하고 있는, 전 인류적 긴박한 위기를 지적하여 궐기하지 않을 수 없음을 밝혔다. 전 세계 인민들은 전쟁을 원치 않는 것과, 새로운 파시즘의 침해로부터 평화와 문화를 옹호할 충분한 힘을 가졌음을 천명하였다. 그리고 조직을 가지며 전 세계적으로 결속하자는 것을 호소하였다. 전 인류적 중대사태의 긴박성이 충분히 감각되며 이들의 정당하고 의분에 찬 호소에 충동되지 않을 수 없게 되었다.

11. 메시지message와 호소문呼訴文과 표어標語, 구호口號 등

1) 메시지와 호소문

메시지는 어떤 개인에게나, 어떤 단체, 혹은 어떤 회합에 감사, 친선, 격려, 성원, 결탁 등의 긴밀한 협조를 강화시키기 위해 공개적으로 보내는 편지이며, 이러한 메시지보다는 행동 통일과 상호 협조를 요청하는 점을 주로 내세우는 것이 호소문이다.

자기들의 지도자나 전 인류적 위인에게 대해서 누구나 존경하는 마음이 끓을 것이요 그의 지시에 따르는 것을 영예로 아는 것은 공통되는 감정이다. 자기에게 가장 미쁘고*, 자기에게 항상 진로를 밝혀 사생활이나 사업에 있어 지침이 되어주는 이 마음의 태양을 향하여 누구나 때로는 소리 없는 문답을 경험할 수 있을 것이다. 만나보고도 싶고 편지를 드리고도 싶을 것이나 저 혼자로는 그런 계제나 용기를 얻지 못하다가 군중적으로 그이를 생각할 자리에 이르러, 더구나 그 회합이 그이를 향하여 감사하며, 그이를 향하여 결의를 보이며, 그이를 향하여 성원과 지도를 청하며, 이로 인해 자기 진영의 기세를 한층 더 높이는 마당에서는 군중 전체의 공통된 사모와 갈망과 정열이 일시에 폭발되고 마는 것이다. 이런 때 군중적으로 보내는 편지가 메시지다.

| *믿음성이 있다.

스탈린 대원수에게 드리는 메시지

조선 인민의 해방의 구성이며 친근한 벗인 위대한 스탈린 대원수이시여!

북조선민주청년동맹 제3차대회에 모인 6백여 명의 대표 일동은 지난 2년간의 우리 동맹의 혁혁한 투쟁성과를 총화결산하면서 당신과 당신이 령도하시는 영웅적 소련 인민과 소련 군대에게 최고 최대의 영예와 감사를 올리게 됨을 더없는 영광으로 생각하나이다.

전 세계 근로 청년의 스승이며 태양이신 영명한 스탈린 대원수시여!

우리는 당신을 우리 대회의 명예의장으로 우러러 모시고 영광에 가득 찬 분위기 속에서 열었나이다.

우리의 대회는 위대한 소련을 비롯하여 인민민주주의국가 및 세계민주진영의 열렬한 지지를 받는 조선민주주의인민공화국 중앙정부를 수립한 영예와 감격 속에서 그리고 우리 조국의 민주승리에 불멸의 공훈을 남기고 당신의 부름에 따라 자기의 조국으로 떠나는 영웅적 소련 군대를 환송하는 전 인민적 감격 속에서 진행되고 있나이다.

우리는 또한 위대한 소련 볼셰비키당의 충실한 방조자이며 당신의 알뜰한 아들딸로서 구성된 공산청년동맹 및 소련청년 반파쇼위원회의 축하단을 맞이하는 영광 속에서 대회를 진행하고 있나이다.

전 세계 근로인민의 수령이며 승리의 고무자이신 위대한 스탈린 대원수시여!

북조선 청년들은 해방 후 3년이 지난 오늘 민주 건설의 빛나는 성과 위에 해방된 청년으로서 가져야 할 온갖 민주주의적 권리와 자유를 향유하고 있나이다.

일찍이 조국을 잃고 악독한 왜적의 식민지 통치하에 노예 민족으로서 신음하던 우리 청년들은 오늘 조선민주주의 인민공화국의 당당한 공민으로서 행복한 인민적 새 질서를 노래하면서 씩씩하게 자라나고 있나이다.

로동청년은 국유화된 인민 공장에서 8시간 로동의 혜택을 받고 조국의 인민경제발전을 위하여 청년 작업반을 선두로 애국적 증산 투쟁에 헌신하며 새로운 생산 기록을 수립하고 우리 민족 경제의 향상 발전을 위하여 노력하고 있나이다.

　　농촌 청년들은 토지의 주인이 되어 농촌경리발전을 위하여 헌신 투쟁하여 원수 일제의 유린으로 황폐되었던 이 땅은 오늘 오곡이 풍성한 옥토로 전변되고 있나이다.

　　학생 청년들은 인민적 교육제도가 확립된 민주학원에서 선진 과학지식과 기술을 련마하면서 민주조국이 요구하는 훌륭한 인재가 되기 위하여 제국주의 반동문화 잔재를 근절하면서 열심히 공부하고 있나이다.

　　조국수호와 인민보안의 초소에선 인민군대 보안대 청년들이 미 제국주의자들과 그 주구들의 온갖 비렬한 흉모를 분쇄하면서 주야 분투하고 있습니다.

　　오늘 우리에게는 로동이 고상하고 영예로운 것으로 되었고 국토보위가 영예로운 사명으로 되었으며 민주조국 창건을 위하여 애국적 투쟁으로 날이 밝고, 투쟁으로써 저무는 이 나라 청년들의 꾸준한 노력은 원수들의 머리 위에 철추를 가하고 있나이다.

　　전 세계 청년들이 우러러 사모하는 존귀하신 스탈린 대원수시여!

　　북조선 청년들은 이와 같이 새로운 생활과 투쟁 속에 끝없는 희열을 느끼면서 자기들의 유일조직인 민주청년동맹에 굳게 결속되었고 민주청년동맹은 오늘 원수들의 모든 음모를 박차고 인민민주주의 완전 승리를 쟁취할 수 있는 강철 같은 전투적 조직체로 발전되었나이다.

　　우리 동맹은 오늘 부강한 조국 건설의 믿음성 있는 실천부대로서 인민의 신망과 사랑을 받고 있을 뿐만 아니라 위대한 소련청년을 핵심으로 한 세계민주청년련맹의 일환으로서 반제국주의 투쟁에서 국제적 련결성을 더욱 깊게 하고 있나이다.

만민이 우러러 태양으로 받드는 위대한 스탈린 대원수시여!

우리들의 이 모든 생활과 승리적 투쟁은 오로지 당신이 령도하시는 소련 군대의 결정적 공훈에 기인된다는 것을 우리는 잠시도 망각할 수 없나이다. 만일에 당신이 령도하시는 영웅적 소련 군대가 통일과 민주독립을 위한 조선 인민과 우리 청년들의 투쟁에서 형제적 방조를 베풀어주지 않았다면 우리들의 오늘의 행복한 생활처지는 생각할 수 없으리라는 것을 우리는 똑똑히 알고 있습니다.

그러기에 오늘 북조선 청년들을 대표하여 이 대회에 모인 우리 대표 일동은 당신과 당신이 령도하는 소련 인민과 소련 군대에게 다시금 충심으로 되는 지극한 감사와 최고의 영예를 드리게 되나이다.

영명한 스탈린 대원수시여!

우리 청년들은 오늘의 대회를 계기로 하여 당신과 소련 인민이 우리에게 주신 형제적 방조의 고귀한 열매를 더욱 빛나게 고수 발전시킬 것을 맹세하나이다.

우리는 우리가 향유하고 있는 새로운 생활과 권리를 어떤 제국주의 반동무리에게도 절대로 빼앗기지는 않을 것입니다.

우리는 공화국의 영예를 끝까지 고수할 것이며 남조선에서 우리의 전우들에게 노예생활을 강요하는 미 제국주의자들과 그 조종 하에 있는 리승만 괴뢰 단독정부의 망국배족적 흉모를 철저히 분쇄하는 투쟁에 더욱 용감하겠나이다. "일하며 배우고 배우며 일하라."는 레닌 선생의 교훈과 "과학지식과 기술의 요색을 전취하라."는 당신의 가르치심은 우리들의 생활의 철칙으로 될 것이며 백전백승의 리론인 레닌·스탈린 사상으로 무장하고 있는 우리의 가슴속에는 "몰락하는 제국주의는 자기의 운명을 구원하지 못할 것이며 우리는 모든 길이 공산주의로 통하는 새 시기에 살고 있다."는 진리가 뿌리박고 있나이다.

조선 인민의 진정한 벗이며 승리의 상징이신 스탈린 대원수시여!

우리 조국의 영원한 번영과 발전은 오직 당신이 령도하는 소비에트동맹과 친선을 백방으로 강화함으로써만이 가능하다는 것을 깊이 명심하면서 당신과 당신이 령도하시는 소비에트동맹의 변함없는 방조가 있을 것을 우리는 앙망*하오면서 그를 확신하고 있나이다.

오늘 북조선민청 제3차대회에 모인 조선청년의 대표 일동은 당신의 영광스러운 이름과 함께 전 세계 평화의 간성인 위대한 소련의 공산주의 건설을 위한 빛나는 성과를 축하하면서 당신의 만수무강을 삼가 축원하나이다.

전 세계 근로인민의 수령이며 세계민주청년들의 위대한 스승이며 태양이신 영명한 스탈린 대원수 만세!

1948년 11월 12일
북조선 민주청년동맹
제3차대회 대표 일동

이 메시지를 보내는 이 회합이 어떤 환경 속에서 전개되고 있다는 것(여기서 메시지를 받는 그분과 이 회합의 관련성을 잘 표시했을 뿐 아니라 이 자리에 나타나지 못한 그분께 이 회합의 정경을 알리는 것으로도 되었다), 이 회합의 주인들이 오늘은 어떤 자격의 사람들로 어떤 존귀한 생활을 하고 있다는 감격, 이 회합을 계기로 반제국주의 투쟁에서 국제적 련결성을 더욱 높이리라는 경각심, 생활과 사업에 있어 지표를 삼는 표어에 바로 그분의 교훈을 인용한 것, 친선의 강조와 변함없는 방조를 갈망했으며

---

* 자기의 요구나 희망이 실현되기를 우러러 바람.

174

끝에 가서는 그분의 건강을 축복하는 만세가 자연스럽게 나와졌다.

"스탈린 대원수시여!"할 때마다 어떠어떠한, 어떠어떠하신의 영예와 존칭도 일률적이 아니라 여러 각도로 다채롭게 되어 있다. 스탈린 대원수께 드리는 편지인 동시에 전 민청원 자신들을 일층 분발시키는 학습문건으로도 훌륭하게 되었다.

김일성 장군에게 드리는 메시지

조선 인민의 지도자이시며 우리 조국을 민주발전의 길로 인도하시는 절세의 애국자이시며 우리 청년들에게 온갖 행복과 권리와 자유를 보장하여주신 김일성 장군이시여!

오늘 우리 홍남지구 5대 공장 청년 열성자들은 조선민족의 력사상에 찬란히 빛나는 조선 중앙정부수립을 끓어 넘치는 감격과 환희로써 경축합니다.

우리들은 또 이 기쁨과 아울러 장군님께서 친히 조직하여주신 북조선 민주청년동맹의 지난 2년간 사업 결산과 중앙대회의 영광을 함께 맞아 1천 6백여 명의 청년 열성자들이 오늘 일당에 모여 자기에게 부과된 1948년도 인민경제계획 완수투쟁을 더욱 치렬히 전개할 것을 결의하면서 삼가 장군님께 알리나이다.

경애하는 장군이시여!

지난 2월 22일 장군님이 우리 공장에 오셔서 친히 가르치신 "오직 나갈 길은 하나뿐입니다. 우리의 길은 건설의 길입니다. 경제토대를 튼튼히 하는 길입니다."라고 하신 말씀을 우리들은 가슴 깊이 아로새겨 년간 계획을 1개월 단축하여 완수할 것을 결정하고 장군님께 맹세한 성과를 지금 보람 있게 거두고 있습니다.

장군님이시여! 우리들은 오늘 중앙정부 수립과 우리 동맹지도기관

선거를 경축하면서 승리의 자신을 더욱 굳게 가졌습니다. 우리들은 자기의 생산 능력과 모든 조건들을 검토하고 1948년도 자기 책임량을 11월 5일까지 기어코 완수할 것을 결의하면서 이를 친애하는 북조선 전체 근로 청년들께 힘차게 호소합니다.

그것은 우리 공장 생산이 북조선 전체 공장, 광산, 철도들과 밀접한 련결성을 가지고 있다는 것과 또 오늘 자기 정부를 가지는 전체 근로 청년들에게 이 증산 경쟁은 무한한 영광으로 되는 것이며 또 자기들의 애국 정열과 강철 같은 투지로써 자기 조국과 정부에 이바지하리라는 것을 확신하기 때문입니다.

3천만 인민이 우러러 받드는 김 장군이시여!

장군님의 가르치심을 명심하고 더 좋은 물품을 더 많이 생산하기 위하여 우리들은 일하며 배우고 배우며 일하여 우수한 기술로써 무장하고, 맡은 바 과업수행에서 조국이 부르는 훌륭한 청년일군이 된 것을 굳게 맹세합니다.

우리들은 장군님의 주위에 더욱 굳게 뭉치어 수립된 중앙정부를 우러러 받들고 공화국 기를 선두에서 휘날리며 더욱 힘차게 싸워 나갈 것을 다시금 맹세하면서 장군님의 만수무강을 길이 축복하나이다.

1948년 9월 11일
조선민주주의 인민공화국 중앙정부 수립 및
민청지도기관 선거경축 증산 경쟁 흥남지구
5대공장 청년열성자대회 일동

우리 중앙정부의 수립과 민청지도기관 선거를 경축하며 증산 경쟁을 위한 열성자대회에서의 김일성 장군께 드리는 메시지다. 조국의 중앙정부가 수립된 것이나, 자기들의 조직 민청이 생긴 것이나, 조국건설을 위한 선진적 활동 증산 경쟁이 벌어진 것이나, 다 이 어른의 힘과 지도가 절대하신 것이라, 첫머리에 감격부터 폭발되어 인민의 지도자로, 절세의 애국자로, 자기들에게 온갖 행복과 권리와 자유의 보장자로 거푸 영예로운 존칭을 드리었다. 증산을 위한 열성자대회인 만큼, 증산 완수에 불타는 투지들이 가장 굳세게 드러났는데, 연간 계획량의 1개월 단축 결의가 성과 있게 진척되고 있음도 장군께서 주신 말씀을 받들고 나온 덕택임을 나타내었다. 자기들의 정부를 가진 오늘의 증산 경쟁은 무한한 영광인 것을 자신들에게 고무시켰을 뿐 아니라, 전체 근로 청년들에게 호소, 격려하였다. 메시지를 받는 그 어른을 통해 전체 동무들에게 간접으로 격려하며 호응을 청하는 것도 메시지의 특색일 것이다. 이 메시지와 관련 있는, 1948년도 연간계획량 1개월 단축 운동에 대한 흥남지구 인민공장 종업원 궐기대회의 호소문을 여기 전재하거니와, 이 문헌은 조선 노동계급의 선진적 애국정신을 단적으로 표현한 역사적 문장일 것이다. 이 호소문 한 장에 북조선 전체 근로대중은 물 끓듯 호응하여 각기 자기 직장마다에서 연간계획량 1개월 단축 생산을 초과로 달성하여 건국기초에 거대한 공헌을 남긴 것이다.

호소문

친애하는 전 북조선 애국적 로동자, 기술자, 사무원 동무들이여!

우리 조국이 해방된 후 오늘까지 우리 북조선에 있어서는 소련 군대의 아낌없는 원조와 우리 민족의 위대한 령도자 김일성 장군의 영명하신 지도로써 제반 민주개혁을 승리적으로 완수하였으며 민족자립경제의 토대가 되는 1947년도 인민경제 계획 예정 숫자를 초과달성하는 이 투쟁에서 영광된 승리를 전취하였으며 또 오늘 통일적 민주조선의 물질적 토대가 되는 1948년도 인민경제계획 실행의 빛나는 승리를 위하여 더욱 용감한 투쟁을 전개하고 있다.

친애하는 동무들이여!

우리 조국을 량단하며 우리 민족을 다시 식민지 노예로 만들려는 미제국주의자들의 조선에 대한 침략정책은 날로 로골화하여 가고 있다. 그들은 소위 유엔 소총회의 사기적 결정으로써 남조선 반동적 단독정부 선거를 실시하려고 리승만, 김성수 등 한줌도 못되는 친일파, 민족반역자들을 사수하여 더욱 로골적인 준동을 하고 있다. 그러나 그들의 음모 책동은 반드시 조선 로동계급을 선두로 한 남조선 인민들의 단결된 민주력량 앞에 파탄될 것을 확신한다. 오늘의 현실은 우리들로 하여금 우리 민족의 독립과 후손의 운명을 위하여 그 어느 때보다도 더욱 치렬한 건설적 투쟁을 전개할 것을 요구한다.

우리 흥남지구 인민공장 2만여 종업원은 지난 2월 22일, 우리 민족의 위대한 령도자이신 김일성 장군께서 친히 우리 공장에 오시어 가르치신, "오직 나아갈 길은 하나뿐입니다. 우리의 길은 건설의 길이며 경제토대를 튼튼히 하는 길입니다."라는 말씀을 가슴 깊이 아로새겨 금후 우리들에게 부과된 과업을 승리적으로 수행할 것을 우리들의 전투적 강령으로 내세우고 있다.

동무들이여!

우리 흥남지구 인민공장 전체 종업원은 1947년도 인민경제계획을 실행하는 사업과정에서 기술을 배웠으며 장성되었고 애국적인 창의고안자들과 모범 로동자 및 생산의 우수한 간부들을 우리 대렬에서 양성하였다.

이는 우리가 인민정권하의 자유스러운 환경 속에서 우리들의 스승이신 김일성 장군의 지도를 받고 있는 까닭이다. 이 모든 것은 1948년도 인민경제계획을 실행하고 있는 우리들로 하여금 급속히 전진할 수 있는 길을 보장하여준다. 오늘 우리는 이미 완수한 승리의 업적과 현재 달성한 성과와 또는 원료자재 등 후비력*과 자체의 능력 및 가능성을 구체적으로 검토하고 타산한 결과 1948년도 인민경제 예정 숫자를 그 계획 예정기간보다 1개월 단축하여 11월 말일 전으로 초과 수행할 것을 결의한다.

친애하는 형제들이여!

우리의 결의는 반드시 실행될 것을 확신한다. 이는, 우리 흥남지구 인민공장 전체 종업원들이 조국과 김일성 장군에게 드린 맹세를 그 어느 때든지 정확히 실행하였기 때문이다.

8·15 해방 2주년을 맞이하는 증산 경쟁에서 그러하였고, 년말증산 돌격운동에서 그러하였으며 민주통일국가의 물질적 토대를 더욱 튼튼히 보장하는 1948년도 인민경제계획을 초과실행하기 위한 투쟁에서 역시 우리는 벌써 3월 20일 현재로 카바이드, 석회, 질소 등 1·4분기 책임량을 초과 완수하였고 기타 모든 부문도 반드시 기간 중에 돌파할 수 있고 또한 농촌경리발전의 열쇠가 되는 금년도 춘기 파종용 비료의 하조반출도 소정한 기간을 20여 일간 단축하여 완수하게 되었다. 우리가 이미 얻은 경험과 건설적 력량은 우리의 맡은바 금년도 책임예정숫자를 11월 말일 전으로 능히 달성할 수 있다는 것을 확신하였으므로 오늘 종업원대회를 열고 그 완수를 위한 투쟁에 총궐기하기를 결정한다.

친애하는 북조선 전체 로동자, 기술자, 사무원 동무들이여!

우리가 궐기한 이 사업은 조국의 부강한 통일적 민주발전을 위하여 거대한 정치적, 경제적, 문화적 의의가 있는 것이다. 그러므로 우리는 1948년도 인민경제계획 예정 숫자를 달성하는 투쟁에 있어서 자기가 맡은 바 책임량을 단축된 기간에 완수하기 위하여 공장, 철도, 광산, 기업소

| * 북한어. 앞날을 대비하여 준비하는 일.

에서, 각 산업분야에서 궐기할 것을 호소하며 우리들의 전취할 거대한 승리는 동무들의 성의 있는 원조로써 더욱 빛나게 보장될 것이다. 그러기 위하여 오늘 우리는 우리들의 계획을 공개하며 민주조국창건을 위하여 영용 분투하는 북조선 전체 애국적 로동자, 기술자, 사무원 동무들이 자기의 위업을 위하여 애국적인 민주주의적 증산 경쟁을 전 북조선적으로 전개하자.

- 생산목표—류안의 73종을 11월 말 전으로 완수한다.
- 지각 조퇴를 근절하며, 출근율은 97% 이상으로 제고한다.
- 480분 로동규률을 엄수하여 로동능률은 165% 이상으로 제고한다.
- 3,015명 기능자를 새로 양성하고 547명 기능자를 질적으로 향상시킨다.
- 안전시설 911개소를 10월 말까지 보수하여 로동보호의 완전을 기한다.
- 1,310명의 문맹자를 완전히 퇴치한다.

친애하는 동무들이여!

김일성 장군께서 가르치신 바와 같이 '우리 조선 로동계급은 과거에 일본제국주의와 가장 용감히 싸웠으며 해방 후에도 가장 열성적으로 투쟁'하여 '조선 완전 자주독립 국가를 건설하고 세계 선진 민주주의 국가들의 대렬에 참가하는 투쟁에 있어서 우리 국가의 제1주력군'이라는 것을 자각하고 '우리들의 고귀한 력사적 전통'을 살리어 더욱 빛나는 승리를 위하여 힘차게 싸우자!

동무들이여!

우리들의 열화같이 끓어 넘치는 애국심과 철석같이 단결된 력량으로 1948년도 인민경제계획을 1개월 단축하여 11월까지 완수하기 위한 투쟁에 총궐기하자!

조선 로동계급의 영예와 단결된 민주력량의 승리를 위하여 자기들의 기치를 높이 들고 애국적 증산 경쟁의 마당에로 떨쳐나서자!

증산 경쟁을 통하여 더욱 단결된 위력으로 국토를 량단하며 민족을 분렬시키려는 미 제국주의자들의 식민지 침략정책과 친일과 민족반역자 리승만, 김성수 등 반동파들을 타도하자!

민주조국창건의 제1주력군이 되는 조선, 로동계급 만세! 진정한 인민의 정권이며 조선 인민의 창의로 수립된 인민위원회 만세! 우리 민족의 절세의 애국자이시며 위대한 령도자이신 김일성 장군 만세! 통일적 자주독립 민주주의 조선 만세!

1948년도 인민경제계획 실행기간 단축 투쟁
국영 흥남지구 인민공장 종업원 궐기대회

이 호소문은 과거에 별로 없던 형식의 글이다. 과거에는 이러한 목적의 내용부터가 있을 수 없었던 때문이다. 인민들의 노동이 자기들의 조국과 자기 자신들의 생활을 위하여 시행되는, 각성된 노동으로 건설되는 선진 국가 소련에서는 이런 호소문이 진작부터 많았을 것이요, 모든 신민주주의 국가들에서는 이 앞으로 빈번히 쓰일 귀중한 형식의 문장일 것이다.

우리 조국의 기구한 정세를 들어 먼저 인민들의 애국심을 충동시켰고 북조선에서 애국자들이 나아갈 길은, 김 장군께서 가르친 대로 건설의 길이며 경제토대를 튼튼히 하는 길임을 지적하였다. 1948년도의 책임량을 1개월 닦아 완수할 것을 호소함에 있어, 이 단축사업은 조국의 부강한 통일적 민주발전을 위하여 거대한 정치적, 경제적, 문화적 의의가 있다는 것과, 이 단축 사업은 생산의욕으로만이 아니라, 1947년도 경험과 거기서 장성된 역량이 담보한다는 것을 과학적으로 중시하였다. 조리 정연하며 내용이 구체적이어서 누구나 신뢰가 가고 협조할 열성이 솟아 나게 되었다.

이 한 장 글발은 북조선 전체 직장 노동자들의 애국심을 불 질러 물 끓듯 하는 호응을 일으켰고, 그 결과 국가에는 막대한 물질적 이익을 바 쳤고 인민들에게는 숭고한 애국정신을 앙양시켰다.

2) 표어標語

표어는 당면 과업이 어떤 방향이며 어떤 행동이어야 한다는 것을 중 점적으로 인식, 고무시키기 위해 단적으로 요약해 표시된 선동적 문구 이다.

"매개 모멘트時期에 있어서 련쇄連鎖 중에 특별한 한 개의 환절環節*을 발견할 줄 알아야 한다."

레닌 선생의 유명한 말씀이다. 어떤 기관이나 어떤 사업에 있어 일정 한 시기 내에 중점적으로 해결해야 할 중심 임무가 있을 것이다. 이 중심 임무를 대중적으로 인식시키며 그 임무 수행을 고무, 격려시키기 위해 써 붙일 짧은 구절의 글들이 '표어'인 것이다. 이 표어는 그 중심 과업이 전체 국가적인 것이면, 전체 국가적 지도자의 그 시기 보고문 중에서, 그 중심 과업이 자기 직장에 국한된 것이면, 그 직장 책임자의 보고나 전체 직장대회 결정서 같은 데서, 각기 요긴한 대목을 따내는 것이 가장 적당 한 방법이 될 수 있다. 그 시기마다에 가장 가까웠던 이런 보고나 결정서 들이 없을 때에는 가장 위신 있는 지도적인 신문의 그때그때 사설 속에

| *환형동물이나 절지동물의 몸마디. 고리마디.

서 따는 것도 좋고, 그 신문들이 이미 표어삼아 지도자들의 연설이나 보고문 속에서 따내어 큰 글자로 표어 형식으로 보이는 문구를 그대로 인용하여도 좋을 것이다.

조선최고인민회의 선거 때, 북조선민주주의 민족통일전선 중앙위원회에서는 24개의 표어를 발표하였는데 그중 중요한 몇 개를 소개하면 다음과 같다.

북조선에서 실시된 민주개혁들을 립법적으로 확보하며 우리 조선 인민에게 광범한 민주주의적 권리를 주는 조선민주주의인민공화국 헌법 만세!

민주주의인민공화국의 공민들이여! 최고인민회의는 우리 조국 통일에 대한 당신들의 지망을 실천하여준다. 모두 다 조선최고인민회의 선거에로!

조선최고인민회의에 우리 조국의 우수한 아들딸들인 진정한 애국자들을 선거하자!

북조선의 선거자들이여! 만일 당신들이 자유스러운 민주주의 독립조선에서 살려고 한다면 북조선민주주의 민족통일전선에서 추천한 립후보자에게 투표하라!

미 제국주의자들의 조종에 의하여 남조선 반동분자들이 조작해낸 반인민적 반동적 괴뢰 '국회'를 타도하자! 진정한 민주주의적 전 조선 립법기관을 수립하자!

3) 구호口號

행동의 호령이 되며 군중적 시위의 외침이 될 수 있는 박력 있는 문구이다.

표어를 격하게 부르면 구호일 수 있고, 구호를 좀 더 해설적이게 써 놓으면 표어일 수 있어, 표어와 구호가 확연히 분간되지 않는다. 어떤 표어는 그대로 구호일 수 있고, 어떤 구호는 그대로 표어일 수 있는 것이 있다. 표어는 대체로 "……하자" "……하라"가 많고 구호는 대체로 끝에 '만세'가 많이 붙는다. 이것도 대체로 일정한 분간은 아니다. 어느 기념식에서나, 어느 군중대회에서나, 그날 보고되고 토의되고 결정된 내용을 총결적으로 정리시키며 인상적이게 고무시킬 짧은 어구를 택해 내면 그날의 훌륭한 구호가 될 것이다. 소련 공산당 중앙위원회에서 10월 혁명 31주년 기념 때 512개의 구호를 발표한바, 첫머리 다섯 개는 다음과 같은 것이요, 그 아래는 전 인민들에게 직업별로 불러놓고, 예를 들면, "제철공업의 남녀 노동자들과 기사 및 기수들이여!" 혹은 "문학, 예술, 영화일꾼들이여!" 하여 소련 인민으로는 누구나 자기에게 해당한 항목에서 특별한 주의를 갖게 하고, "자기 기술을 향상시키라! 위대한 소비에트 인민의 보람 있는 새롭고 고상한 사상의 예술작품을 창작하라!" 등, 각자가 자기 사업에 일층 충실, 비약하도록 격려하였다.

위대한 사회주의 10월 혁명 31주년 만세!
민주주의와 사회주의의 승리를 위하여 투쟁하는 인민들에게 형제적 축하를 드린다!
파시즘을 반대하여 인민민주주의의 승리를 위한 투쟁에서의 인민들의 친선과 협조 만세!
전 세계의 근로자들이여! 새 전쟁방화자들의 침략주의적 의도를 폭로시키라! 견고한 평화와 인민들의 안전을 위한 투쟁에서 민주력량을 집결시키라!

평화의 안전, 인민들의 자유와 독립의 견실한 성색*인 위대한 소련
만세!

누구나 마음이 격해지면 소리를 지르고 싶어진다. 이것이 군중적일
때는 더하다. 그 외치는 소리에 뜻을 넣어주며 방향을 가리키는 것이 구
호인 것이다.

"일하지 않는 자는 먹지 말라!"는 이미 세계적으로 알려진 근로인민
들의 구호이며 "앉아서 죽느니 일어나 싸우자!"는 야만적 반동정치 밑에
견디다 못해 폭발된 남조선 인민들의 절로 뿜어진 항쟁의 구호였었다.
일찍 3·1 운동 때는 다음과 같은 구호들이 있었다.

"조선독립 만세!"
"일본 군대와 일본인은 물러가거라!"
"조선독립정부를 수립하자!"
"조선은 조선 사람의 것, 자유와 평등 만세!"

1928년 6월 1일 '6·10 만세'** 2주년 기념으로 「조선혁명민중에게 격
함」이란 격이 있었는데 그 글에는 다음과 같은 구호가 있었다.

일본제국주의를 박멸하자.
민족적 유일전선을 완성하자.
반유일전선의 모든 장애물을 극복, 배격하자.
3·1 운동 10주년 기념에 대시위, 대폭동을 준비하자.

---

* 미인의 아름답고 고운 얼굴.
** 1926년 6월 10일 조선의 마지막 국왕인 융희隆熙 순종 황제의 인산일因山日을 기하여 일어난 독립운동.

조선독립 완성 만세!

전 조선 로동자, 농민 만세!

제 **5** 강 문장과
퇴고推敲

1. 퇴고라는 것

글은 어떤 내용의 것이거나 자기 마음속에서 꺼내어 남에게 전하려는 데 목적이 있다. 원만히 전하였으면 목적을 성취한 것이요, 그렇지 못하면 실패한 것이다. 그런데 글은 마음속의 것을, 그대로 표현하기에 만족할 수 있는 도구이냐 하면, 결코 그렇지 못하다.

> 간밤에 불던 바람 눈서리 치단 말가
> 낙락장송이 다 기울어지단 말가
> 하물며 못다 핀 꽃이야 일러 무삼하리오

사육신死六臣 중에 가장 나이 젊던 유응부俞應孚*의 노래다. 성삼문成三問, 박팽년朴彭年 같은 원로들은 나라를 위하여 늙도록 일하였다. 자기들의 일생을 거의 남김없이 고귀한 생애에 바쳤고, 아무리 사지를 찢는 참혹한 죽음이라도, 그 최후까지를 자기가 옳다고 인정하는 일을 위해 마치는 것은 차라리 그들의 본원이기도 할 것이다.

지난밤에 성삼문을 비롯하여 단종端宗을 받드는 원로대신들이 모조리 잡혔다는 전갈이 온다. 자기에게도 반드시 찾아올 이 운명을 앞에 놓고, 이제나 저제나 기다리며 생각할 때, 옳은 일을 위하여 죽는 것은 아

---

* ?~1456년. 조선 전기의 문신. 사육신의 한 사람으로 명나라 사신을 초대하는 연회 장소에서 세조를 살해하는 소임을 맡았으나 김질의 배신으로 잡혀 죽었다.

깝지 않으나, 자기는 아직 연소하여 나랏일에 남긴 자취가 너무 적다. 나라를 위하여 하고 싶던 일이 태산같이 가슴에 쌓인 채 슬어지지* 않을 수 없게 되었다. 유응부가 이 애타는 심경을 읊은 노래다. 이 석 줄 글발에 그의 첩첩하고 간절한 심사가 남김없이 드러났을까 하면 도저히 그렇지 못할 것이다. 아무리 명문名文이라도 맘속의 것을 남김없이 드러내기는 거의 불가능한 것이다. 그러기에 이루 측량할 수 없느니, 일필난기一筆難記**니, 불가명상不可名狀***이니 하는 말들이 있는 것이다. 이 이루 측량할 수 없고, 일필난기요 불가명상인 것을 가급적 맘속의 것에 가깝도록 표현한 것을 명문이라 하겠는데, 이 명문치고 일필휘지一筆揮之해서 즉 단번에 써내버려서 된 것은 자고로 하나도 없을 것이다. 무엇이나 원만하게 된 표현은 반드시 숙련된 기술을 거치지 않고 될 수 없을 것이다. 무엇에나 '기술'이란 가장 효과적인 방법을 의미하는 것이며 이 방법이란, '우연'이 아니라 계획과 노력을 의미하는 것이다. 일필一筆에, 단번에 되는 것은 차라리 우연이다. 우연을 바랄 것이 아니라 이필二筆, 삼필三筆에도 안 되면 백천필百千筆에 이르더라도 맘속의 것과 가장 가깝게 나타나도록 고치는 것이 문장법의 원칙인 것이다. 이렇게 가장 우수한 표현이 되도록 글을 고치는 것을 퇴고推敲라 한다.

2. 퇴고의 유래

퇴고라는 말은 글 쓰는 사람들에게 있어서는 잊을 수 없는 아름다운

---

* '사라지다'의 고어.
** 한 붓으로 이루 적을 수 없다는 뜻.
*** 가히 형언할 수 없는.

유래를 가지고 있다.

조숙지변수鳥宿池邊樹 새들은 연못가 나무 위에 잠들고
승고월하문僧敲月下門 승려는 달 아래 문을 두드리네

이런 한문시가 있다. 당唐나라 시인 가도賈島*가 지은 시인데 이 시의
바깥 '승고월하문僧敲月下門'이 처음에는 '승고僧敲'가 아니라 '승퇴월하
문僧推月下門'으로 지었었다. 승퇴월하문이 아무리 읊어봐도 마음에 들지
않아 '퇴推', 이 밀 '퇴'자 대신으로 생각해낸 것이 '고敲', 두드릴 '고'
자였다. 그래 '승고월하문'이라 해보면 어쩐지 이번에는 다시 '퇴'자에
마음이 끌린다. '승퇴로 할까? 승고로 할까?' 작정하지 못한 채, 하루는
노새를 타고 거리로 나갔다. 노새 위에서도 '퇴로 할까? 고로 할까?'에
만 열중했다가 그만 경윤京尹**의 행차가 오는 것을 미처 비켜서지 못하
고 부딪쳐버렸다. 시인 가도는 경윤 앞에 끌려 나가지 않을 수 없었고,
또 미처 비켜서지 못한 이유인, '승퇴로 할까? 승고로 할까?'를 말하지
않을 수 없게 되었다. 이 경윤은 그 까닭을 듣고 잠시 생각한 뒤에, "그건
퇴보다 고가 나으리다." 하였다. 경윤은 다른 사람이 아니라 마침 당대
문명文名이 높은 한퇴지韓退之***였다. 서로 이름을 알고 그 자리부터 친구
가 되었고, 가도가 '승퇴월하문'을 한퇴지의 말대로 '승고월하문'으로
정해버린 것은 물론, 이로부터 후인들이 글 고치는 것을 '퇴고'라 일컫
게 된 것이다.

---

* 779~843년. 중국 당나라의 시인. 시어는 세련되며, 묘사가 섬세하고, 표현에 세심함을 보였다. 오언율시
  에 뛰어남. 저서로 『장강집』『시격』 등이 있으며 '퇴고'에 대한 일화는 유명하다.
** 벼슬 이름의 하나. 지금의 서울시장에 해당하는 직위.
*** 768~824년. 한유韓愈. 중국 당나라의 문장가. 당송 8대의 한 사람. 퇴지는 자, 호는 창려昌黎. 청신한 표
    현, 충실한 기백, 교묘한 장단구長短句의 배치와 간명하고 긴박한 문장으로 고문古文을 지었다. 고문
    운동으로 중국 문장의 주도적인 역할을 했다. 시문집에 『창려선생집』 등이 있다.

3. 퇴고의 진리

일필휘지一筆揮之니 문불가점文不加點*이니 해서 단번에 써내버리는
것을 재주로 여기기도 했으나 그것은 결코 경의를 표할 만한 태도도 아
니려니와 위험천만한 재주일 것이다. 소동파蘇東坡**가 「적벽부赤壁賦」를
지었을 때, 친구가 와 며칠 만에 지었느냐 물으니까, 며칠은 무슨 며칠,
지금 단번에 지었노라 하였다. 그러나 동파가 밖으로 나간 새, 자리 밑이
불룩한 데를 들쳐보니 여러 날을 두고 고치고 고치고 한 초고草稿가 한
삼태나 쌓였더란 말이 있거니와, 고칠수록 좋아지는 것은 글의 진리다.
이 진리요 철칙인 것을 버리거나 숨기는 것은 어리석다. 욕교반졸欲巧反
拙***이란 말도 있기는 하다. 교묘하게 만들려다가 도리어 용졸하게 된다
는 뜻이다. 조선에서도 승려로서 글 많이 지은 서산대사西山大師****는 퇴
고推敲 이야기의 주인공인 가도賈島를 시제詩題로 삼고 이런 시를 지은 일
도 있다.

> 흑백투신처黑白投身處　출가는 사문이 몸 둘 곳이요
> 퇴고착자시推敲着字時　퇴推와 고敲를 분명히 할 때라
> 일생공여업一生功與業　일생의 공과 업이
> 가소고음시可笑苦吟詩　괴로이 시만 읊나니 가소롭구나
> 　　　　　　　　—『청허당집淸虛堂集』권 1, 「가도賈島」

---

* 글에 점 하나 더할 것이 없다는 뜻으로, 글이 아주 잘되어서 흠잡을 곳이 없음을 이르는 말.
** 1036~1101년. 소식蘇軾. 중국 북송 때의 시인, 문장가. 동파는 그의 호. 당송 8대가 중의 한 사람으로 호
　방한 성격과 파란만장한 관직 생활도 널리 알려져 있으며 고문古文의 대가이자 서화에도 뛰어났다.
*** 잘 만들려고 너무 기교를 다하다가 도리어 졸렬한 결과를 보게 되었다는 뜻으로, 너무 잘하려 하면
　도리어 잘되지 아니함을 이르는 말.
**** 1520~1602년. 휴정休靜. 조선 중기의 고승, 승장僧將이다. 제63대 조사이다. 임진왜란 당시 제자인 사
　명당 유정과 함께 승병僧兵을 일으켜서 크게 전공을 세웠다.

세상 살아가는 데나 글 짓는 데나 그다지도 깐깐스럽게 굴 것이 무엇이냐는 풍자諷刺다. "주물러 꿰트린다."*는 말도 있다. 모두 일리는 있는 말들이다. 그러나 고치는 것과 잘못 고치는 것은 다르다. 잘못 고칠까봐 '욕교반졸'이며 잘못 고칠까봐 '가소고음시'이며 잘못 고칠까봐 '주물러 꿰트린다'이지 잘 고치는 것이 옳지 않다는 뜻은 하나도 아니다. 잘못 고치는 것은 별문제요 글은 고칠수록 좋아지는 것이 원칙이다.

구양수歐陽脩** 같은 문호는 퇴고하는 것을 공공연히 자랑삼아 하였다. 초고는 반드시 벽에 붙여놓고 들어가고 나올 때마다 읽어보고 고쳤다 한다. 그의 작품으로 널리 전해진 것의 하나인 「취옹정기醉翁亭記」를 쓸 때, 첫머리에서 저주滁洲의 풍광을 묘사하는데 첩첩이 둘린 산을 여러 가지로 형용해보다가 나중에는 '환저개산야環滁皆山也(저주 둘레는 온통 산이다)' 다섯 자로 만족하였다는 것은 유명한 이야기거니와, 러시아 문학에서도 문장이 좋기로 유명한 투르게네프는 어느 작품이든지 써서 즉시 발표하는 것이 아니라 책상 속에 넣어두고 여러 날 뒤에 한 번씩 꺼내보고 고치었다 하며, 고리키도 초년에 톨스토이와 체호프에게서 문장이 거칠다는 비평을 받고부터는 어찌도 퇴고를 열심히 했던지 그의 어떤 친구가, "그렇게 자꾸 고치고 줄이다가는 나중엔 '어떤 사람이 태어났다, 사랑했다, 결혼했다, 죽었다' 네 마디밖에 안 남지 않겠나?" 했다는 말도 있다.

아무튼 한 번이라도 고친 글은 안 고친 글보다 낫고, 두 번 고친 글은 한 번 고친 글보다 나아지는 것은 절대 진리다. 처음부터 이러한 퇴고의 노력이 없이 그야말로 문불가점文不加點 식으로 써내는 글은 어쩌다 한

---

* (~을) 문질러서 해지게 한다. 꿰뜨리다.
** 1007~1072년. 중국 북송의 정치가, 문인, 학자로 당송 8대가 중 한 사람이다. 고문의 부흥에 애썼으며 송시宋詩를 창조했다. 그의 호는 취옹醉翁. 『오대사기』 『구양문충공집』 등이 있다.

번 좋은 글을 쓸 수 있는 우연은 있을지언정 언제나 좋은 글을 쓸 수 있는 기초와 실력은 영영 가져보지 못할 것이다.

4. 퇴고의 표준

어떻게 고칠 것인가? 막연히 어구나 문체만 다듬을 것이 아니라 어떤 표준이 있어 따져보아야 할 것이다. 이 표준이 확호하지 못하면 허턱 어구만 다듬고, 허턱 문체만 유창하게 꾸미려 든다. 그러다가는 그야말로 '욕교반졸'이 되고 만다. 허턱 다듬고 꾸미는 것은 분과 연지를 허턱 바르는 얼굴처럼, 본바탕의 아름다움을 돋보이게 하는 것이 못 되고 도리어 추하고 허위로 차게 하는 것이다.

먼저 든든히 지키고 나갈 것은, 붓을 들던 첫 번의 마음이다. 쓰는 내용이 어떤 것이든 간에 마음속에 준비되었기 때문에 붓을 든 것이다. 그 준비된 내용이 쓰인 글 속에는 약하게 나타나지 않았는가? 혹은 다른 의미로 나타나지 않았는가? 약하면 강하도록, 다른 의미이면 제 의미대로 나타나도록 고쳐야 할 것이다.

여기서 강하다는 뜻은 힘찬 것을 의미하는 것은 아니다. 섬세하고 부드럽게 써야 할 글이 억세게 쓰였다면, 그것은 강하게 된 것이 아니라 결국 약하게 된 것, 즉 충분치 못하게 된 글이다. 여기서 강하다는 뜻은 '충분'을 의미한다.

여러 번 고치되 단번에 자꾸 고치는 것은 무리한 일이다. 두었다가 새 정신으로 고쳐야 하며, 자기 한 사람의 역량은 이내 한계가 있으므로 여러 사람의 의견을 들어 고치는 것이 가장 효과적인 것이다. 자기보다 난 사람들의 의견이 필요한 것은 물론이지만 그 글을 읽을 사람들의 의

견도 절대로 유익한 것이다. 아무리 전문가들이 보기에는 잘되었다 하더라도(사실에 있어 그런 경우는 적겠지만) 일반 독자들이 읽고 감동되지 않는다면 그 글은 원만히 되지 못한 글이요, 퇴고할 여지가 있는 글임에 틀리지 않을 것이다. 내 마음먹었던 것이 그대로 나와졌다 하더라도, 그것이 읽는 사람들에게 아무런 감동도 주지 못한다면 그것은 첫 번 마음부터 부족하게 먹은 것임에 틀림없다. 그때는 글을 고칠 것이 아니라 마음부터 고쳐먹어야 할 것이다.

대체로 글은 퇴고해야 되는 것이며 퇴고의 표준은, 먼저 마음먹은 대로 표현되었는가, 그것을 따져볼 것이요 다음에는 독자들을 감동시킬 무슨 힘이 있는가, 음미해볼 것이다. 그리고 퇴고하는 데 절대로 필요한 방법이 하나 있다. 그것은 줄이는 것이다. 처음 쓰는 솜씨일수록 쓸데없는 말이 많이 들어간다. 10장짜리면 8장이나 7장으로 줄여보라. 김을 매는 밭처럼 반드시 쓸데없는 부분들이 뽑혀나갈 것이다. 경우에 따라 매수가 느는 경우도 없지 않으나 서투른 글일수록 줄어들어야 좋아지는 것도 거의 원칙일 것이다.

5. 퇴고의 실제

어느 한 글을 고치자면 그 원문에 따라 퇴고되는 것도 천태만상일 것이다. 여기 다음과 같은 단문을 놓고 검토하여보자.

공장 문을 나선 두 여공, 짧은 치마 밑에 쪽 곧은 두 다리의 각선미, 참으로 씩씩하고 힘차 보인다. 아마 일을 마친 뒤에 핑퐁이나 발리볼을 하다 돌아오는 듯 이마의 땀을 씻는다. 얼굴은 몹시 흥분하여 익은 능금 같고, 무엇이 그리 즐거운지 웃음을 가득 담은 얼굴은 참으로 기쁘고 명랑해 보인다. 일제 때 공장 근처에서 보던 여공과는 딴판이게 달라졌다.

1) 용어를 보자

우선 '각선미'란 말과 '흥분'이란 말들이 맞지 않는다. 설혹 다리가 곱더라도 '제법 각선미가 나타나는……'정도로는 쓸지언정 결정적으로 쓰기에는 알맞지 않은 말이요, 감정에서가 아니라 단순히 육체적 운동으로 혈조가 오른 얼굴을 '흥분'으로 부르는 것도 오진誤診이다. '흥분'은 육체보다 감정 편을 더 가리키는 말이다.

그리고 무의미한 말과 단골말이 있다. '씩씩하고 힘차'와 '딴판이게 달라'는 거의 같은 말의 중첩으로 되었다. 같거나 비슷한 말을 중첩하여 양적으로 힘을 내는 효과도 없는 바는 아니다. 그러나 글로는 따져보고 쓸 것이며, '참으로 씩씩하고' '참으로 기쁘고'에 '참으로'가 단골이 되었다. 어느 하나는 '퍽'으로라도 고쳐야 할 것이다. 그뿐 아니다. '힘차보인다' '명랑해 보인다'의 '보인다'도, '즐거운지'의 토 '지'도 단골이되었다. 몇 줄 안 되는 짧은 글에 벌써 이만큼이나 좋지 않은 단골말, 버릇말이 몰려나왔다. '얼굴은 몹시 흥분하여'와 '웃음을 가득 담은 얼굴은'에 '얼굴은'도 하나는 무의미하다기보다 같은 주어가 두 번씩 나오기 때문에 혼란을 일으킨다. 우선 이러한 결점들을 고쳐놓고 보자.

공장 문을 나선 두 여공, 짧은 치마 밑에 쪽 곧은 두 다리, 퍽 씩씩해 보인다. 아마 일을 마친 뒤에 핑퐁이나 발리볼을 하다 돌아오는 듯 이마에 땀을 씻는다. 얼굴은 몹시 상기되어 익은 능금 같고, 무엇이 그리 즐거운지 웃음을 가득 담아 참으로 기쁘고 명랑하다. 일제 때 공장 근처에서 보던 여공과는 천양지판이게 달라졌다.

2) 모순과 오해될 군데가 있나 없나 보자

'두 여공' 과 '두 다리' 가 맞지 않는다. 그렇다고 '네 다리' 라 하면 너무 산술적이다. 그러니까 둘이니 넷이니 할 것이 아니라 '다리들' 이라 하면 좋을 것이다.

3) 인상이 불선명하여 어떤 난시작용亂視作用을 일으키는 말은 있나, 없나? 지나친 과장은 있지 않은가? 보자

인상이 선명치 못하며 난시작용을 일으키는 데가 있다. 공장 문을 '나온' 이 아니라 '나선' 이요, 얼굴들보다 먼저 다리들을 말했기 때문에 뒤로 보는 인상을 주기도 하는데, '돌아오는 듯' 이란 앞으로 다가오는 인상의 말이 나왔다. 또 '다리들' 이라 하면 거기까지는 두 여공들인데 그 다음부터는 한 여공은 없어지고 말았다. 그리고 '몹시 상기되어' 의 '몹시' 는 지나친 과장이다. 이런 결함들을 다시 퇴고하여 보자.

> 공장 문을 나오는 두 여공, 짧은 치마 밑에 쪽 곧은 다리들, 퍽 씩씩해 보인다. 아마 일을 마친 뒤에 핑퐁이나 발리볼을 하다 돌아오는 듯 이마에 땀을 씻는다. 얼굴은 상기되어, 익은 능금 같고 무엇이 그리 즐거운지 웃음을 가득 담아 참으로 기쁘고 명랑들하다. 일제 때 공장 근처에서 보던 여공들과는 천양지판이게 달라졌다.

4) 될 수 있는 대로 줄여야 한다

글에 있어서는 없어도 그만일 말을 그냥 두는 관대보다, 없어도 그만일 말은 기어이 찾아내어 뽑아버리는 신경질이 도리어 미덕이 되는 것이다. '일제 때 공장 근처에서 보던' 의 '공장 근처에서' 는 곡식이 아니라 김이다. 아낌없이 뽑아버리자.

5) 처음의 것이 있나? 없나? 보자

여러 번 고쳤다. 글은 훨씬 확실한 문장으로 되었다. 그러나 자꾸 고쳐나가다가는 글보다 귀한 것을 잃어버리는 수도 있다. '처음의 것'이란 처음의 글이 아니다. '처음의 생각'과 '처음의 신선'을 가리킴이다. 글 만드는 데만 끌려나오다가 '처음 마음속에 찍힌 인상의 그 싱싱함을'이 지러뜨렸다면 그것은 도리어 실패. 초등학생들의 글이 문법적으로는 서툴러도 인상이 뚜렷하게 전해지는 것은 그 '처음의 것의 싱싱함'을 솔직히 그대로 내어놓기 때문이다. 백 번이라도 고치되 끝까지 구기지 말고 지녀나가야 할 것은 이 '처음 생각'과 '처음의 신선'이다. 이 '처음의 것'들을 이지러뜨릴 염려가 없게 하기 위해서는,

① 최초의 붓을 들 때의 생각과 기분을 저 자신에게 선명히 기억시킬 것.

② 중얼거리며 고치지 말 것. 소리 내어 읽어보며 고치다가는 음조에 붙잡혀 개념적인 수사修辭에 빠지기 쉽다.

③ 앉은 자리에서 자꾸 고치지 말고 여러 날 두고 새 정신에서 고칠 것.

그런데 위에서 퇴고해본 글이 이 다섯째 조건에 비추어 어떠한 글이 되었는가? 그전에는 공장에서 여공들이 어둡기 전에는 나오지도 못하거니와 나오는 것을 본다 하더라도 얼굴은 창백하고 허리는 굽고 걸음이 활발할 수 없었다. 마치 학교에서 뛰어놀다가 나서는 여학생들 같은 발랄한 인상을 보이려는 것이 첫 번 마음먹은 내용일 것이다. 이것이 이 글에서 어느 정도로는 전해졌다. 그러나 트집이 잡힐 뚜렷한 병점들만 고쳐졌지, '핑퐁이나 발리볼을 하다 돌아오는 듯'이나 '무엇이 그리 즐거운지 웃음을 가득 담아'니 좀 구구스러운 표현이다. 어느 말 구절들의 잘못은 없으니, 이번에는 전체를, 처음에 써보려던 생각에 근거하여 좀 더 원활한 표현으로 고쳐볼 필요가 있다.

공장 문을 나오는 두 여공, 얼굴이 모두 능금덩이처럼 이글이글하다. 일 파한 뒤에 핑퐁이나 발리볼 같은 운동을 하다 나오는 듯, 이마에 땀을 씻으며 그저 숨찬 어조로 웃음 반, 말 반에 떠들며 온다. 짧은 치마 밑에 쭉쭉 뻗어 나오는 곧은 다리들, 퍽 힘차고 명랑해 보인다. 일제 때 보던 여공들과는 천양지판이게 달라졌다.

군색스럽던 표현에서는 얼마 벗어났다. 그러나 이런 정도로 만족할 수 있는가? 이런 정도로 자기가 보이려는 내용이 여실히 남에게 전해질 수 있는가? 최후로 이것을 따져보고, 부족하다면 만족할 수 있는 데까지 더 고쳐야 할 것은 물론이다.

제 **6**강 제재題材, 서두緒頭,
종결終結, 명제命題에
대하여

1. 제재에 대하여

누구나 붓을 들기는 쉽다. 그러나 '무엇을 쓰나?'에 흔히 막연해한다. 어떤 사람은 "무엇을 쓸까?" 묻는 이에게 "쓸 것이 없으면 꿈꾼 것을 쓰라." 하였다. 지난밤에 꾼 것이든지 며칠 전에 꾼 것이든지 꿈을 더듬어 적어보라 하였다. 꿈은 아무리 똑똑한 것이라도 현실에 비기면 흐리다. 기억만 흐릴 뿐 아니라 내용도 대체로 허황하다. 그것을 선후를 가려 남이 알아보도록 적는 것이 현실에서 체험한 일을 적기보다 훨씬 어려울 것이다.

그러나 '무엇을 쓰나?' 하고 막연해 하는 사람에게는 분명히 도움이 되는 말이다. 꿈을 적으라는 말에 고지식하게 그대로 꿈을 적어보는 것도, 허황한 내용을 가지고 선후와 조리를 가려 표현해보는 글공부가 되려니와, 그보다도 흐리멍덩한 꿈속에서 쓸 것을 찾느라고 애를 쓰다가는 필경 '기억이 똑똑한 일이 얼마든지 있는데 하필 몽롱하고 허황한 꿈에서리오.' 하고 스스로 제재를 현실에 돌아와 찾는 그 깨달음을 주는 데이 말의 본의가 있는가 한다.

글이 될 만한 제재는 꿈에 비기어 현실에는 무진장으로 있으며 또 꿈속의 제재보다 현실의 제재라야 대다수 사람들과 직접 관련이 생기고 대다수 사람들에게 직접적인 영향을 줄 수 있을 것이다.

글은 개인을 위해 생긴 것도 아닐 뿐더러 글은 남과의 관련에서 가장 보람 있는 역할을 하는 것이다. 글은 자기가 쓴 것을 자기 자신보다 남이 보는 데 의의가 있으며 남에게 주는 영향 여하로 평가되는 것이다. 막심 고리키*는, "무엇보다도 먼저 인간생활과 관련이 있는 사람들과 현상들이, 인간들에게 절실한 관심을 주는 사실들과 현상들이며, 인간들과 직접적인 연결이 있는 사실들이며 현상들이다." 하였다. 우리는 무슨 글을 쓰든지 제재를 찾는 눈을 먼저 현실 속에 둘 것이다.

'현실' 이란 또한 첫 솜씨로는 막연한 문제일 것이다. 공장 환경도 현실이요, 농촌 환경도 현실이며 도시에서, 어장에서, 기차에서, 전차에서, 사무실들에서, 가정들에서 생기는 모든 일, 그리고 신문에 반영되는 국제·국내 모든 정치정황이 하나도 현실 아닌 것이 없다. 이렇게 되고 보면 막연했던 것이 이번에는 복잡다단한 것으로 된다. 그러나 당황할 것까지는 없다. 자기 생활에 관련되며 자기 생활에 가장 절실한 것으로 택하면 된다. 학생이면 학생 생활에서, 노동자면 자기 노동 생활, 농민이면 자기 영농 생활에서 가장 절실한 것을 택하여 글의 제재로 삼을 것이다. 누구나 자기 생활에 절실한 제재라면 많든 적든 자기의 경험을 토대로 하고 나선 문제일 것이다. 그러므로 이것은 누구보다도 그가 잘 아는 제재이며 누구보다도 그가 깊이 캐들어 갈 수 있는 제재이기도 하다.

자기가 경험했고, 자기가 잘 아는 제재라 해서 만사가 다 해결되는 것은 아니다. 표현해내는 역량이 이를 최후로 결정하는 것이니, 전선 생활을 오래한 군인이라 하여 반드시 전쟁 기록을 풍부하게 쓰는 것은 아니다. 전쟁을 오래하고도 전쟁 이야기를 빈약하게 쓰는 사람이 있으며 전쟁 생활을 얼마 안 하고도 전쟁 이야기를 광범히 취급하여 전쟁의 진모를 알려주는 사람이 있다.

---

* 1868~1936년. 제정 러시아의 작가. 사회주의 리얼리즘의 창시자로, 어린 시절의 비참한 체험을 바탕으로 노동자 계급에 대한 애정과 그들의 현실을 담은 작품을 발표하여, 프롤레타리아 문학에 크게 공헌하였다. 작품에 희곡 『밑바닥』, 소설 『유년 시대』 『소시민들』 『어머니』 등이 있다.

첫 솜씨에는 경험만을 믿지 말고 경험 속에서도 자기 힘에 만만한 것을 택하며 자기 힘에 부칠 듯한 것이면 한계를 긋고 그 안에서 쓸 것이다.

제재는 글 쓰는 사람과 언제나 맞서는 것이다. 글 쓰는 것도 씨름과 같다. 제 역량만 든든하면 제재에게 나가떨어질 리 없지만 첫 솜씨로는 흔히 제재에게 사람이 나가떨어진다.

제재는 현실 속에서, 현실에서도 자기 생활경험 속에서, 생활경험에서도 자기 힘으로 다룰 수 있는 것과 그런 한계 내에서 택할 것이다.

2. 서두에 대하여

대동강변 련광정鍊光亭에 오르면

> 장성일면용용수長城一面湧湧水　장성 한쪽에서 강물이 넘실거리고
> 대야동두점점산大野東頭點點山　너른 들 동쪽 끝에는 산들이 올망졸망하구나

이런 한시가 걸려 있다. 고려 때 시인 김황원金黃元*이란 시인이 지은 것인데 한시는 으레 두 수首를 채우는 것이나 이 한시는 한 수뿐이다. 다음 수를 채우려 애를 썼으나 결국 짓지 못하고 붓을 꺾었다는 말이 있다. 첫 한 수에서 대동강에서 할 말을 다해 버린 까닭이다.

첫머리에서 너무 덤비지 말 것이다.

화가 고흐는 캔버스畵布 위에 '무엇'이 깃들기 전에는 채필彩筆**을 들

---

* 1045~1117년. 고려 예종 때의 문신으로 시인이다. 자는 천민天民. 문장에 있어서 정지상鄭知常 이전의 제1인자라 일컬어진다. 특히 고시古詩에 이름을 떨쳤으며 그 문명文名으로 인해 시기를 받아 한때 피격되기도 했다.
** 채색하는 데에 쓰는 붓.

지 않는다 하였다. 글도 종이 위에 쓰려는 것이 확실히 깃들기 전에는 붓을 들지 말 것이다. 쓰려는 요령만 눈에 보인다고 덥석 쓰기 시작하면 중요한 부분이 첫머리 몇 줄에서 다 없어져버린다. 용두사미龍頭蛇尾가 되기 쉽다. 능히 글 제목까지 정할 수 있도록 글의 전체를 빈 종이 위에 전망하고 그리고 첫머리를 찾을 것이다. 마음속에 그 글의 전체를 느끼기 전에 붓을 들면 머리가 안 나오고 중간부터 부러지기도 쉽다.

소설 이외의 글은 흔히 일인칭이다. 무슨 소감을 쓰든지 말하는 주인공은 '나'다.

"나는……"

"내가……"

이렇게 '나'를 첫마디로 쓰면 서두가 쉽고 평탄하게 풀린다. 차견 차견 자기의 이야기를 시작하는 태도이기 때문이다.

그런데 이런 서두의 태도는 반드시 '나'라 집어놓아야 되는 것도 아니다.

"워낙 성미가 번다하게 나돌기를 즐기지 않는데다가 요즘은 날씨까지 몹시 차지어……"

여기는 '나'가 없어도 역시 '나'로 시작된 글이다.

다음에는 '언제'와 '언제 어디서'로 시작하는 것도 손쉬운 방법의 하나이다.

"어제 아침이다. 한길에서 떠들썩하는 소리가 나기에……"

"며칠 전 정거장에서다. 그날도 대합실에서 사람들이 그뜩 차 웅성거리는데……"

만일 글 제목이 한 명사인 경우에는 흔히 그 명사가 첫마디로 시작되는 글도 많다.

머리가 있어 녀자를 아름답게 하는 것은 마치 공작새가 영롱한 꼬리를 가진 것과……

—김용준[*]의 「머리」의 서두

그리고 아직 첫 솜씨의 글일수록 첫머리 구절을 짧게 끊는 것이 좋다. 첫 구절을 길게 끌어내려가다가는 문맥을 엉클어놓으며 호흡을 가쁘게 만들기 쉬운 것이다.

3. 종결에 대하여

글의 최후 한 줄은 무대를 닫는 면막面幕^{**}과 같다. 제의題意가 아직 충분히 드러나기 전에 끊어지는 글은 연극을 하고 있는 중에 막이 닫히는 격이요, 종결점을 얻지 못하고 지리^{***} 방황하는 글은 연극은 다 했는데 막이 내리지 않는 것 같은 낭패일 것이다.

종결을 제대로 못 맺는 원인을 찾아보면, 첫째, 제의題意에의 명확한 인식과 통일 부족에 있다.

원산까지면 원산까지, 청진까지면 청진까지 갈 것을 분명히 작정하고 나섰으면 덜 가서도 안 될 것이요, 더 가서도 안 될 것이다. 덜도 더도 없이 목적한 지점에 가 멈추듯, 머리와 끝이 한 목적에서 완결되어야 할 것이다. 제목 잡은 내용을 명확히 인식해서 문맥이 발전할 경로와 한계를 선명히 예견하면서 그 곳으로만 몰아나가야 할 것이다.

---

* 1904~1967년. 화가, 수필가. 호는 근원近園. 동경미술학교를 졸업하고 서울대 미술대학장을 지냈고, 6·25 전후 서울 수복 때 월북하였다. 저서로 『근원수필』 『조선미술 대요』 등이 있다.
** 무대와 객석 사이에 치는 장막.
*** 체계가 없이.

둘째, 지나친 표현욕에서의 탈이 선다. 부분적인 형용과 기이한 구상을 탐내다가 본 줄거리에서 멀어나가면 그 글의 멈출 자리를 놓치고 만다.

셋째, 종결감에의 야심이 너무 강한 때문도 있다. 끝을 맺는다고 해서 연단에서 주먹을 치듯, 박수갈채를 기대하는 식으로 무리한 심각미를 내려들어서는 안 된다.

넷째, 종결감에의 야심이 너무 약한 때문도 있다. 이것은 반대로 너무 끝이 허해지고 만다.

대체로 모든 글의 종결은 다소 점정點睛의 작용이 있어야 할 것이다. 용을 그릴 때 최후 한 점으로 눈을 그리며, 그 눈 한 점 찍는 것으로 말미암아 여태 그려온 형체만의 용이 갑자기 생기를 띠는데, 이 최후 일점一點을 '점정'이라 한다. 일편一篇의 글을 형식으로만 끝맺을 뿐 아니라 내용으로도 완성하는 최후의 일행一行이 되는 동시에, 번쩍 하고 그 글 전체에 생기를 끼얹는 힘과 신운神韻을 풍겨놓아야 묘妙를 얻은 종결이라 할 것이다.

4. 명제에 대하여

명제란, 쓴 글에 제목 붙임을 가리킴이다. 내용을 표시하는 뜻이 없이 '실제失題'니 '무제無題'니 하는 제목도 있지만 이는 예외일 수밖에 없다. 구태여 제목을 밝히면 전체가 도리어 여유 없이 빡빡한 인상을 줄 염려가 있을 경우와, 아무리 제목을 찾으려 하여도 마땅한 것이 나서지 않을 경우에는 이 '실제'와 '무제'도 훌륭한 제목일 수 있으나, 그러나 어떤 경우에는 그 글에 대한 책임을 될 수 있는 대로 피하려는 태도 같기도

하여 원칙적으로 좋은 명제법이라고 할 수는 없다.

제목은 그 글의 이름이다. 그 글의 이름은 그 글의 내용을 떠나서는 아무런 표준도, 근거도 있을 수 없다. 글의 내용을 일괄하여 상징하며 전체적으로 대표할 수 있는 말이라야 할 것이다.

첫째, 글 내용과 동뜨지* 않을 것이니, 어디까지나 본문을 충실히 반영시켜야 할 것이요, 둘째, 차라리 평범할지언정 너무 기발해서는 안 될 것이요, 셋째, 새롭되 길어서는 파격일 것이다. 사람의 이름도 흔히 있는 '정희'니 '복동'이니 하면 새로 듣는 맛이 없듯, 글에서도 남들이 이미 많이 붙여온 것은 피하는 것이 원칙이며 그렇다고 제목 치장만 하여 본문이 손색을 당하게 하면 더 잘못이다.

처음에는 글 제목에 있어서 몹시 벼르고 굉장한 것을 붙이고 싶어 한다. '인생'이니 '가을'이니 한계 없는 큰 제목들도 붙이고 싶어 한다. 그러나 글 제목은 본문에 비기어 적을수록, 겸손할수록 그 글 전체에 유리한 것이다.

---

* '다른 것보다 훨씬 뛰어나다'는 뜻도 있으나, 여기서는 '시간적 공간적 간격이 생기다', 혹은 '평상시와는 다르다'라는 의미로 쓰임.

제 7 강 대상對象과
표현 기타

1. 인물人物의 표현

표현하려는 대상에 인물처럼 복잡다단한 것은 없다. 늙은 코끼리가 제아무리 몸집이 거대하여도 한 소녀의 심리의 복잡을 당하지 못한다. 인물이란 외모부터도 만인만색萬人萬色인 데다 인물을 전적으로 대표하는 성격이란 서로 크게 차이가 있고, 같은 한 사람의 성격으로도 그 감정과 행동이 경우에 따라 천변만화千變萬化한다.

그러나 복잡하고 어려움에는 또한 가려내는 법의 묘함이 있다. 인물만화人物漫畵를 보라. 그 소박한 몇 조條의 선선線만으로도 복잡한 두뇌의 소유자들을 누가 보든지 그 사람으로 알 수 있도록 그려놓지 않는가?

묘법妙法이란 별것이 아니다. 그 인물의 특징만 잡아놓으면 그만이다. 외모를 보이기 위해서는 외면적인 특징을, 심리나 성격을 보이기 위해서는 내면적인 특징을 잡아놓으면 꼼짝 못하고 드러난다.

마돈나의 바로 옆에는 군대 도로 감시초가 있었다. 여기 교통정리원이 서는데 흔히는 키가 크고 량볼이 잘 익은 능금처럼 붉고 포동포동한 모스크바 처녀 타타이나 사프즈코바 오장이 서곤 하였다. 그의 억센 가슴에는 세바스토폴과 스탈린그라드 훈장 그리고 또 모스크바 지하 로동자의 배지가 빛났다. 불붙는 듯한 머리카락이 그의 모자 밖으로 너풀거렸다. (중략)

판 아담은 키가 크고 뚱뚱한 신사였다. 털 깊은 시커먼 눈썹과 윗수염

은 늘 미소를 띠고 있는 둥그런 그의 얼굴과 잘 어울렸다. 그 미소는 일본
식 웃음, 즉 인자한 표정으로 수줍은 겸손을 가장하나 그 리면에는 타산
과 감상感傷과 배신을 품은 그런 종류의 미소가 아닌가 생각되었다. 우리
의 이 추측은 그의 재산의 출처에 대한 세평을 듣고 어느 정도까지 적중
된 것으로 인정되었으니 독일군 점령 선에는 그의 집부터가 어떤 유태인
의 소유였던 것이다.

—레브 슬바빈의 『길가의 마돈나』에서

……사람, 사람, 사람……

다시 씨름이 시작된다는 종소리가 뎅그렁 뎅그렁 사면에 울려 퍼지자
설피어졌던* 구경꾼의 담이 차차 빽빽하니 메워져갔다. 국수오리**를 입
가에 붙인 사람, 군침을 흘리며 호두엿을 꿀꿀 녹이는 사람, 개켜(개고기
밥)국 고춧가루에 입이 빨갛게 묻은 사람, 다모토리(소주)에 얼근한 사람,
떼를 지어 몰켜다니는 로동자들, 아무것도 먹지 못한 후줄근한 사람, 사
람, 사람……들이 우– 몰려와서 혹 엎치며 덮치고, 혹은 발끝을 세우며
목을 늘이고, 혹은 틈을 찾아 안으로 기어들어, 또다시 겹겹으로 싸인 사
람의 재가 되었다. 그리하여 나중은 십 전을(오전부터는 십오 전이나 오후부터
는 십 전) 내지 않으면 올라갈 수 없는 덕으로 사람의 여울은 을리쳤다.

—한설야***의 『씨름』에서

* 짜거나 엮은 것이 거칠고 성기다. 혹은 언행이 덜렁덜렁하고 거칠다.
** '국숫발'의 북한어.
*** 1901년~?. 소설가. 카프 동맹원으로 활약했으며, 해방직후 조선문학가 동맹의 조직에 관여하다가 월북하
    였다. 주로 농촌을 무대로 구성이 소박하고 강건한 작품이었으며, 계급 사상에 투철하였다. 작품에 『탑』
    『황혼』『청춘기』 등이 있다.

모두 눈부신 풀밭에 짐들을 내려놓았다. 누런 일제 때 군복, 푸른 마다리* 로동복, 때 묻고 찢어지고 한 조선 바지저고리, 조선 조끼에 양복바지, 가지각색의 차림이었다. 행진이 멎으면 주먹 턱에 담배부터 꺼내 물고야 땀을 씻는 철공 로동자 황 동무, 안짱다리에 상체만이 커서 싸창** 찬 것이 끌려 보이는 농촌 출신 남 동무, 춘천서 대장 판돌 동무와 함께 철도파업을 겪었고 그때 이마에 칼자국을 받은 매부리코 기관사 장 동무, 학병 출신이요 의사의 아들이어서 의학상식이 풍부한 얼굴 흰 윤 동무, 바로 지금 이들의 전진 방향인 K군 S면 지구에서 테러반격을 만나 앞니가 부러진 농촌 출신 서 동무, 꼬맹이 셋째 그리고 금니투성이를 감추기 위해서처럼 언제나 말이 없는 지도부 련락원 심 동무, 모두 햇볕만 보아도 자기들의 앞길에 축복 같아서 행결 피로를 잊고 무지개가 돋는 담배연기를 뿜으며 대장 판돌 동무를 둘러쌌다.

판돌은 별로 땀 씻는 것을 볼 수 없었다. 연골 때부터 철도 기관구에서 수리공으로 단련된 그의 옹이박이 같은 근육들은 땀을 남처럼 비지로부터 흘리지 않거니와 여간 흐르는 것쯤 닦지 않았다. 그는 걸음을 멈출 때마다 그 철 지난 검정 스키 모부터 벗어들었다. 굽실굽실한 머리에 검붉게 탄 얼굴은 땀기가 있어 오히려 구리로 부은 동상처럼 강렬한 탄력에 빛났고 널찍한 이마 아래 흰자위가 유난히 번뜩이는 눈은 이보다도 더 그 눈으로 명령하는 듯했다. 동무들은 자기들의 지휘자의 그 침착한 입과 날카로우면서도 압력 있는 눈을 미쁘게 여겼다.

—필자의 작품 『첫 전투』에서

사람들을 개인으로 또는 군중으로 표현한 문장들이다. 특징들을 잡

---

* '자루'의 방언.
** '모제르mauser총(반자동식 권총의 한 가지)'의 북한어.

기에, 또 독자들의 눈에 그림처럼 인상적으로 찍혀질 요소들을 잡아내기에 얼마나 날카로운 관찰을 하였나가 충분히 엿보인다. 인물은 언제나 그 인물 자체의 자기표현이 있다. 나무처럼, 산처럼 부동의 대상이 아니라 쉴 새 없이 표정이 있고, 행동이 있고, 그런 모든 것을 통해서 감정과 의지가 항상 발로되며 있다. 그러니까 먼저 이런 표정, 말, 행동의 주체인 외모에서부터 특징을 찾는 데 관점을 두어야 한다.

그 사람의 성격을 규정하는 외부적 조건으로, 남녀노소의 구별은 물론이요, 키 크고 작은 것, 살찌고 여윈 것, 이마 넓고 좁은 것, 얼굴빛의 희고 검은 것, 눈 크고 작고, 맑고 어둡고, 두리두리*하고 안존한** 것, 입술의 얇고 두터우며, 입의 크고 작은 것, 말소리의 맑고 탁하고, 느리고 빠른 것, 앉음앉이***, 걸음걸이 등……

이런 것들이 그 성격과 유기적인 인과를 갖는 특징들이니 예리한 관찰과 다소 과장적인 묘사가 필요하다. 그 밖에 옷 모양, 교양, 취미, 직업, 출신성분 등도 그 인물을 성격적으로 윤색하는 데 중요한 요소가 되는 것은 물론이다.

그러나 인물을 초목이나 산처럼 가만히 세워놓고 묘사하는 것보다는, 그 글에 나오는 필요한 언행과 사건을 써나가는 속에서 절로 결부되어 나타나야 한다. 독자는 모르는 새에 한 가지씩 점철點綴되어, 사건을 읽어나가는 동안, 생활을 읽어나가는 동안, 그 인물의 외모와 성격이 어느새 완성된 인상으로 떠오르게 하는 것이 가장 자연스러운 방법일 것이다.

인물이 나오는 글 속에는 작거나 크거나 으레 심리가 따를 것이다. 인물의 어떤 행동을 표현함에는 그 행동에 부합되는 심리가 나타나고서

---

* 둥글고 커서 시원하고 보기 좋은 모양.
** 성품이 얌전하고 조용함.
*** 앉음새.

야 비로소 산 인물의 행동으로 완성될 것이다.

특히 심리 표현에 있어서는 피상적인 외모를 그리는 것과는 달라서 상식적인 판단만으로는 부족하다. 일반이 상상할 수 있는 정도에서 한 걸음 더 깊이 캐어 들어가지 않고는 깊고 정확한 진상에 감촉시킬 수 없으며 그 인물의 어떤 결정적 행동의 원인이나 동기로서 확실성을 가지지 못할 것이다. 다음 문례에서 상식 이상 깊이 파고들어간 노력의 자취와 새로 발견해낸 간곡한 심리의 한 진상을 엿볼 수 있을 것이다.

그의 안타까운 마음은 단 한 가지 생각—쉬지 않고 걷는 것—그것밖에 없었다. 쉰다는 것은 죽는다는 것과 마찬가지 의미였다. 그래서 그는 아픈 발에서 피가 흘러 그것이 바늘처럼 얼어 맺혀 살을 찔러도 그냥 걸었다.

어떤 순간 그는 마치 화끈화끈하고 씨근거리는 화물자동차의 끊임없는 행렬을 지나 자기가 여러 날째 이 끝없는 벌판을 걸어온 것처럼 생각되었다. 그리다는 또 자기는 방금 길을 떠나서 원기왕성하고 아무 고통도 느끼지 않는 것처럼 생각되기도 하였다. 또 같은 순간에 그는, 자기는 전연 길을 걷지 않고 푹신한 잠자리, 눈 위에 누워 있다는 것을 인식하였다. 그래서 그는 일어나서 다시 걸었다.

갑자기 그는 무서운 생각이 들었다. 자기는 조금도 걷고 있지 않다는 환상이 떠올랐다. 자기는 움직이지 않고 한자리에 서 있고, 다만 화물자동차들이 꼬리를 이어 자기를 향하여 달려오는 것 같았다. 한참이나 그는 주의 깊게 자기 다리를 만져보고야 그것이 움직이고 있다는 것을 알았다. 그냥은 다리의 움직임을 감각할 수 없었던 것이다. 아직도 믿어지지 않아서 그는 뒤를 돌아보고 눈 가운데 남긴 제 발자국을 바라보았다. 그래서 마음을 진정하고 다시 동쪽으로 집으로 걸었다.

—레브 슬바빈의 『길가의 마돈나』에서

2. 자연自然의 표현

심리를 가진 인물보다는 단순한 듯하나 복잡하고 망연하다*. 망연이
란 얼른 이해하지 못하는 경우다. 얼른 이쪽 마음에 분별되어 들어오지
않는 소격疏隔**이다. 그러니까 먼저 자연에 가까이 나서는 태도부터 필
요하다. 자연과 악수하는 태도, 그러자면 자연계의 모든 것도, 한 마리의
곤충이나 한 포기의 풀이라도 모두 우리 인생과 함께 목숨이 있고 목숨
을 즐기는 생활자들이거니, 돌 하나, 흙덩이 하나라도 모두 우리 인간의
문명과 행복을 위한 고귀한 자료들이거니 생각하면, 새삼스럽게 귀여움
과 친애를 느낄 수 있을 것이다.

돌각담 밑에 햇볕을 향하여 새 주둥이처럼 터나오는 조그만 풀싹의
하나, 그것이 눈이 없고 입이 없으나 밉지 않고, 덤빔 없이 충실히 자라
나서는 대가 서고 가지가 벌고*** 잎이 피고 풍우와 싸우며 꽃이 제 정열
과 향기를 표현하고, 고요히 찾아오는 나비와 벌이 있고 열매를 맺
고…… 얼마나 진실한 생활자인가!

자연은 이런 소극적 존재만이 아니다. 풍우 그것도 자연이며, 하늘을
가르며 삼라만상을 노호하는 우뢰와 번개도 자연이며 태산준령泰山峻嶺
과 망망대해도 자연이다. 자연처럼 변화 많으며 자연처럼 사람생활에 깊
이 관련된 것이 없으므로 무슨 글에서나 자연은 가장 다채롭고 무궁무진
한 변화로 표현된다.

자연은 우리에게 관상觀賞의 대상만은 아니다. 자연은 과학의 대상이
며 인류의 문명과 부강의 자원으로 더 의의가 크다. 농부들도 이미 논과

---

* 매우 넓고 멀어서 아득하다. 아무 생각이 없이 멍하다.
** 서로 사귀는 사이가 멀어져서 왕래가 막힘.
*** 식물의 가지 따위가 옆으로 벋다.

밭에서 땅이 주는 대로만 받으려 하지 않고 과학자들의 태도로 임한다. 사람들은 문명할수록 자연의 가치를 더욱 실제 면으로 무한히 끌어올려 나갈 것이다.

그러나 글에 나오는 자연은 대체로 관상으로의 자연, 경이로서의 자연인 경우가 많다.

겨울에 먹을 곡식들이 길 량쪽에 푸르렀다. 그것은 아직 풀로밖에 보이지 않는데 숱이 배고 청청한 것이 마치 군인들처럼 렬을 지어 서 있었다. 피오도르는 거의 잊었던, 정다운 행복 속에 잠기었다. 그는 3년 반 동안, 발밑에 짓밟히고 무거운 기계 아래 깔리고, 채 익기도 전에 불에 타는 곡식만을 보아왔다. 불타는 곡식 냄새란, 그 참혹한 재난의 냄새란, 그에게는 쓰디쓴 전쟁 그것의 냄새였다. 아무도 다치지 않고 전쟁의 파괴에서 벗어난 이런 밭을 보는 것이 그에게는 한없는 기쁨이었다.

보슬비가 맑고 흰 구름에서 밭 위에 푸득푸득 뿌리었다. 금빛 태양이 경사져 내리쪼이며, 비는 한쪽으로 몰려가고, 땅에서는 강한 향기가 떠올랐다. 비에 젖은 U2비행기 한 대가 밭 위로 낮게 떠서 날고, 이 역시 비에 맞아 번쩍거리는 까치 두 마리가 그 뒤를 따랐다.

비가 멎고 뜨스한 미풍이 불어와 밭 위엔 잔물결이 일었다. 풀떨기와 높이 솟은 풀잎에서 금빛 빗방울이 우방牛蒡* 잎에 떨어졌다. 길이 막혔던 말벌들이 성이 나서 윙윙거리며 그 빛나는 두 날개로 공중에 원을 그리며 길을 찾았다.

밭이 끝나고 땅이 오른편으로 푹 꺼져 퍼렇게 번득이는 호수로 변하였다. 호숫가에는 버드나무 셋이 한 그루에서 자라 있었다.

| * (식물)우엉.

두 친구는 길을 버리고 점심을 먹으러 버드나무 아래로 와 앉았다.

새끼를 거느린 물오리 한 마리가 호수 위를 헤엄치고 있었다. 갈매기가 물속에 감춘 밥을 찾으려고 꼬리를 하늘로 향해 치뻗고 곤두 내려와 박혔다. 가끔 그들은 노란 주둥이로 물고기를 물고 물위에 올려 솟았다. 간혹 어떤 놈은 오리새끼 가까이 내려왔다. 어미오리는 성이 나서 날개를 치고 덤비는 바람에 그놈은 도리어 당황한 시늉을 하며 훌쩍 솟구어 다른 데로 날아가버렸다.

—유리 나그히빈의 「실무가」의 일절—節(전재경 역 『소련단편집』에서)

첫여름의 기름진 곡식과 푸새*들이, 지나가는 비에 씻겨 더욱 선명해지고 더욱 싱그러운 향취를 풍기는 시골길과 오리떼와 갈매기들이 떠 놀고 날고 하는 호수 풍경이 한 폭의 수채화처럼 우리 눈에 드러나준다. 자연묘사에 있어서는**(중략—『신문장강화』 원본 234쪽 한 페이지가 비어 있다.)

1) 풀과 나무

풀이나 나무는 한곳에 서 있다. 바람에 흔들리는 것 말곤 별로 움직임이 없다. 그림 같다. 그러니까 그것이 가진 모양새, 그것이 가진 빛깔은 그것들을 전적으로 대표하는 것들이다.

가지가 어떻게 뻗었는지, 어떤 모양의 잎이 어떤 모양으로 드리웠는지, 꽃이 있는지 없는지, 꽃이 있으면 그 표정과 향기가 어떤 특색이 있는지, 열매가 있는지 없는지, 그 나뭇가지, 그 꽃에 찾아오는 곤충이 있는지 없는지, 사람에게 아름다움을 느끼게 해주는 것뿐인지, 무슨 실용

---

* 산과 들에 저절로 나서 자라는 풀을 통틀어 이르는 말.
** 1947년 판 『증정 문장강화』와 비교하여 예측해보면, 이 페이지에는 「실무가」에 나타난 자연에 대한 묘사가 어떻게 되어 있는지 설명한 후, '풀과 나무'에 대한 내용이 있었을 것 같다. 아래 '풀과 나무' 부분은 이렇게 재구한 것임을 밝혀 둔다.

적인 가치를 가진 것인지, 그 풀이나 나무가 아무 데나 나는 것인지 특수한 지대에만 나는 것인지 등, 이런 점에 주의를 기울여 관찰한다면 대개 중요한 면모는 드러나리라 믿는다.

2) 동물

동물은 움직인다. 기고 뛰고 난다. 그에게는 동작이 있으므로 습성이 있다. 외형, 동작, 습성 이 세 가지를 묘사해야 한다. 체구가 사람처럼 일정치 않다. 곤충끼리도 천태만상, 조류끼리도, 수류獸類*끼리도 진태기형 珍態奇形**이 많다.

먼저 외형, 다음에는 동작, 그리고 우는 소리, 나중에는 동작 중에서 특히 습성이라고 지적할 것이 있고 없는 것 등, 이런 관찰이 필요하다.

3) 천체

인간의 심정을 감동시킴이 천체에서처럼 풍부한 데는 없다. 해가 있고, 달이 있고, 별이 있고, 광명과 암흑이 오고, 구름이 있고, 안개가 있고, 무지개가 있고, 바람이 있고, 비와 눈과 이슬과 서리와 번개와 우레가 있다. 또 이 모든 것은 무궁한 변환을 갖는다.

어떻게 감상해낼 것인가? 저건 달이거니, 저건 별이거니 하는 개념을 버리고, 처음 보듯 대하면 비교적 새롭고, 날카롭게 감각됨이 있을 것이다.

---

*포유류를 통틀어 이르는 말.
**진귀한 모습과 이상한 형태.

3. 정경情景과 사태事態의 표현

어떤 정상, 어떤 사건, 어떤 경우의 한 장면을, 혹은 진상과 전후전말을 묘사해야 될 필요는 얼마든지 생긴다. 경미하든 중대하든 한 가지 벌어진 정경이나 사태는 한 생활의 현상인 까닭이다. 그냥 현상이 아니라얼마간의 극적인 현상으로서 이것들을 표현함에는 그 극적인 동기를 명확히 포착하며 내용의 완급緩急에 따라 문맥까지도 그 정황과 사태에 호흡을 맞추어야 한다.

병인은 인력거에서 내리며 부축되어 배에 올랐다. 일행이 오르기를마치매 배는 삐걱삐걱 하는 노 맞추는 소리와 수라수라 하는 물 젓는 소리를 내며, 저쪽 기슭을 바라보고 나아간다. 뱃전에 앉은 병인은 등불 빛에 보아도 얼굴이 참혹하게도 여위어졌음을 알 수 있다.
　"보소, 배 부리는 량반, 뱃소리나 한마디 하소, 예?"
　"각중*에 이 사람 소리는 왜 하락고?"
　옆에 앉은 친구의 말이다.
　"내 듣고 싶다. 내 살아서 마지막으로 이 강을 건너게 되는지도 모를일이다……"
　"에라 이— 백주 짬 없는 소리만 탕탕……"
　"아니다, 내 참 듣고 싶다. 보소, 배 부리는 량반, 한마디 아니 하겠소?"
　"언제 내가 소리할 줄 아는기오."
　"아, 누가 소리해줄 사람이 없는가? 아, 로사, 참 소리하소, 의……

| * '갑자기' 또는 '별안간' 등으로 쓰이는 경상도 지방의 방언.

내가 지은 노래하소."

옆에 앉은 단발랑*을 조른다.

"노래하락고?"

"응. '봄마다 봄마다' 해라, 의?"

봄마다 봄마다
불어내리는 락동강물
구포벌에 이르러
넘쳐 넘쳐 흐르네—
흐르네에— 헤—야.

경상도의 독특한 지방색을 띤 민요 '닐리리 조'에다가 약간 창가 조자**를 섞은 그 노래는 강개하고도 굳센 맛을 띠고 있다. 녀성의 음색으로서는 핏기가 과하고 음률로서는 선이 좀 굵다고 할 만한, 그러나 맑은 로사의 육성은 바람에 흔들리는 강물결의 소리를 누르고 밤하늘에 구슬프게 떠돌았다. 하늘의 별들도 무엇을 느낀 듯이 눈을 끔벅끔벅하는 것 같았다. 지금 이 배에 오른 사람들이 서북간도로 가는 이사꾼들은 아니었마는 새삼스러이 가슴이 울리지 아니할 수 없었다.

그 노래 제3절을 마칠 때에 박성운은 몹시 히스테릭해진 모양으로 핏대를 올려가지고 합창을 한다.

천년을 산 만년을 산
락동강! 락동강!

---

* 단발한 젊은 여자.
** 가락

하늘가에 간들

꿈에나 잊을쏘냐

잊힐쏘냐— 에—헤—야.

노래는 끝났다. 성운은 거진 미친 사람 모양으로 날뛰며 바른팔 소매
를 걷어들고 강물에다 잠그며 팔로 물을 적셔보기도 하며, 손으로 물을
만지기도 하고 끼얹어보기도 한다. 옆 사람이 보기에 딱하든지,

"이 사람 큰일 났구만, 이 병인이 지금 이 모양에 팔을 찬 물에다 정
구고 하니, 어쩌잔 말고."

"내사 이래 죽어도 좋다. 늬 너무 걱정 마라."

"니 미쳤구나. 구마…… 백죄……."

그럴수록 병인은 더 날뛰며 옆에 앉은 녀자에게 고개를 돌려,

"로사! 너 팔 걷어라. 내 팔하고 같이 이 물에 정귀보자, 의?"

녀자의 손을 끌어다가 잡은 채 그대로 물에다 잠그며 물을 저어본다.

"내가 해외에 가서 다섯 해 동안을 떠돌아다니는 동안에도 강이라는
것이 생각날 때마다 락동강을 잊어본 적이 없었다……. 락동강이 생각날
때마다 내가 이 락동강의 어부의 손자요 농부의 아들임을 잊어본 적도 없
었다……. 따라서 조선이란 것도."

두 사람의 손이 힘없이 그대로 뱃전 너머 물위에 축 처져 있을 뿐이다.

그는 다시 눈앞의 수면을 바라다보며 혼잣말로

"그 언제인가. 겨울에 내가 송화강松花江을 건널 적에 이 락동강을 생
각하고 울은 적도 있었다. 좋은 마음으로 나간 사람 같고 보면 비록 만 리
밖을 나가 산다 하더라도, 그같이 상심이 될 리 없으련마는……."

이 말이 떨어지자 좌중은 호흡조차 은근히 끊어지는 듯이 정숙하였
다. 로사는 들었던 고개가 아래로 떨어지며 저편의 손이 얼굴로 올라갔

다. 성운의 눈에서도 한 방울의 굵은 눈물이 뚝 떨어졌다. 한동안 물소리만 높았다. 로사는 뱃전에 늘어져 있던 바른손으로 사나이의 언 손을 꼭 잡아당기며

"인제 그만둡시다, 의?"

이 말끝 악센트의 감칠맛이란 것은 경상도 녀자의 쓰는 말 가운데에도 가장 귀염성이 드는 말투였다. 그는 그의 손에 묻은 물을 손수건으로 씻어주며 걷었던 소매를 내려준다.

배는 저쪽 언덕에 가 닿았다. 일행은 배에서 내리자 먼저 병인을 인력거 위에다 싣고는 건넛마을을 향하여 어두움을 뚫고 움직여 나갔다.

—조명희의 『낙동강』에서

차차 엷게 눈이 깔린 산기슭이 가까워졌다. 동네를 하나 지나서부터는 논 대신 밭들이 나오며, 길도 촌맛이 나기 시작한다. 꼬리가 점점 긴장해지던 '도무' 란 놈이 그루만 남은 콩밭으로 뛰어들었다. 사람 눈에는 아무것도 보이지 않는데 개는 코를 땅에 붙이고 썰썰 매암*을 돌면서 내음을 해나간다. 젊은 포수는 총을 받아 잡고 바짝 다가선다.

일행은 길 위에 서서들 바라보았다.

불과 5, 60보 안에서다. 아무것도 보이지 않던 밭고랑에서 푸드득 하더니 수업랑 같은 장끼 한 마리가 뜬다. 날개도 제대로 펴기 전에 총부리에서 흰 연기가 찍 뻗더니 탕 소리와 함께 꿩은 그 순간 물체가 되어 밭둑에 툭 떨어지는 것이었다. 한은 꿩을 주우러 뛰어갔으나 개가 먼저 와 물었다. 한이 달래보았으나 개는 쏜살같이 저의 주인에게로 달아갔다.

| * 제자리에 서서 뱅뱅 도는 장난.

주인이 꿩을 받으니 개는 주인의 다리에 제 등어리*를 문대며 끙끙대며 기고 뛰고 하였다. 주인에게 충실하기만 한 것이 아니라 제 공을 되도록 크게 알리려는 공리욕도 개의 강렬한 근성인 듯하였다.

꿩은 죽지 밑에 피가 좀 배어나왔을 뿐, 그림같이 고요해 있었다. 푸드득푸드득 공간을 파도치듯 하며 세차게 날던 것, 어느 불꽃이, 어느 솟는 샘이 그처럼 싱싱한 생명이었으랴만, 탕 소리 한 번 순간에 이처럼 모든 게 정지해버린다는 것은 분수없이 허무한 것이었다.

아무튼 사냥 기분은 이 장끼 한 마리에서부터 호화스러워지는 것 같았다.

—필자의 단편 「사냥」에서

4. 묘사描寫와 문장

무엇에나 간접적이기보다는 직접적인 것이 강한 것은 원칙이다. 독자로 하여금 간접적이기보다 직접적이게 할 수 있는 방법이 문장에서 전혀 불가능한 것이 아니니 그것은 오직 묘사에 의하여서다. 묘사하는 글은 설명하는 글처럼 일러주는 것이 아니라 그려 보여주므로 독자 자신에게 체험에 가까운 감각을 경험시키는 때문이다.

"그는 고의적삼째 비를 장시간 맞으며 걸었습니다. 전신이 떨리어서 한참이나 말도 잘 못하고 서 있었습니다."

이것은 설명이다. 독자의 귀에 들려주는 문장이다.

"그는 턱과 귀뿌리에서 빗물이 줄줄 흘렀습니다. 고의적삼은 몸에 착

감기어 진탕이 튄 다리를 어기죽거리며 들어섰습니다. 이가 떡떡 맞추어 말을 미처 못하였고 퍼렇게 질린 얼굴에서 써늘한 눈자위만 희뜩거리고 있었습니다."

　이것은 묘사다. 독자의 눈에 보여주려는 문장이다. 비 맞고 떨면서 온 사람의 정상이 어느 글에서 더 잘 느껴지는가? 물론 나중 글에서다. 이론으로 인식시키려는 관념적인 것의 내용은 설명으로 족하다. 그러나 구체적인 전달로써 체험에 가까운 자극을 주어 감동케 하려는 글, 특히 형상성形象性을 주로 하는 문예文藝의 모든 문장은 이 묘사를 토대로 하지 않으면 안 된다. 글로 지껄이는 것이 아니라, 말로 그림 그리는 것이며, 붓으로 조각하는 것이 형상성의 문장인 것이다.

　　의사는 영실이를 힐끗 보자 눈이 희뜩 올라가고 푸른 입술에 비웃음을 삐죽이 흘린다. 영실이는 이것을 보자 미안한 마음이 홀랑 달아나고 어디선지 악이 바짝 치달아온다. 그래서 얼른 세면기 앞으로 와서 브러시로 손을 닦기 시작하였다. 따끔 부딪치는 브러시를 따라 횡횡 돌던 머리가 딱 멈추어지고 맘이 꽁꽁 얼어붙는 것 같았다.

　　"아구, 아구……"

　　환자는 외마디 소리를 냅다 지르고 다리를 함부로 내젓는다. 간호부들은 머리와 다리를 꼭 누르니 환자는 더 죽는 소리를 내었다. 힐끗 돌아보니 의사는 방금 칼로 피부를 갈라놓았고, 흐르는 피 속에 지방이 희끗희끗 나타났으며, 혈관을 집은 '고히루'*가 두어 개 꽂히어 영실의 눈을 꼭 찌르는 듯하였다. 눈송이 같은 가제가 나카가와의 손에서 의사의 피묻은 손에 쥐여 있는 핀셋으로 옮아와서 수술처에 들어가자마자 빨갛게

---

* 피를 멎게 하는 의료기구로 겸자鉗子의 일종. 이 기구를 발명한 스위스의 외과의사 코허E. T. Kocher의 이름에서 유래.

핏덩이가 된다.

영실이는 손을 다 씻고 나서 나카가와의 곁으로 갔다.

"미안하게 됐소."

"리 상!"

그는 머리를 돌린다. 이마엔 구슬땀이 붕을붕을 맺히었고 얼굴이 빨갛게 되어 영실이를 보자 시원하다는 듯이 핀셋을 내주고 머리를 설렁설렁 흔들어 땀을 떨어뜨리면서 물러났다.

수갑 낀 손에 쥐어지는 이 핀셋! 매끈하고도 듬직한 감을 주며 무엇이나 집고 싶어지는 이 감촉, 손에 기운이 버쩍 나고 흐트러진 마음이 바짝 모인다. 눈 감고라도 이 핀셋만 쥐면 어떠한 기계라도 능란히 섬길 수가 있는 것이다.

—강경애*의 단편 「어둠」에서

유복이와 총각이 마주 구부리고 앉았다가 일어서서 한편 손은 서로 허리 뒤를 잡고 또 한편 손은 각각 놀리면서 어르는 중에, 총각은 유복이의 몸이 저만큼 굵지 못한 것을 넘보아서, 대번에 안저기로 안고 넘기려고 하니, 유복이도 그렇게 만만히 넘어박힐 사람이 아니라 총각을 찍어 눌러서 허리를 펴지 못하게 하였다. 안저기가 안 된 뒤에, 총각은 처음에 덧가래를 감으려다가 유복이가 총각을 끌고 뒤로 물러서서 덧가래를 잘 감지 못하고, 다시 속가래를 넣으려고 하다가, 유복이가 총각을 떠밀고 앞으로 나서서 속가래도 잘 넣지 못하였다. 총각은 연해 칠 방법을 궁리

---

* 1907~1943년. 여류 소설가. 황해도 장연 출생이나 간도로 이사하여 그곳에서 반생을 마쳤다. 1931년 잡지 《혜성》에 장편 「어머니와 딸」을 발표하고 문단에 나왔다. 단편소설 「부자父子」 「채전」 「해고」 「산남山南」 「어둠」 등과 장편 「인간문제」 등이 있다.

하고 유복이는 오직 막을 생각밖에 못하는데 총각이 유복이를 한참 어르다가 유복이가 잠깐 마음을 놓는 틈에 총각이 눈결*에 몸을 옆으로 돌리며 슬쩍 모든 가래를 싸서 유복이는 쿵 하고 넘어졌다.

　　　　　　　　　　　　　　　　　　—홍명희의 『임꺽정』에서

　벌의 둥지같이 속이 복잡한 '실린더'는 그것이 내연기관內燃機關이니만큼 열을 식히는 물이 돌아가는 갈피갈피의 홈이 있을 뿐 아니라 전체의 껍데기는 두 겹이어야 했다. 마치, 상자 속에 보다 작은 또 한 개의 상자를 집어넣은 셈인데 그저 들여놓는 것이 아니라 그 사이로 물이 돌기 위해서 안팎 상자의 위 가장자리만을 련결시키고 속 상자는 밑바닥까지도 허공 뜨게 마련된 것이다.

　주물鑄物을 그렇게 만들려면 그 안팎 상자 갈피에 내심사형內心砂型을 집어넣어야 했다. 그런데 그것은 워낙 엷고 복잡하게 굴곡된 것을 모래로 빚은 것이라, 주조할 때 부어넣는 무거운 쇳물이 위아래로 흘러들어가면서 혹은 한 귀를 떠받고 혹은 한 귀를 내리눌러서 약한 사형을 깨뜨리고 부서뜨렸다. 그래서 부어낸 주물의 복잡한 내부구조는 엉망으로 뒤범벅이 되고 말았다. 그것이 첫 번에 실패한 원인이다.

　　　　　　　　　　　　　　　　　　—최명익의 「제1호」에서

　포플러나무 밑에 염소가 한 마리 매여 있습니다. 구식으로 수염이 났습니다. 나는 그 앞에 가서 그 총명한 눈알을 들여다봅니다. 셀룰로이드

---

* 눈에 슬쩍 뜨이는 잠깐 동안.

로 만든 정교한 구슬을 오블라토*로 싼 것같이 맑고 투영하고 깨끗하고 아름답습니다. 복사빛 눈자위가 움직이면서 내 삼정三停과 오악五岳**이 고르지 못한 빈상貧相을 업수이 여기는 중입니다.

—이상***의 「성천기행」에서

방불**** 이상들이다. 사진처럼 기계적이 아니라 중요한 데를 짚어 보이는 힘이 있다. 실경實景, 실황實況 속에서도 골자를 감촉시키며 독자로 하여금 그 대상, 그 경지, 그 분위기에 스스로 체득케 하는 표현이 이 묘사다. 위에서 인물, 자연, 정경과 사태의 표현들에서 문례로 든 글들도 모두 이 묘사를 위주로 한 글들이다.

제재題材의 현상을 문장으로 재현시키는 이 묘사의 요점으로는,

① 객관적일 것. 언제든지 냉정, 치밀한 관찰을 거쳐야 할 것이니까.

② 정연整然할 것. 시간으로, 공간으로 순서가 있어야 전폭*****의 인상이 선명해질 것이니까.

③ 기계적이어서는 안 될 것. 사진기와는 달라서 요점과 특색과 핵심적인 것, 전형적인 것을 추려내야 할 것이다.

---

* 포르투갈어. 녹말로 만든 반투명의 얇은 종이 모양의 물건.
** 관상학에서 얼굴을 볼 때 기준이 되는 곳. 삼정은 상정(이마 위에서 눈썹까지), 중정(눈썹에서 코끝까지), 하정(인중에서 턱까지)을 가리키고, 오악은 양쪽 광대뼈, 이마, 턱, 코를 일컬음.
*** 1910~1937년. 시인. 소설가. 본명은 김해경金海卿. 서울 출생. 1931년 조선총독부 근무 당시 《조선과 건축》에 「이상한 가역반응」 외 수편의 시를 발표. 퇴폐적이고 절망스러운 생활 속에서 난해하고 자의식적인 작품들을 발표. 시 「오감도烏瞰圖」, 단편 「날개」 등 80여 편의 작품이 있음.
**** 그럴 듯하게 비슷함.
***** 일정한 범위의 전부.

5. 감각感覺과 문장

　문장도 한 도구다. 의사를 표시하는 한 도구다. 칼이라 치면 먼저 예리하다고 볼 것이다. 문장은 미사여구로 써 벼려지는 것이 아니라 감각의 벼림질로만 예리할 수 있는 것이다.
　"바람이 몹시 차다."
　이것은 설명이다.
　"바람이 칼날처럼 뺨을 저민다."
　이것은 감각이다. 어떻게 차다는 감각이다.
　"소리가 몹시 컸다."
　이것은 설명이다. 알려주는 데 그친다.
　"소리가 꽝 터지자 귀가 한참이나 멍멍했다."
　이것은 감각이다. 읽는 사람에게 그런 경험을 회생시켜 실감을 갖게 한다.
　"석류꽃이 예쁘게 피었다."
　이것은 설명이다. 예쁘게란 말로만은 어떻게 예쁜지는 지적되지 않는다.
　"석류꽃이 이글이글 불꽃이 일듯 피어, 그늘진 마당을 밝히고 있었다."
　이것은 감각이다. 어떻게 난만하다'는 감촉을 풍겨준다.
　밝든 어둡든, 차든 덥든, 슬프든 즐겁든, '어떻게'의 의식이 활동하지 않고는 그 진미, 진경은 표현되지 않는다. '어떻게'를 알려면 감각해야 된다. 시각, 청각, 미각, 후각, 촉각, 이 오관신경이 척후병과 같은 민활,

---

| *꽃이 활짝 많이 피어 화려함.

정밀한 관찰이 없이는 불가능한 것이다. 그러므로 예리한 감각은 반드시 예리한 관찰을 선결조건으로 한다. 그리고 감각의 표현은 언제든지 신경질적이다. 신경질적이라 해서 병적인 과민을 가리킴이 아니라 첨예한 신경작용을 말함이다. 그러므로 간접적인 뜻의 소리인 언어보다 직접적인 의음어, 의태어의 소리를 많이 쓰게 되는 점도 용의할 필요가 있다. 이 의음어, 의태어에 관하여서는 제2강의 '의음어, 의태어와 문장'을 참고하라.

가을비

가을이라 하면 누구나 달을 말하고 단풍과 벌레를 말하나, 비를 말하는 이는 적다. 시인들까지 그러하였다. 달과 단풍이나 벌레소리에는 들어차게 읊었어도 가을비를 읊은 시인은 적다. 나는 시인이라면 달보다 단풍보다 벌레소리보다 이 쓸쓸한 가을비를 읊으리라. 얼마나 가을비 소리는 쓸쓸한 소리인가! 얼마나 가을다운 소조한* 소리인가!

가을, 추수가 끝나 벌이 비고, 잎이 이울어 숲이 앙상한 늦은 가을, 이때 내리는 비란 말할 수 없이 쓸쓸하다.

가을비

장독들이 비를 맞고 섰다. 그것들이 어찌 시원해 보이는지 지나다 말고 툇마루에 걸터앉아 바라보았다.

빗발은 고르지 않다. 어떤 것은 실같이 가늘고 어떤 것은 구슬같이 묵직한 방울로 떨어져 깨어진다. 이런 빗방울에 맞아 떨어짐인가, 어디서 버들잎 하나가 날아와 장독 허리에 사뿐 붙는다. 버들잎은 '나비인가?'

| * 고요하고 쓸쓸하다.

하리만치 샛노랗게 단풍 들었다. 벌써 낙엽이었다.

　비는 시름없이 내린다. 장독들도 버들잎도 묵묵히 젖을 뿐, 나는 손끝에 뛰어오는 몇 방울 빗물에 얼음 같은 차가움을 느끼어 따스한 방 안으로 들어오고 말았다.

　여기서 우리는 두 '가을비'를 읽었다. 그런데 어느 글이 더 우리에게 가을비다움을 잘 전해주는가? 아무래도 나중의 글이다. 먼저 글은 '가을비'에 대한 개념과 지식뿐이다. 가을비를 눈앞에 보고 느껴짐을 쓴 것이 아니라 머릿속에 든 지식으로 썼다. 가을비는 쓸쓸하고 소조하다고 군데군데서 역설하였으나 쓸쓸하다는 말이 한마디 없는 나중 글보다 훨씬 덜 쓸쓸하다.

　나의 중학 때, 어느 도화 시간*에서다. 선생님께서 "앞에 앉은 학생을 서로 보이는 대로 사생寫生하라." 하였다. 그래서 한 학생은 앞에 앉은 동무의 저고리를 그리는데 빛깔에 농담濃淡이 없이 아주 새까맣게 검정 칠을 해놓았다. 선생님께서는 성이 나시어 이렇게 물었다.

　"왜 저고리 빛이 이렇게 두드러진 데나 구석진 데나 할 것 없이 한빛으로 새까맣기만 하냐?"

　"선생님 딱하십니다. 동복 빛이 새까맣지 않습니까?"

　선생님께서는 어이가 없어 껄껄 웃으시고, 이렇게 물었다.

　"새까마니까, 새까맣게? 넌 그럼, 눈 온 벌판을 그려라 하면 흰 종이를 그냥 내놓겠구나?"

　그 학생은 아무 대답도 못하고 머리를 긁었다.

　누구나 눈이 흰 줄을 안다. 눈이 희다는 것은 눈에 대한 공통된 개념

| * 지금의 미술 시간.

이다. 눈이란 희니라. 이렇게 아는 것은 지식이다. 우리가 개념과 지식에서만, 눈 덮인 벌판을 묘사한다면 정말 흰 종이대로 내어놓았지 별수 없을 것이다. 글에 있어 표현도 마찬가지다.

눈이 한 벌판 그득 덮였으니 보기에 어떠한가? 흰 것은 물론이다. 눈이 희다, 검다가 문제 아니라, 어떻게 흰가? 거기서 어떤 감상이 일어나는가? '어떻게?' '어떤?' 이 신경활동을 시키지 않고는 무의미한 것이다.

6. '같이' '처럼' '듯이' 에 대하여

누구에게나 수사의식修辭意識이 생기는 첫 순간에 따라나서는 것이 이 '같이'와 '처럼'과 '듯이' 들일 것이다. 가장 초보적인 것인 동시에 보편적인 것이다.

> 부득이하여 허씨許氏를 장가드니 그 용모를 의론할진대 두 볼은 한 자이 넘고 눈은 퉁방울 같고 코는 질병 같고 입은 미여기 같고 머리털은 도야지털 같고 키는 장승만 하고 소리는 이리 소리 같고…….
>
> ─『장화홍련전』의 일절

> 백릉버선* 두 발길로 소소 굴러 높이 차니 란만爛漫한 도화송이 광풍에 락엽처로** 록수계변*** 상하류에 아조 풀풀 흩날리니 의상衣裳****은

* 흰빛의 얇은 비단.
** 낙엽처럼.
*** 푸른 잎이 우거진 나무가 있는 시냇가.
**** 여자들이 입는 겉옷. 저고리와 치마를 이름.

표묘*하고 옥성**이 쟁령이라*** 비거비래하는 양이 천상선관**** 란조*****
타고 옥경******으로 향하는 듯, 락포洛浦*******의 무산신녀巫山神女******** 구름
타고 양대상陽臺上*********에 나리는 듯 록발운환********** 풀리어서 산호잠***
*********** 옥비녀가 화총花叢*********** 중에 번뜻 빠져 꽃과 같이 떨어진다.

— 『춘향전』의 일절一節

'같이' '처럼' '듯이' 들이 얼마나 활동했는가. 보편성이 있는 것은
도저히 무시할 수 없는 존재다. 요즘 글에도 역시 많이 쓰이고 있다. 너
무 남용하기 때문에 이를 되도록 피하고, 이를 되도록 남보다 강조하여
쓰려는 노력도 많이 시험되었다.

　　어디로 둘러보아야 창창한 록음이라 록음을 푸른 밤으로 비길지면 석
류꽃은 켜든 붉은 촉불이요 록음을 바다에 견줄지면 석류꽃은 깊숙이 새
로 돋은 산호송이로다.

이런 글에서 '촉불이요'와 '산호송이로다'는 '같이'가 강조, 비약된
것이라 하겠다. 이미 『춘향전』 속에도 그런 구절이 있다.

----

* 끝없이 넓거나 멀어서 있는지 없는지 알 수 없을 만큼 어렴풋함.
** 아름다운 목소리.
*** 목이 부딪치는 소리.
**** 하늘 위 신선 세계에서 벼슬살이를 하는 신선.
***** 중국 전설에 나오는 상상의 새. 모양은 닭과 비슷하나 깃은 붉은빛에 다섯 가지 색채가 섞여 있으
며, 소리는 오음五音과 같다고 함.
****** 하늘 위에 옥황상제가 산다고 하는 가상적인 서울.
******* 황하黃河의 지류인 낙수洛水.
******** 초나라 회왕懷王의 꿈에 나타나 사랑을 나누었다는 선녀.
********* 회왕이 무산신녀를 만나 사랑을 나누었다는 누대의 이름.
********** 검고 윤이 나는 탐스러운 쪽 진 머리.
*********** 산호로 만든 비녀.
************ 꽃떨기.

백주白酒는 황인면黃人面이요 황금黃金은 흑인심黑人心*이라, 방자놈 마음이 염초청熖硝廳** 굴뚝이요 호두각虎頭閣*** 대청이라 주마 하는 말에 비위가 동하여…….

'염초청 굴뚝이요'와 '호두각 대청이라'에도 '같이'나 '처럼' '듯이' 가 나타나지는 않았으나 뜻으로 보아 여러 그런 것들이 긴축된 말이다.

이 '같이' '처럼' '듯이'를 남용하지 않도록 주의할 것은 물론, 경우 따라서는 '촛불이요' '산호송이로다' '염초청 굴뚝이요' '호두각 대청이 라' 식으로 강조해버리는 일면에도 관심을 가질 것이다.

7. 대상對象과 용어用語의 조화調和에 대하여

표현이란 뜻만으로 전부는 아니다. 말과 글자로 뜻만을 전달시키는 것은 말과 글자의 최대한 이용은 아니다. 말마다 글자마다 뜻 이외에 성 격들이 있다. 그 말, 그 글자만이 발산하는 체취, 분위기가 있다.

여섯 사람이 청석골서 떠나던 날, 림진나루 못 미처 동자원桐子院 와 서 자고 이튿날 식전 나룻가에 왔을 때, 강 건너의 배가 좀처럼 오지 아니 하여 사장沙場에들 앉아서 한동안 늘어지게 쉬었다. 기다리기 진력이 날 지경에 배가 겨우 건너와서 타기까지 하였으나 사공이 행인 더 오기를 바

---

* '흰 술은 사람의 얼굴을 누렇게 하고, 황금은 사람의 마음을 검게 하다.'는 뜻.
** 염초청은 조선 시대에 훈련도감에서 화약 만드는 일을 맡아보던 관아. '염초청 굴뚝'은 마음보가 검고 음흉한 경우를 비유적으로 이르는 말.
*** 호두각은 조선 시대에 의금부에서 죄인을 신문하던 곳. '호두각 대청'은 속을 알 수 없을 만큼 마음이 음흉함을 이르는 말.

라고 배를 띄우지 아니하여 서림이가,

"여보, 고만 갑시다."

하고 재촉하니 사공은 못 들은 체하고 있었다.

"우리 여섯이 선가船價*를 특별 후히 줄 테니 어서 띄우."

사공이 서림이를 흘깃 돌아보며

"얼마나 줄라구 특별히 준다우."

하고 물었다.

"내가 선가 선셈**하지."

서림이가 자기 짐에서 서총대무명*** 한 필을 꺼내서,

"자, 이거 선가루 받으우."

하고 사공을 주었다. 서총대무명이 백목****만 못한 낮은 무명이지만 그때 시세가 한 필 가지고 쌀을 서너 말 바꿀 수 있었다. 사공이 하루 종일 배질하여도 쌀 서 말거리가 생길지 말지 한 것을 한 번에 받으니 입이 딱 벌어져야 옳건만 이 사공 욕심 보아라. 매매교환에 많이 쓰이는 닷새무명*****을,

"이거 석 새****** 아니오."

새를 낮잡아 시뜻하게****** 말하였다.

"선가루 부족하우."

"부족한 게 아니라 북덕무명*******이라두 새가 너무 굵단 말이오."

---

* 뱃삯.
** 어떤 일이 되기 전이나 기한 전에 미리 돈을 치름.
*** 품질이 낮고 길이가 짧은 무명베를 놀림조로 이르는 말. 조선 연산군 때 서총대를 쌓을 비용으로 무명을 거두었는데, 나중에는 백성들의 살림이 어려워져 길이가 짧고 빛이 검은 무명을 바쳤다는 데서 유래함.
**** 솜을 자아 만든 실로 짠 피륙.
***** 다섯 새의 무명. 품질이 중간쯤 됨. 오승포五升布.
****** 피륙의 날을 세는 단위.
****** 마음에 들지 않거나 싫증 난 기색으로, 혹은 언짢아서 시무룩하거나 토라져서.
******** 품질이 나쁜 목화나 누더기 솜 따위를 자아서 짠 무명.

"자, 갑시다."

"네."

사공이 삿대를 질렀다. 배가 깊은 물에 나와서 삿대를 누여놓고 노질을 시작한 뒤 사공은 서림이를 보고,

"멀리 벌이를 나가시우?"

하고 물어서,

"그렇소."

서림이가 대답하니,

"벌이를 잘해서 우리 같은 놈두 좀 먹여 살리시구려."

말하고 껄껄 웃었다.

—홍명희의 『임꺽정』에서

글쓴이의 생활언어들이 아니라 글 속의 인물들의 생활언어들이다. 그런 실감을 주는 말들이기 때문에 그 인물, 그 사건, 그 시대를 눈으로 보는 듯하다. 글 속의 인물과 시대에 알맞은 말은 내용을 진실케 하는 절대적인 힘을 갖는다.

8. 띄어쓰기와 부호에 대하여

1) 띄어쓰기

글을 띄어 쓰지 않으면 읽기 힘들다. 힘들 뿐만 아니라,

"돈이만원만있으면"

이렇게 붙여놓아보라.

'돈이 만 원만 있으면' 인지 '돈 이만 원만 있으면' 인지 분별할 도리

가 없지 않은가?

"오늘밤나무사온다."

이런 것도, '오늘밤 나무 사온다' 인지, '오늘 밤나무 사온다' 인지, '오, 늘 밤나무 사온다' 인지 분별할 재주 없을 것이다. 예전부터도 '장비가 말을 타고' 를 '장비 가마를 타고' 로 읽어서 웃음거리가 되어온다 하거니와 한문과 달라 우리글은 띄어 쓰는 것으로 원칙을 삼아야 한다.

어떻게 띄나?

지금 이 글을 띈 것을 보라. 단어마다 띄는데 토는 그 토가 달리는 단어에 붙여버린다.

"달이밝다."

하면 '달' 과 '밝' 은 단어다. '이' 와 '다' 는 토들이다.

"달이 밝다."

이렇게 띈다.

'팥밥' '깨엿' '돌집' 이런 말들은 두 단어씩이다. 그러나 '팥' 과 '밥' 을 따로 가리키는 것이 아니라 팥 넣은 밥 '팥밥' 한 가지를 가리킴이다. 합성된 한 개 단어일 뿐이다.

"먹을 것이 많으나 먹을 수가 없다."

여기서 '것' 과 '수' 를 어찌하는가?

전에는 이것들은 불완전한 명사라 해서 띄지 않기로 했으나, 띄는 원칙을 세우고 이것만 붙여 써보니 비록 불완전명사라 하더라도 '것' 이나 '수' 나 '바' 나 '데' 나 '이' 등도 독자적인 지위와 무게가 자꾸 두드러진다. 그래서 이들도 띄어쓰기를 하는 것이 대체로 공통된 의견으로 되었다. 그러나 '이것' '저것' '그것' 은 역시 합성어로 보아 붙여 쓴다. 그러나 글 내용과 경우 따라서는 '이 것' 으로 띄는 수가 없는 것은 아니다.

"이 중에서 누가 갈 이 없나?"

이 문장에서 '이'는 '사람'을 가리킨 뚜렷한 단어다. 그러나 '이이' '저이' '그이'는 역시 합성어다.

"삼만사천오백십륙명"

이런 수의 표시는 띄지 않는다. 전체가 계산된 한 덩어리란 느낌을 주기 위해서도 띄지 않는 것이 좋겠고, 새를 띄면 협잡이 생길 우려도 있다.

'한사람' '반개' 이렇게 수는 모두 붙여 쓴다.

글을 쓰는 데 첫 줄에서나 새로 딴 줄을 잡을 때 한 자씩 떨어뜨려 시작한다. 이 책이 모두 그렇게 되었다. 그리고 딴 줄 잡는 것도 함부로 해서는 안 된다. 몇 백 줄의 글을 꼬박꼬박 잇대어 쓰는 것도 잘못이요, 그렇다고 함부로 딴 줄을 잡는 것도 잘못이다. 글의 뜻으로나 문맥으로나 새 호흡이 필요하다고 인정되는 데서만 새 줄을 잡을 것이다.

2) 부호 용법

① 옆으로 찍는 점 ','과 가운데로 동그랗게 찍는 점 '·'이 서로 다르다. 다음 문장에서 보라.

"레오·톨스토이, 안톤·체호프는 제정시대 러시아의 위대한 작가들이다."

가운데 찍는 동그란 점은 성과 이름을 구별하는 점이요, 옆으로 찍는 점은 사람과 사람을 구별하는 점으로 쓰인다.

옆으로 찍는 점은 여러 가지로 쓰인다. 토의 대신으로도 쓰이고 글뜻이 혼란될 염려가 있을 때 훌륭히 그것을 정리해주는 역할을 한다.

"나는 늘 노래 부르는 사람을 좋아한다." 하면, '나는 늘'인지, '늘 노래 부르는 사람'인지 그 '늘'의 붙는 데가 명확치 않다. 이런 경우에,

"나는, 늘 노래 부르는 사람을⋯⋯." 또는, "나는 늘, 노래 부르는 사람을⋯⋯." 놓으면 글 뜻은 절로 명백해지는 것이다.

② `.`

이 동그라미는 한 구절이 끝나는 데마다 바른편에 친다.

③ `' '` 와 `" "`*

이 작은 따옴표와 큰 따옴표는 대화 표시에 쓰되 대화 속에서 또 남의 말이 나오거나, 딴 말이 나올 때는 큰 따옴표로 표시한다.

④ `?` 와 `!`

이 부호들도 서양 글에서 온 것들인데 쓰기 시작하니 편리하여 거의 조선 문장 부호화하였다. 그러나 ?? ?! !! 등, 그 수량으로써 기분의 강약을 계산하려는 식에는 불찬성이다.

⑤ — —

대화가 아니라 줄글 속에서 주해註解삼아 딴 말이 들어갈 때, 글자 두어 자 기장씩 쭉 줄을 그어 괄호의 역할을 삼기도 한다.

---

* '「 」기역 괄호'와 '『 』겹기역 괄호'로 되어 있으나, 이는 현재 작은 따옴표와 큰 따옴표에 해당하므로 바꾸어서 설명하도록 한다.

제 *8* 강 │ 문체文體에
대하여

.

문체文體란 문장의 체재體裁다. 문장은 그 문장을 구성한 단어들의 뜻만으로, 표현의 전부가 아니다. 문장의 구성, 그 문체도 훌륭히 표현의 한몫을 담당한다. 문장 구성의 여하는 문장 체재의 여하요, 문장의 체재 여하는 곧 문장의 표현 여하가 되는 것이다.

무엇이나 내용을 옳게, 가장 효과적으로 살리자면 옳고, 효과적인 형식이 필요로 되는 것이다. 내용과 형식을 분리시켜 생각하는 것은 어느 쪽에 편중하거나 잘못이다.

문장에 있어서 문체 문제는 내용보다 문체에 치우치기 위해 생긴 것이 아니라, 그 내용에 보다 더 알맞은 문장 형식으로, 즉 그 내용을 보다 더 효과적인 표현이게 하기 위해 생긴 것이다.

그러므로 이상적으로 말하면 누구는 문체가 어떻고, 누구의 문체는 어떻다로 문제될 것이 아니라, 누가 썼든지 '그 내용의 문제'로 문제되어야 옳을 것이다. 그러므로 괴테* 같은 사람은 한 가지 문체만 쓴 것이 아니라, 내용 따라 다른 문체를 썼다 하거니와 대체로는 말투도 사람마다 다르듯이 사람마다 특색 있는 문체가 생기기 쉬운 것이다.

그러니까 무의식적으로 어떤 습성에서 굳어질 것이 아니라, 문체 존재의 의의를 알고 어느 정도로는 의식적인 관심에서 자기의 문장을 세련시키며 나아가서는 '그 내용마다의 문체'이든, '자기 고유의 문체'이든

---

* 1749~1832년. 독일의 시인, 극작가, 정치가, 과학자. 독일 고전주의의 대표자로서 세계적인 문학가이며 자연연구가이다. 바이마르 공국公國의 재상으로도 활약하였다. 주저는 『빌헬름 마이스터의 편력시대』 『파우스트』 등이 있다.

완성시킬 것이다.

1. 문체의 발생

1) 독특한 언어와 문자와 국민성에서
동서양의 문체가 서로 다를 뿐 아니라, 같은 동양에서도 한문 문체와 우리 조선 문체가 다른 것은 길게 설명할 필요가 없다.

2) 동일한 언어와 문자라도 시대가 다름에서
멀리 옛적으로 올라갈 것 없이 불과 3, 40년 전인 융희隆熙* 3년에 발간된 유길준兪吉濬**의 『대한문전大韓文典』*** 서문의 일절을 보라. 그동안에도 시대적 거리감이 얼마나 뚜렷한가를.

> 읽을지어다. 우리 문전文典을 읽을지어다. (중략) 고유한 언어가 유有하며 특유한 문자가 유하되 그 사상과 의지랄 성음聲音으로 발표하고 기록으로 전시傳示하매, 언문일치의 정신이 사천여의 성상星霜을 관貫하야 력사의 진면眞面을 보保하고 습관의 실정을 증證하도다.

3) 동일한 언어, 문자에 동일한 시대라도, 쓰는 사람 따라 다름에서

---

* 조선의 마지막 임금인 순종 때의 연호(1907~1910년).
** 1856~1914년. 조선왕조 말기의 정치가, 개화운동가. 유럽 시찰 후 『서유견문』을 집필. 갑오경장에 참여하고, 아관파천 때 일본으로 망명함. 귀국하여 흥사단에 참여하기도 했다. 개화기 초기의 유학생이며 위대한 선각자로서, 교육과 계몽운동으로 대중을 지도하였고, 법률 등을 국문화하는 등, 국어운동에 공로가 크다. 저서로는 『대한문전』 『서유견문』 등이 있다.
*** 유길준이 써서 펴낸 우리말 문법책. 언문일치言文一致에 대한 자신의 이론을 내세웠다.

옛적에는 글 쓰는 사람이 수도 적었고, 잘 쓰는 사람을 그대로 모방하는 것으로 문장법을 삼아, 한 시대와 시대 사이에는 문체가 따로 있되, 개개인의 문체는 그다지 따로 두드러지지 않았다. 그러나 옛적에도 문장이 발달된 사회에서 저명한 문인들은 자기의 독특한 문체가 있었다. 중국에 있어 소동파蘇東坡의 화려 분방한 문체와 구양수歐陽脩의 간결 고담한 문체는 각기 특색을 이루고 있었다. 더욱 현대에서는 글 쓰는 이가 많아졌고, 글을 감상하는 독자도 많아졌다. 같은 사상이라도 그 작품의 예술적 형태와 그 문장 표현의 특색이 그 내용을 각인각색으로 윤색潤色시키며 그래서 독자들에게 다채로운 감흥을 줄 수 있으며 한 가지 언어, 한 가지 문자로 되는 민족문학의 형식을 다양하고 현란하게 할 수 있는 것이다.

2. 문체의 종별

분류를 위해서는 수십 종류를 들 수 있으나, 대체로는 간결簡潔, 만연蔓衍, 강건剛健, 우유優柔, 건조乾燥, 화려華麗 등 여섯 체로 나누는 것이 번쇄스럽지* 않을 것이다.

1) 간결체
될 수 있는 대로 요약해서 적은 말수로 표현한다. 한 말, 한 구절에 긴축이 있고 선명한 인상을 준다. 지나치면 글을 쓴 자기만 알고 남에게는 글 뜻을 충분히 전하지 못할 위험성이 있다.

| *너저분하고 자질구레함. 혹은 번거로움.

2) 만연체

간결체와 반대다. 여러 말로 끈기 있게, 또는 문장 그것으로 양감量感을 내며 우여곡절을 일으킨다. 자칫하면 형식에 끌리고 만담漫談식이 될 위험성이 있다.

"우리로 하여 늘 창 옆에 애착케 하는 감정을 사람들은 한낱 헛된 호기심으로 단정해버릴지 모르나……."

하면 간결한 문체요,

"우리로 하여금 항상 창 측의 좌석에 애착케 하는 감정을 사람들은 하나의 부질없는 호기심이라고 강경히 단정하여버릴지도 모르나……."

하면 만연감이 나는 문체다.

3) 강건체

웅대하고 호방하고 장중, 강직한 맛을 내는 문체다. 탄력적이요 숭엄한 기분을 내기에 적당하다. 그러나 글 뜻이 개념적으로 흐를 위험성이 있다.

4) 우유체

강건체와 반대다. 청초, 온화, 겸허한 맛을 갖는 문체다. 무리가 없는 문체다. 좀 굳세고, 의지적인 내용을 담기에는 유약한 문체다.

"탐화봉접貪花蜂蝶이란 말이 일러 오거니와, 꽃을 탐내는 것이 어찌 봉접뿐일 것이냐. 무릇 생명을 가졌고 생명을 예찬하는 자, 모름지기 꽃을 탐내 마지않을 것이다."

하면 강건한 문체요,

"탐화봉접이란 말이 있거니와, 꽃을 탐내는 것이 어이 봉접에 한하리오. 모든 생명을 가진 자, 다 함께 꽃을 사랑할 것이다."

하면 부드러운 문태文態가 난다.

5) 건조체

미사여구와는 인연을 끊고, 다만 뜻을 전달하면 그만이다. 학술, 기사, 규칙서 등, 알려주기 본위, 실용 본위의 문체다.

6) 화려체

건조체가 이지적이라면 화려체는 감정적이다. 한 말, 한 마디에 현란한 색채적 수식과 음악적 선율을 가지려 한다. 잘못하면 천속할 위험성이 있다.

"그때 공장 굴뚝들에서는 연기가 올려 솟았다."

하면 아무 수식이 없는 문체요,

"때마침 림림淋淋*한 공장 굴뚝들에서는 몽몽한 검은 연기가 하늘을 뒤덮어 올려 뿜고 있었다."

하면 상당히 수식된 화려한 문체다.

3. 문체 구성의 요점

'밤 10시쯤' 하면 이것은 누구나 무심히 하는 말이다. 그러나 '밤 10시나 그러한 시각에' 하면 벌써 어떤 독특한 효과를 위하여 의식적으로 구성해서 쓰는 말이다. 일반으로 짧게 하는 말을 길게 늘어놓는 것만 아니라, 일반으로 길게 늘어놓고야 설명하는 말을 짧게 요약해 말하는 것

| *비 또는 물방울이 떨어지는 모양.

도 마찬가지로, 어떤 독특한 의식이 있어 구성한 말이다. 문체란 일반적인 말을 독특하게 쓰는 그것이다. 독특하게 쓰려면,

1) 용어 선택에 있어 기본적으로 어떤 경향을 가질 수 있다

"낚시질 같은 것은 한가한 늙은이들이나 즐길 것이지 젊은이들에게는 을리지 않는 오락이라 할 수 있거니와……."

"낚시질 같은 것은 물외物外에 사는 유한한 노인들이나 호상好尙할 바요, 청소년들에게는 부당한 오락이라 할 수 있거니와……."

이 두 문장에서 벌써 용어의 경향이 다른 것이 뚜렷하다. 하나는 언어의 전달성만 있는 속어를 더 많이 썼고, 하나는 언어의 상징성을 가진 술어에 편중하였다.

2) 조직에 있어 기본적으로 호흡을 달리할 수 있다

"그는 대답이 없었다. 나직이 쉬는 한숨소리만 우리 귀에 들렸다. 우리도 더 묻지 않았다. 방 안은 무거운 침묵이 흐르기 시작했다."

"나는 다시 한 번 살피어, 구하기 어려운 피로를 그 얼굴에, 그 몸에 가지고 있는 그들이, 거의 모두 그의 한 손에 점심 그릇을 싸들고 있는 것을 알았다."

조직에 있어 뚜렷이 다르다. 먼저 문장은 주격主格과 객격客格*의 거

*목적격.

250

리 "그는 대답이 없었다."가 짧다. 다음 문장은 '나는'에서부터 '알았다' 까지, 주격과 객격 사이에 다른 말이 끼여도 퍽 복잡하게 많이 끼였다. 그래서 서로 다른 문체의 특색을 뚜렷이 보이고 있다.

4. 각종 문체의 문례文例

1) 간결체

탈출기(1부)

최학송

안해와 나는 진종일 맷돌질을 하였다. 무거운 맷돌을 돌리고 나면 팔이 뚝 떨어지는 듯하였다. 내가 이렇게 괴로울 적에 해산한 지 며칠 안 되는 안해의 괴로움이야 어떠하였으랴. 그는 늘 낯이 부석부석하였었다. 그래도 나는 무슨 불평이 있을 때는 안해를 욕하였다. 그러나 욕한 뒤에는 곧 후회하였다. 콧구멍만한 부엌방에 가마를 걸고 맷돌을 놓고 나무를 들이고 의복가지를 걸고 하면 사람은 겨우 부비고 들어앉게 된다. 뜬김*에 창문은 떨어지고 벽은 눅눅하다. 모든 것이 후줄근하여 의복을 입은 채 미지근한 물속에 들어앉은 듯하였다.

어떤 때는 애써 갈아놓은 비지가 이 뜬김 속에서 쉬어버린다. 두붓물이 가마에서 몹시 끓어 번질 때에 우윳빛 같은 두붓물 위에 버터빛 같은 노란 기름이 엉기면, ―그것은 두부가 잘될 징조다―우리는 안심한다.

―――――――――
| * 서려 오르는 뜨거운 김.

그러나 두붓물이 희멀게지고 기름기가 돌지 않으면 거기만 시선을 쓰고 있는 안해의 낯빛부터 글러가기 시작한다. 초를 쳐보아서 두붓발이 서지 않고 메케지근하게 풀어질 때에는 우리의 가슴은 덜컥한다.

"또 쉰 게로구나. 저를 어쩌누!"

젖을 달라고 빽빽 우는 어린아이를 안고 서서 두붓물만 들여다보시던 어머니는 목 메인 말씀을 하시면서 우신다. 이렇게 되면 온 집안은 심산하여 말할 수 없는 울음, 비통, 처참, 소조한 분위기에 싸인다.

"너 고생한 게 애달프구나! 팔이 부러지게 갈아서…… 그거(두부)를 팔아서 장을 보려구 태산같이 바랐더니……."

어머니는 그저 가슴을 뜯으면서 우신다. 안해도 울듯 울듯이 머리를 숙인다. 그 두부를 판대야 큰돈은 못 된다. 기껏 남는대야 이십 전이나 삼십 전이다. 그것으로 우리는 호구를 한다. 이십 전이나 삼십 전에 어머니는 운다. 안해도 기운이 준다. 나까지 가슴이 빠작빠작 조인다. 그날은 하는 수 없이 쉰 두붓물로 때를 에우고 지낸다. 아이는 젖을 달라고 밤새껏 빽빽거린다. 우리의 살림에 어린것도 귀하지 않았다.

구절들이 짧다. 군소리가 없고 요약되어 어느 줄에서나 한 자 한 마디를 줄이거나 보태거나 하기 어렵다. 잘 지은 건축에서 벽돌 한 장을 더 끼거나 빼거나 할 수 없음과 마찬가지다. 어구마다 단적端的이어서 선명·심각한 인식을 준다.

2) 만연체

아름다운 풍경

박태원

밤 열 점이나 그러한 시각에 악박골로 향하는 전차는 으레 만원이다. 나는 물론 그 속에 자리를 구하지 못하고 우울하게 사람들 틈에 가 비비대고 서 있지 않으면 안 된다.

밖에는 역시 비가 쉬지 않고 내리고 있었으나 대부분의 승객은 우산을 휴대하지 않았다. 비는 정오 가까이나 되어 오기 시작하였으므로 그들은 응당 그전에 집을 나선 사람들일 게다.

나는 다시 한 번 살피어 구하기 어려운 피로를 그 얼굴에, 그 몸에 가지고 있는 그들이 거의 모두 그의 한 손에 점심 그릇을 싸들고 있는 것을 알았다. 아침 일찍이 나가 밤이 이렇게 늦어서야 돌아오는 그들은 필연코 그 살림살이가 넉넉지는 못할 게다. 근소한 생활비를 얻기에 골몰하는 그들이 대체 어느 여가에 그들의 안식과 오락을 구할 수 있을 것인가? 더구나 이렇게 밤늦게 궂은비는 그치지 않고 내려 우산의 준비 없는 그들은 전차 밖에 한 걸음을 내어놓을 때 그 마음의 우울을 구하기 힘들 게다.

그러나 나의 생각은 이를테면 부질없는 것이었다. 내가 현저정峴底町 정류장에서 전차를 내렸을 때 나와 함께 내리는 그들을 위하여 그곳에는 일찍부터 그들의 가족이 우산을 준비하여 기다리고 있었고 더러는 살이 부러지고 구멍이 군데군데 뚫어지고 한 지우산*을, 박쥐우산을 그들은 반가이 받아들고, 그들의 어머니와 그들의 안해와 혹은 그들의 누이와 어깨

| * 대오리로 만든 살에 기름 먹인 종이를 발라 만든 우산. 종이우산.

를 나란히 하여 그들의 집을 향하여 들어가는 것이 아닌가.

내가 새삼스러이 주위를 둘러보았을 때 아직도 돌아오지 않는 오라비를 위하여, 남편을 위하여, 혹은 아들을 위하여, 우산을 준비하고 있는 녀인들은, 그곳에 오직 십여 명에 그치지 않았다.

나는 그들에게 행복이 있으라, 빌며 자주는 가져오지 못하는 감격을 가슴 가득히, 비 내리는 밤길을 고개 숙여 걸었다.

구절이 길다. 치렁치렁 휘감기는 끈기가 있다. 글 뜻 이외에 필자의 변辯이 있어 단조한 사실을 엇구수하게 전해준다.

3) 강건체

평화옹호 세계대회 선언서

세계 72개 국가로부터 참집*한 인민들의 대표자인 우리들 민족과 신앙 및 신념을 달리하는 남녀 우리들은 세계에 또다시 떠돌고 있는 새로운 전쟁의 위협을 인식하고 있다. 세계적 비극이 있은 후 4년이 지났는데 인민들은 군비의 파멸적 경쟁으로 또다시 끌려들어가고 있다.

인류의 행복을 보장하여야 할 과학은 군사목적에 봉사할 것을 강요당하고 있다.

세계 각처에서는 주로 외국의 간섭과 그들의 무력의 직접행동으로써 발화된 전쟁의 화원이 아직도 불붙고 있다.

이 위대한 평화옹호 세계대회에 집합한 우리들은 우리들이 자기의 견해의 자유를 보유하였다는 것과 전쟁 선전은 우리들의 리지를 흐리게 하

| *참가하기 위하여 모임.

지 못하였다는 것을 전 세계에 선언하는 바이다. (중략)

우리들은 세계 인민의 긴밀한 협조를 지지하며 평화를 옹호하여 우리의 전력을 총집결할 것이다.

경각성을 높이기로 견결한 결심을 가진 우리들은 세계평화옹호대회 위원회를 설정하였다.

새로운 전쟁을 의도하고 있는 모든 자들은 매개책동마다 평화를 보장할 능력이 있는 인민대중의 강력한 세력의 공격을 받으리라는 것을 우리들은 굳게 믿는 바이다.

평화를 기대하는 녀성들이여! 어머니들이여! 우리가 당신들의 자녀들의 생명과 당신들의 가정의 안전을 보호하는 것을 신성한 의무로 간주하고 있다는 것을 인식하라! 청년들이여! 대량적 학살로부터 광명한 장래의 진로를 해방시키기 위하여 정견, 신앙의 차이 여하를 불문하고 우리들의 뒤를 따라 단결하라!

평화옹호 세계대회는 평화옹호가 전체 인민의 위업이라는 것을 선언한다. 세계 6억의 남녀를 통합하고 있으며 평화옹호 세계대회에 대표를 파견한 사회단체들의 이름으로 우리들은 세계의 모든 인민에게 다음과 같이 호소하는 바이다.

평화를 위한 투쟁에서 용감하고 또 용감하라!

우리는 튼튼히 집결할 수 있다고 서로 리해할 수 있었다.

때문에 우리는 평화를 위한 이 투쟁—생명을 위한 투쟁—에서 승리하리라는 우리들의 결의와 우리들의 의사를 표명하는 바이다.

엄연하여 독자가 딴 의견을 품을 여유를 주지 않으며 탄력이 있게 먼저 독자를 충동시키다. 이 문체를 잘못 쓰면 내용이 개념적이기 쉽다.

4) 우유체

승가사僧伽寺(전반부)

이병기*

혼자 어슬렁어슬렁 자하紫霞골 막바지로 오른다. 울밀한 송림 사이에
조금 완곡은 하다 할망정, 그다지 준급峻急**하다고 할 수는 없는 길이, 우
뚝하게 솟은 백악白嶽***과 엉거주춤하게 어분드리고 있는 인왕산仁王山
과의 틈을 뚫고 나가게 된다. 울툭불툭한 바위 모서리가 반들반들하게 닳
았다. 이 길, 이 바위를 이처럼 닳게 하느라고 지나간 발부리가 그 얼마나
되었으리. 그것이 짚신시대로부터 고무신이나 구두시대까지만 치더라도
한량이 없을 것이다.

창의문彰義門**** 턱이 나선다. 좌우의 성첩城堞*****은 그대로 있다. 지
금부터 312년 전, 광해光海 15년 3월 12일 밤, 반정反正******의 군졸이 이
문을 부수고 들어왔다.

이 문은 자하문紫霞門, 장의문藏義門, 또는 장의문壯義門이라고도 한
다. 지금 창의문 밖을 장의사동藏義寺洞 또는 장의동壯義洞이라 하고, 청
운정淸雲町 등지를 자하동이라 하고 통의정通義町, 창성정昌盛町, 효자정
孝子町의 일부를 장의동, 또는 장동壯洞이라 함을 보면, 이 문의 이름의

---

* 1891~1968년. 국문학자, 시조시인. 호는 가람. 침체된 시조문학 부흥을 위해 『가람 시조집』 등을 발간. 『역대
시조선』『한중록』『의유당일기』『근조내간선』『어우야담』 등을 간행 · 해제하고 『국문학전사』『국문학개
론』 등을 저술함.
** 높고 험하여 몹시 가파름.
*** 북악산.
**** 서울 북악산 서쪽에 있는 4소문 중의 하나.
***** 성 위에 낮게 쌓은 담.
****** 옳지 못한 임금을 폐위하고 새 임금을 세워 나라를 바로잡는 일. 여기에선 1623년 일어난 인조반정을
가리킴.

유래를 짐작하겠다.

얼마 내려가다 보면 왼편 산기슭에는 솔숲이 깊이 있고, 좀 높고도 으슥한 동학洞壑*이 있으니, 이는 삼계동三溪洞이다. 대원군의 별장이었다. 안민영安玟英의 작가作歌에도 가끔 이 삼계동의 풍정風情이 나타난다.

우산牛山**에 지는 해를 제경공齊景公이 울었더니
삼계동 가을 달을 국태공國太公***이 느끼샷다
아마도 고금 영걸英傑****의 강개慷慨***** 심정은 한가진가 하노라

산행山行 육칠 리 하니 일계 이계 삼계류三溪流라
유정有亭 익연翼然******하니 흡사 당년當年 취옹정醉翁亭*******을
석양의 생가고슬笙歌鼓瑟********은 승평곡昇平曲*********을 아뢰더라

안민영은 이 근세 사람으로 유명한 가객歌客 박효관朴孝寬과 추축追逐
**********하고 함께 대원군의 문에서 많이 놀았으며 성질이 호방하고 음주를 잘하고 음률은 못하고 가창도 못하나 가사만은 일쑤 지었다.

이러한 객쩍은 생각이나 하면서 걸어가노라면 발부리에 바위가 닿는

* 산천으로 둘러싸인 경치 좋은 곳.
** 제경공의 어린 딸 소강小姜이 다른 나라로 시집갔다가 병을 얻어 죽으면서 고국을 볼 수 있게 묻어달라고 했던 높은 산.
*** 흥선대원군.
**** 영웅호걸.
***** 의롭지 못한 것을 보고 의기가 북받쳐 원통하고 슬픔.
****** 새가 날개를 편 것처럼 좌우가 넓은 모양.
******* 중국 송나라 때 저주滁州에 있던 정자. 저주의 지사知事였던 구양수를 위해 중 지천智遷이 건립했음.
******** 생황과 노래와 북과 큰 거문고. 곧 여러 악기.
********* 나라의 태평을 기원하는 노래.
********** 친구끼리 오가며 사귐.

지 다리가 아픈지 몸이 고된지도 모르게 되는 동안에 세검정洗劍亭*이 나선다.

좁고 깊은 산골짜기에 쑥 내밀기도 하고 움푹 들어가기도 하고 지질편편하기도** 하고 오몰조몰하기도 하고 어슷비슷하기도 하고 우뚝우뚝하기도 한 바위가 물에 닳고 닳아 반들반들하다. 물은 지금도 이 바위를 닳게 하며 콸콸 퀄퀄 흘러간다.

세검정은 그 한편에 쑥 내밀고 있는 지질편편한 바위에 오뚝하게 서 있다. 인조반정 때 장사壯士들이 이 물에서 칼을 씻었다고 그 뒤 영조英祖 24년에 이 정자를 세우고 이렇게 이름한 것이라 한다.

"조금 완곡은 하다 할망정 그다지 준급하다고 할 수는 없는……."

이렇게 어디까지나 실상을 전하려 침착하다. 속단이 없고 과장이 없고 어느 한 줄에 중을 두지 않는 만큼 어느 한 줄이 허하지도 않다. 너무 차분한 편이나 미더운 문체다.

5) 건조체

온돌溫突

우리 조선 가정의 온돌제는 인조조仁祖朝 이후로 전국에 보편되었다. 그전에는 한절寒節이라도 큰 병풍과 두터운 자리로 마루 위에서 거처하고 로인과 병자를 위하여 혹 온돌 한두 간을 설치하였을 뿐이었다고 한다.

인조 때 서울 사산四山***에 송엽松葉이 퇴적堆積하여 화재가 잦으므로 김자점金自點(그때 대신)이 꾀를 내어 인조께 품품稟****하고 오부五部 인민에

---

* 경복궁 뒤 창의문 밖에 있는 정자. '칼을 씻은 정자' 라는 뜻.
** 울퉁불퉁하지 아니하고 고르게 편편하다.
*** 조선 시대에 서울 성에 있는 사방의 산지를 이르던 말.
**** 웃어른이나 상사에게 그 의견을 듣기 위해 말씀을 여쭈다.

게 명령하여 모두 온돌을 설치하게 하였다. 따뜻하고 배부른 것을 좋아하는 것은 사람의 상정이라 오부의 받은 명령을 일국—國이 봉행*하게 되어 송엽을 처치하려던 것이 송목松木까지 처치하게 되었다.

전일에는 서울 안에 있는 구가고택舊家故宅에서 왕석往昔** 습속의 자취를 살필 수 있었으니 큰 집이건만 지금 소위 방이란 것의 수가 적고 마루가 대중없다 할 만큼 많았었다. 그러나 오늘날은 그 자취도 찾을 곳이 없다.

뜻만 전달하고 이해시킴에 충실할 뿐, 문장의 표정이란 조금도 없다. 건조란 반드시 무미를 가리킴은 아니다. 문장의 표정을 스스로 갖지 않고 순전히 내용을 냉철하게 전하면 성공이다. 예술 문장이 아니요, 학술과 실용의 문장이기 때문에 필자로서의 다른 효과를 계획할 필요가 없는 것이다.

6) 화려체

『낙동강』(일부)

조명희

이네의 조상이 처음으로 이 강의 고기를 낚고 이 벌의 곡식과 열매를 딸 때부터 세지도 못할 긴 세월을 오래오래 두고 그네는 참으로 자유로웠었다. 서로서로 노래 부르며, 서로서로 일하였을 것이다. 남쪽 벌도 자기네 것이고 북쪽 벌도 자기네 것이었다. 동쪽도 자기네 것이요 서쪽도 자

---

* 웃어른이 시키는 대로 받들어 행함.
** 옛적.

기네 것이었었다.

그러나 력사는 한 바퀴 굴렀었다. 놀고먹는 계급이 생기고 일하여 먹여 주는 계급이 생겼다. ×××는 계급이 생기고, ×××지는 계급이 생겼다. 그러므로 ×××벌판이 임자가 생기고 주림을 모르던 백성이 굶주려 가기 시작하였다. 하늘의 햇빛도 고운 줄을 몰라가게 되고 락동강의 맑은 물도 맑은 줄을 몰라가게 되었다. (중략)

그가 처음으로 자기 살던 옛 마을을 찾아와 볼 때에 그의 심사는 서글프기 짝이 없었다. 다섯 해 전 떠날 때에는 백여 호 촌이던 마을이 그동안에 인가가 엄청나게 줄었다. 그 대신에 예전에는 보지도 못하던 크나큰 함석지붕 집이 쓰러져가는 초가집들을 멸시하고 위협하는 듯이 둥두렷이 가로 길게 놓여 있었다.

그것은 묻지 않아도 동척東拓* 창고임을 알 수 있다. 예전에 중농이던 사람은 소농으로 떨어지고, 소농이던 사람은 소작농으로 떨어지고, 예전에 소작농이던 많은 사람들은 거의 다 풍비박산하여 나가게 되고 어렸을 때부터 정들인 동무들도 하나도 볼 수 없다. 그들은 모두 도회로, 서북간도와 일본으로 산지사방 흩어져 갔었다. 대대로 살아오던 자기네 집터에는 옛날의 흔적이라고는 주춧돌 하나 볼 수 없었고(그 터는 지금 창고 앞마당이 되어 있으므로) 다만 그 시절에 싸리문 앞에 있던 해묵은 느티나무만이 지금도 그저 그 넓은 마당 터에 홀로 우뚝 서 있을 뿐이다. 그는 좋아가 어린아이 모양으로 그 나무 밑둥을 껴안고 맴을 돌아보았다. 뺨을 대어보았다 하며 좋아서 또는 슬퍼서 어찌할 줄을 몰랐다. 그는 나무를 안은 채 눈을 감았다. 지나간 날의 생각이 실머리**같이 풀려나간다. 어렸을 때에, 지금 하듯이 껴안고 맴돌기, 여름철에 꼭대기까지 기어 올라가 매암

* '동양 척식 주식회사'를 줄여 이르는 말.
** '실마리'의 북한어.

이를 잡다가 대머리 벗겨진 할아버지에게 꾸지람 당하던 일, 마을의 젊은 이들이 그네들을 매고 놀 때에 자기도 그네를 뛰겠다고 성화 바치던 일, 앞집에 살던 순희란 계집아이와 같이 나무그늘 밑에서 소꿉질하고 놀 제, 자기는 신랑이 되고 순희는 색시가 되어 시집가고 장가가는 흉내를 내던 일, 그리다가 과연 소년 때에 이르러 그 순희란 색시와 서로 사모하던 일, 그 뒤에 또 그 순희가 팔려서 평양인가 서울로 가게 될 제, 어두운 밤 남 모르게 이 나무 뒤에 숨어서 서로 붙들고 울던 일, 이 모든 일이 다 생각에서 떠돌아 지나가자 그는 흐드득 느껴지는 숨을 길게 한번 쉬고 눈을 딱 떴다.

"내가 이까짓 것을 지금 다 생각할 때가 아니다…… 에익…… 쩨……."

하고 혼자 중얼거리고는 이때껏 하던 생각을 떨어 없애려는 듯이 획 발길을 돌려 걸어 나갔다. 그는 원래 정의 사람이었다. 그러나 그는 근래에 그 감정을 의지로 누르려는 노력이 많은 터이다.

될 수 있는 대로 번차나게 쓴 문장이다. '오래오래' '서로서로' 또는 '남쪽 벌도' '북쪽 벌도', 이렇게 대구를 넣으며 '보지 못하던 큰'이라 할 수 있는 것도 '보지도 못하던 크나큰', 이렇게 율동적인 음향도 고려하며 썼다. 낭독하기 좋은 문체다.

제 *9* 강　고전문장古典文章에
대하여

1. 조선문 고전의 특수성

조선에서 고전문장이라 하면 거의 전부다시피 한문문장이요 조선말 문장은 아주 희귀하다. 고구려, 신라, 백제 등 삼국시대는 물론, 문화가 난숙한 신라통일시대에나 그 후 고려에 와서도 글에 있어서만은, 우리말을 우리말대로 적을 글자가 없었다. 글자라고는 한문자밖에 없었기 때문에 부득이 우리말대로 적어야 할 데 가서는 역시 한문자를 이용하되 음音, 훈訓 양면을 함께 따서 구차스러운 녹음錄音을 하였다. 일례를 들면 '더욱'이란 말소리를 '加于'로, '하며'란 말소리를 '爲旅' 식으로 표현한 것으로, 이것을 '이두법吏讀法'이라 했다.

이렇듯 군색스러운 이두법으로는 짧은 노래나 몇몇 어구를 기록하는 데 그쳤지 긴 줄글을 적을 도리는 없어, 오늘까지 전해 오는 것도 신라 때 노래(향가鄕歌) 20여 수와 한문에는 없는 조선말 토를 기록하는 몇몇 어구에 불과한 것이다.

조선말이 조선말 소리대로 완전히 기록할 수 있기는, 지금 우리가 쓰는 이 글자, 한글이 창조된 이조李朝 초엽, 이 글자의 창작자인 세종대왕 때부터다. 한글로 된 최초의 저술인 『용비어천가龍飛御天歌』 이후부터는 한글로 된, 즉 조선말로 된 저술이 학문으로나 문예로나 얼마든지 쏟아져 나왔을 것이다. 이 속에는 그 시대의 미술이나 공예나 음악이나 또는 한문으로 된 모든 작품들과 넉넉히 비견될 훌륭한 작품들이 많았음에 틀리지 않을 것이다. 아니, 우리 민족의 민족예술다운 특색은 우리말로 표현된 작품 속에 더 풍부했을 것이다. 그러나 아깝게도, 한스럽게도, 그 후 백 년이 못 되어 연산燕山*이라는 포악한 임금이 났고, 그의 폭정을 인민들이 비난하는 글을 써 사방에 붙이니, 연산은 인민들이 아무나 자기들의 불평을 자유로 발표할 수 있음은 글이 너무 쉬운 탓이라 하고, 전국내에 한글 쓰는 것을 금해버린 것이다. 한글 쓰는 것을 금지했을 뿐 아니라, 기왕 한글로 된 모든 책을 불사르게 하였다. 뉘 집에 한글 책이 있는 줄 알고 고발하지 않는 이웃사람들까지 책벌을 받는 혹독한 법령을 내렸다.

이리하여 이조에 들어와 진정한 조선 문학이 획기적으로 자라난 것을 송두리째 뽑아버리었으며 다시 자라날 바탕까지 짓밟아버린 것이다. 조선 문학을 위하여서는 어떤 큰 병란兵亂보다도 철저한 파멸을 가져왔던 것이다.

『용비어천가』는 이 왕조의 찬송가 같은 것이라 왕가의 비품으로 전해 있고 경전經典들의 언해諺解가 원문에 붙어 있는 덕으로 부지되어, 번역 문체로나마 우리 고전문장의 편린을 엿보게 할 뿐, 그때, 적어도 2백 년 이전 조선 사람들의 생활감정이 그대로 반영된 산문의 문장은 거의 찾아볼 수 없다 하여도 과언이 아니게 되었다.

그러나 불행 중 다행이라 할 것은 우리 글자가 쉬운 덕택으로 한문을 모르는 사람들 사이에 특히 부녀자들 사이에 끊이지 않고 실용되어와서 그들의 필적 가운데 지금으로부터 백 년 내외의 것들은 더러 전하는 것이 있고, 이것들이 전문적인 작가들의 글은 아니라 하더라도 순 조선 문체이기는 하여 우리 문장 고전으로 애지중지되는 바다.

---

* 조선 제10대 왕(1476~1506년). 이름은 융隆. 무오사화, 갑자사화를 일으켜 많은 선비들을 죽였다. 폭군으로 지탄받아 중종반정으로 폐위되었다.

아직까지 드러난 것 중에 우수한 것으로는, 혜경궁 홍씨惠慶宮洪氏*의 『한중록閑中錄』** 의유당 김씨意幽堂金氏***의 『의유당일기意幽堂日記』****이 두 작품이며 그 외에 소품들도 약간 있으나 여기에는 다음 두 편을 들기로 한다. 작자 미상의 「조모제문祖母祭文」, 작자 미상의 「제침문祭針文」.

이상에서 『한중록』 같은 것은 뚜렷이 존재해 있었거니와 작자 미상의 글들은 우연한 발견들로 드러났으며 그중에도 산문으로 가장 귀여운 존재인 『의유당일기』는 세상에 알려진 지 얼마 안 된다.

국문으로 된 글은 대체로 출판이 되지 않았으며 더욱 부녀자들에게는 사회생활이 없던 시대라, 그들의 글은 대개 그들의 원고째로 반짇고리에서 구르다가 무심한 후손들에게 휴지로 쓰여 버림이 많았다. 「제침문」도 서울 어떤 고가에서 나온 휴지뭉치 속에서 나타났고, 「조모제문」도 두루마리에 쓴 것대로 발견된 것이다. 앞으로도 혹은 어떤 명작, 명문이 그런 모양으로 나타날지도 모르는 바다.

---

* 경의왕후敬懿王后. 조선조 사도세자빈嬪. 정조의 어머니. 아버지와 삼촌이 외척이면서도 사도세자 옥사 때 세자의 살해를 지지하는 입장에 있었던 까닭에 세자의 참담한 운명을 지켜만 볼 수밖에 없는 처참한 운명을 겪었다. 고종 때 사도세자가 장조莊祖로 추존됨에 따라 왕후에 추존되었다.

** 조선 영조 때 혜경궁 홍씨가 쓴 자서적인 회고록. 노론과 소론의 당파싸움 와중에서 이용되고 희생되다가 결국은 정신병자로 몰려 뒤주 속에 갇혀 죽게 되는 사도세자에 관한 사건을 세세히 묘사하여 맺혔던 정회를 호소하였다. 이것은 사료로뿐만 아니라 당시 사용하던 한문 숙어, 특수한 존경어, 궁중어가 많이 섞여 있어 언어 연구에 중요한 자료가 된다. 『서궁록西宮錄』 『인현왕후전仁顯王后傳』과 함께 조선 궁중문학의 백미이다.

*** 조선 순조 때의 문인(1727~1823년). 남편 이희찬李羲贊이 함흥 판관으로 부임할 때에 따라가서 지은 『의유당일기』로 이름을 남겼다.

**** 조선 순조 때에 의유당 김씨가 지은 문집文集. 그의 남편이 함흥 판관으로 부임하자 그 부근의 명승고적을 돌아보며 지은 기행紀行, 전기傳記, 번역飜譯 따위를 합편한 문집이다. 순 한글로 되어 있으며 특히 「동명일기」가 유명하다.

2. 고전문장의 일례一例와 그 감상鑑賞

『한중록閑中錄』의 서문

내 유시幼時*에 궐내에 들어와 서찰書札 왕복이 조석에 있으니 내 수적手蹟**이 많이 있을 것이로되, 입궐 후 선인先人(돌아가신 아버지)겨오서 경계하오시되 외간外間 서찰이 궁중에 들어가 흘릴 것이 아니요, 문후問候***한 후에 사연이 많기가 공경하는 도리에 가可치 아니하니 조석 봉서封書**** 회답의 소식만 알고 그 조희*****에 써보내라 하시기, 선비先妣(돌아가신 어머니)겨오서 아침저녁 승후承候******하시는 봉서에 선인 경계대로 조희 머리에 써보내옵고 집에서도 또한 선인 경계를 받자와 다 모아 세초洗草(불살라버림)하므로 내 필적이 전하염즉한 것이 없는지라, 백질伯姪*******수영이 매양, 본집에 마노라********수적이 머문 것이 없으니 한번 친히 무슨 글을 써 내리오서 보장하야 집에 길이 전하면 미사美事가 되겠다 하니, 그 말이 옳으니 써주고자 하되 틈이 없어 못하였더니, 올해 내 회갑回甲해라 추모지통追慕之痛*********이 백배 더하고 세월이 더하면 내 정신이 이때만도 못할 듯하기, 내 흥감한********** 마음과 경력한********** 일을 생각하는 대로 기록하야 쓰나 하나를 건지고 백을 빠치노라***********.

* 어릴 때.
** 손수 쓴 글씨나 그린 그림.
*** 웃어른의 안부를 물음.
**** 왕비가 친정에 사적으로 보내던 편지.
***** '종이'의 방언(경남, 충남).
****** 웃어른께 문안을 드림.
******* 맏조카.
******** 상전, 마님, 임금 등을 이르는 옛말.
********* 죽은 사람을 그리며 생각하는 고통.
********** 마음이 움직여 느낌.
*********** 겪어 지내온 여러 가지 일.
************ 빠뜨리다.

『한중록』의 일절

계조비繼祖妣*겨오서 경학經學**하는 선비의 따님으로 본대 배우심이 남다르시고 성행性行***이 현숙賢淑 인자하오시기 드므오셔 정헌공貞憲公 받드오시기를 엄한 손客같이 하오시고 제가주궤齊家主饋****하오심이 정헌공 청덕淸德을 준수하오셔 일미一味 소박담박素朴澹泊하오시니, 이런고로 선비겨오서 재상의 종부宗婦 되오시나 홰에 일습 비단옷 걸림이 없으시고 상자에 수항주패***** 없을 뿐 아니라 수신******하오신 사절四節의복이 단건*******뿐이 잦으신지라, 때 문으매 매양 밤에 손소 한탁澣濯********하오시되 수고로움을 꺼리지 아니하오시고 방적침선*********을 주야에 친히 하오셔 밤을 새와 하오시니 매양 아랫방에 밝기까지 혀 있는 줄을 늙은 종은 일컫고 젊은 종은 따라 말하는 줄 괴로이 여기사 매양 밤에 침선하오실 제 보로 창을 가리오셔, 밤에 침선 부지런하다 칭찬하는 말을 슳이 여기옵서 추운 밤에 수고를 손이 다 어시기에 밎되 괴로워하는 일이 아니겨오시고 또 의복지절과 자녀 입히오심이 지극히 검박하오시되 또한 때에 밎게 하오시고 우리 남매 옷도 굵을지언정 매양 더럽지 아니케 하사 검박하오심과 정결하심이 겸하오신 줄 어린 때도 아올 일이 있더라.

선비겨오서 상시 회로가 경치 아니하시고 기상이 화기를 열으시나 엄숙하오시니 일가一家 우러러 성덕을 일컫고 어려워하지 않는 이 없는지라.

---

* 돌아가신 둘째 할머니.
** 사서오경을 연구하는 학문.
*** 성품과 행실.
**** 집안을 다스리고 살림을 꾸림.
***** 몇 가지 패물.
****** 자신의 몸을 지킴.
******* 한 벌.
******** 때 묻은 옷을 빪.
********* 실잣기와 바느질.

이 『한중록』의 작자 홍씨는 정조*의 어머니요, 영조의 며느님이다. 그 남편 사도세자思悼世子는 아버지 영조의 뜻에 거슬려 참혹한 죽음을 받았다. 아들 정조는 나중에 할아버지의 뒤를 이어 왕위에 올랐으며 그는 글이 용하여 이조 5백 년 간 방대한 문집文集을 남긴 왕으로 유명하다. 이런 아들을 낳은 만큼 그 어머니 혜경궁 홍씨가 글이 비상한 분이었던 것은 이 『한중록』의 몇 절을 가지고도 넉넉히 판단할 만하다.

홍씨는 몸은 비록 궁궐 속에 있었으나 인간으로는 불행한 일생이었다. 그 서문에서 '추모지통'이라 함은 젊어서 여읜 남편을 위함이요, 환갑 해를 당하여 자기 친정 조카의 권유에 의하여 한 많은 자기 일생을 서술한 것이 이 『한중록』이다.

대체로 예전 글들은 한문 문체에서 완전히 독립해 나오지 못하였다. 한문 술어를 많이 쓰게 됨은 고사하고 조선말에서 뜻을 돕는 결정적 역할을 노는 토를 투식적套式的으로 붙였다. '하고'와 '하며'만을 중복하여 나가다가 글 뜻이 지나치게 옥귈 염려가 있으면 마지못해 '더라' '노라'로 끊었다. '하고'와 '하며'가 연속되어 내려감이 간곡한 맛은 내나 글 뜻을 독자의 머릿속에 선명하게 정리하여 넣어주지 못한다. 두 번 세 번 읽어야 뜻이 통한다. 이것이 한편 함축과 여운을 품은 듯도 하여 고전다운 특색이 되기도 하나, 사실상 따지고 보면 토가 아직 구체적인 역할을 하도록 분화되며 발전되기 이전의 문장임에 틀림없다. 요즘같이 인식에 있어 속도와 편이성이 요구되는 시대에 더욱 그렇게 느껴진다.

그러나 이 글이 쓰인 그 시대의 호흡과 호상好尙에 미루어 생각하면 요즘처럼 토막토막 구절을 끊을 수 있었기로서니 그런 간결 명료만으로는 또한 그때 독자들의 비위에는 맞지 않았을 것이다. 더구나 그때 사람

---

* 고종 대에 이르러 '정종正宗'을 '정조正祖'로 '영종英宗'을 '영조英祖'로 묘호를 바꾸었다고 한다. 『신문장강화』에는 '정종·영종'으로 표기되어 있는데 독자의 이해를 돕기 위해 정조·영조로 정정해두었

들은 한문을 읽는 데 "요조숙녀는, 군자호구로다." 식으로 토를 붙여 읽었으나 그 토들이 조선말을 하는 데서의 토가 아니라 한문 문장을 읽는 데서의 토이므로 문어화文語化*한 일종 투식의 토들이었으며 이 토의 투식적 작용은 조선말 문장에도 그대로 전용轉用된 것으로 봄이 타당할 것이다. 그러니까 토들이 뜻을 규정짓는 데 전적으로 조사 노릇을 못하고 투식화되어 쓰였음을 이해할 수 있는 것이다.

그전 글들에 있어 토 '에'는 하나같이 '의'로 쓰여 있다. 『한중록』 『의유당일기』 모두 그랬으나 읽기 편하도록 '에'와 '의'의 혼동만은 고쳐놓았으며, 『한중록』에 있어 '께옵서'란 존칭은 모두 '겨오서'로 되어 있다. 이것은 존칭에 될 수 있는 대로 격한 소리를 피하기 위한 의식적인 것으로 보아, 그 성향에까지 용의주도했음과 그 효과를 높이 평가할 바라 생각한다. 말소리에 있어서만 격함을 피했을 뿐 아니라 뜻에 있어서도 격동될까 스스로 제어하여 전체에 전아典雅**한 품위와 간곡한 설득력에 차 있다.

서문에 있어서는 대강을 말하는 개연한 필치가 긴 서술의 허두다우며 본문 중 일절에서는 과히 길지 않은 대문에서 그 어머니의 성품과 생애의 일단이 자상히 표현되었다. 호한***하면서도 치밀한 문장이다.

『의유당일기意幽堂日記』

조반 먹고 돌아올 때 바닷가에 쌍교雙轎****를 교부轎夫*****에 머여 세우고 전모 쓴 종과 군복한 기생을 말 태워 좌우로 갈라 세우고 사공을 시

---

* 일상적인 대화에서 쓰는 말이 아닌 문장에서만 쓰는 말.
** 법도에 맞고 아담하다.
*** 호방하고 사납다.
**** 쌍가마.
***** 가마꾼.

켜 후리질*을 시키니 후리 모양이 수십 척 장목을 마조 니어 너븨한 간 배만한 그물을 노호로(노으로) 얽어 장목에 치고 그물솟은 백토로 구어 탕긔마곰(탕긔만큼)한 것을 가흐로 달아 동화줄로 낀을 하야 해심**에 후리를 넣어 해변에서 사공 수십 명이 서서 아오성을 치고 당긔어 내니 물소래 광풍이 이는 듯하고 옥 같은 물구비 노호와(높아) 뛰는 것이 하늘에 다하시니 그 소래 산악이 움직이는 듯하더라…… 후리를 꼬어내니 녀어 가자미 숙이 후리에 달리어 나왔더라.

날이 오히려 이르고 천기 화명하며 풍일이 고요하니 배를 꾸며 바다에 사군이 오르시고 숙시와 성이를 다리고 내 오르니 풍류를 딴 배에 실어 우리 오른 배머리에 달고 일시에 주혹하니 해수는 푸르러 가이없고 군복한 기생의 그림자는 하늘과 바다에 거꾸로 박히듯 풍류소래는 하늘 바다 속에 사못차 들레는 듯 날이 석양이니 쇠한 햇그림자 해심에 비치니 일만필 백갑을 물우희 편 듯 도니 마음이 밧기 흔들어 상쾌하니 만리창파에 일엽편주로 망망한 대해에 위태로움을 다 닛을리라.

홍색이 거룩하야 붉은 기운이 하늘을 뛰노더니 어랑이 소래를 높이하야 나를 불러 저기 물밑을 보라 웨거늘 급히 눈을 들어보니 물밑 홍운을 헤앗고 큰 실오리 같은 줄이 붉기 더욱 긔이하며 기운이 진홍빛 같은 것이 차차 나 손바닥 너븨 같은 것이 그믐밤에 보는 숯불 빛 같더라. 차차 나오더니 그 우흐로 적은 회오리바람 같은 것이 호박琥珀 구슬 같고 맑고 통랑***하기는 호박도곤(호박보다는) 더 곱더라.

* 후릿그물로 물고기를 잡는 일.
** 바다의 한가운데.
*** 속까지 비치어 환하다.

풍류를 일시에 주하니 대무관풍류라(대무관大廡官인 듯. 무관풍류라 하면 문묘아악文廟雅樂을 가리킴) 소래 길고 화하야 가히 들엄즉 하더라. 모든 기생을 쌍 지어 대무對舞하야 종일 놀고 날이 어두오니 돌아올 새…… 군무대장 비록 야행夜行에 사紗 초롱을 허들 어디 이대도록(이처럼) 장하리오. 군악은 귀를 이아하고 초롱 빛은 조요하니* 마음에 규중소녀잠을(규중소녀자閨中小女子임을) 아조 닛고, 허리에 다섯 인印이 달리고 문무文武를 겸전한 장상將相으로 훈업勳業이 고대하여 어듸 군공軍功을 이루고 승전곡을 주하며 태평궁궐을 향하는 듯 몸이 뉵마차중六馬車中에 앉아 대로에 달리는 듯 용약한 회하야 오다가, 관문에 니르러 아내衙內** 마루 아래 가마를 놓고 장한 초롱이 군성群星이 양기陽氣를 맞아떨어진 듯 없으니, 심신이 황홀하여 몸이 절로 대청에 올라 머리를 만져보니 구름머리 귀은 것이 고아 있고 허리를 만지니 치마를 둘러시니 황연이 이 몸이 녀잠을 깨달아 방중房中에 들어오니 침선방적하던 것이 좌우에 놓여시니 박장拍掌하야 웃다.

이 일기의 주인공 의유당 김씨는 함흥咸興에 판관判官으로 와 있던 이희찬李義贊의 부인이었다 한다. 함흥 명승의 하나인 동명東溟의 해 뜨는 것을 구경 갔다가, 먼저 날은 후리질로 고기 잡는 것을 구경한 기록이요, 둘째 것은 석양에 풍류를 싣고 뱃놀이 한 기록이며 셋째 것은 다음날 아침인 듯, 해돋이를 구경한 기록이요, 나중 것은 어두워 관사로 돌아오는 광경과 방에 들어와 해변에 노닌 것이 너무나 꿈같았음을 깨닫는 감상을 적은 것이다.

의유당 김씨는 성품이 여자치고는 호탕한 듯하다. 종일 호기롭게 놀

* 밝게 비쳐서 빛남.
** 중국 당나라 때에 궁성을 지키던 군사.

고 역시 청사초롱을 늘어세우고 풍류를 잡히고 돌아올 제 자기가 여자가
아니라 군공을 이룬 장상으로서 궁궐을 향해 들어가는 듯하였는데 자기
탄 가마가 관아에 이르러, 그 별빛 같던 초롱들이 불이 꺼지고, 자기 몸
이 장상이 아니라 머리 얹고 치마 두른 여자임을 깨달으며 더욱 방 안에
들어서서 좌우에 바느질하다 둔 것들을 보고 여태껏 호탕하던 기개가 일
시에 사라져 손뼉치고 웃었다는 구절은 남자들의 생활기록에서는 볼 수
없는 사실이다. 새로 떠오르는 해를 보고 그믐밤에 보는 숯불 같다 함도
호탕하면서도 여자다운 섬세하고 날카로운 감각을 보여주었다. 그전 글
이 대개 전고典故에서 남의 투식을 따왔는데 이 일기에는 자기대로 느낀
자기 말로의 표현이 많다. 그전 글에서 가장 개인적이요, 생활적인 문장
이라 하겠다.

「조모제문祖母祭文」

……어미가 기잉속설忌孕俗說*을 듣고 유모에게 부탁하야 강보에 안
아 다른 집에 나아가 기르니 어미가 아비 남서군현南西郡縣에 쫓으매 소
손小孫**이 상床을 붙들고 말을 배우매 오히려 어미 집을 알지 못하고 다
만 보니, 반란斑爛하고 현채絢彩***한 옷과 병이餠餌****와 조률棗栗*****을 때
때 보내와 나를 입히고 나를 먹이고 조습燥濕******과 기포飢飽*******에 종이
자로(자주) 와서 묻고 유모가 때때로 새 옷을 입히고 맛있는 것을 먹이어
나더러 자랑하며 보여 가로되 네 조모의 주신 바라 하니 소손이 무슨 말

* 아이를 가졌을 때 금해야 할 것들에 관한 속설.
** 손자가 조부모 앞에서 자기를 이르는 말.
*** 여러 빛깔이 섞여서 아름답고 무늬가 있는.
**** 떡.
***** 대추와 밤.
****** 바짝 마름과 축축이 젖음.
******* 굶주림과 배부름.

인지 알지를 못하였더니, 그 후 생각하니 이게 다 우리 조모의 은근하신 일념이 자모 같으심이라 및 칠七세에 비로소 집에 돌아오니 조모 상해(항상인 듯) 무릎에 두시고 담발(단발短髮인 듯)을 어루만지시고 분감함*이 하사 고이** 하시기를 특별히 다르게 하사 해를 연하여 조모 백부伯父의 심도沁島(강화도江華島), 완영完營(전주全州) 임소任所***와 및 가군家君(자기 아버지)의 백천白川, 서흥瑞興 관아官衙에 가시는 데 따라 매양 조모 곁에 유희하야 개열愷悅****하신 낯을 우러러 얻삽고 금춘 회갑回甲 연석에 모든 자손이 수놓은 자리와 구슬 찬 앞에 칭상축수稱觴祝壽*****하오매 소손도 또한 받들어드리고 절하니 조모 보시고 웃으시더니 겨우 수월數月 만에 우리 조모 영연靈筵******에 어찌 울 줄을 뜻하였사오리까 소손으로 하여금 좀 자라 관례冠禮하고 장가드는 예를 행하오나(행하더라도) 어찌 가히 다시 즐김을 이바지하고 경사를 고함을 얻사오리까 생각하오매 실성장호失性長號*******할 따름이로소이다. 인불이 장차 왕리 조역지내로 향하옵시니 이후 시절에 가 성묘하와 거의 종신추모하옵는 정성을 붙이오리까 애의 통재********라 유아조모唯我祖母는 흠향歆饗*********하옵소서.

첫머리에 투식적으로 있을 듯한 몇 마디는 떨어지고 없다. 시대와 제주祭主가 다 미상한 바, 손자가 조모의 죽음을 조상한 글이다.

이 아이는 낳은 어머니가 기르면 해로우리란 속설이 있어 강보에 떨

* 단맛을 나눈다는 뜻으로, 널리 사랑을 베풂을 이르는 말.
** 귀엽게.
*** 지방 관원이 근무하는 곳.
**** 슬픔과 즐거움.
***** 복을 빎.
****** 죽은 사람의 영궤靈几와 그에 딸린 모든 것을 차려놓은 곳.
******* 예전에 남자가 성년에 이르면 어른이 된다는 의미로 상투를 틀고 갓을 쓰게 하던 예식.
******** 슬프구나.
********* 신명神明이 제물을 받아서 먹음.

어지자 유모의 집으로 갔고, 어머니는 관리인 아버지의 부임지로 따르게 되니 가까이서 보살펴준 이가 할머니이며 집에 돌아와 크면서도 할머니 밑에서만 자랐다. 할머니의 사랑이 극진하시던 것을, 누가 들으나 감개 무량해지도록 묘사하였다. 그전에 제문이라 하면 순 한문의 투식적인 제문뿐이요, 돌아간 망인과 제사 드리는 사람과의 관계가 이처럼 소상히 드러난 국문으로 된 글은 별로 없었다. 그전 사람으로 아직 장가들기 전이니 20살 전 소년임이 분명하다. 한문이 능한 어른이었다면 순 한문으로 짓고 이런 국문의 제문을 짓지 않았을 것이다. 돌아간 이를 추모하는 간곡한 정회가 사무쳐 있다.

「제침문祭針文」

유세차維歲次* 모년 모월 모일에 미망인 모씨未亡人某氏(자기가 과부인 까닭)는 두어 자 글로써 침자針子**에게 고하노니 인간 부녀의 손 가운데 종요로운*** 것이 바늘이로되, 세상 사람이 귀히 아니 여기는 것은 도처에 흔한 바이로다. 이 바늘은 한낱 작은 물건이나 이렇듯이 슬어함은 나의 정회가 남과 다름이라.

오호통재嗚呼痛哉****라. 불상하고 불상하다. 너를 얻어 손 가운데 진긴 지 우금***** 27년이라 어이 인정이 그렇지 아니하리오. 애재哀哉라. 눈물을 잠간 걷우고 심신을 겨우 진정하여 너의 행장行狀(과거 지내온 일)과 나의 회포를 총총히 적어 영결永訣하노라.

년전에 우리 시삼촌께옵서 동지사冬至使(동지 때 중국에 가던 사신) 락점

---

* '이해의 차례는' 이라는 뜻으로, 제문祭文 첫머리에 관용적으로 쓰는 말.
** 바늘.
*** 없어서는 안 될 정도로 매우 긴요하다.
**** 아, 비통하다.
***** 지금에 이르기까지.

落点(조명措名)을 무르와(받자와) 북경北京을 다녀오신 후에 바늘 여러 쌈을 주시거늘, 친정과 원근 일가에게 보내고 비복婢僕들도 쌈쌈이 낱낱이 나눠 쓰고 그중에 너를 택하여 손에 익히고 익히어 지금까지 해로하였더니 애재라. 연분이 비상하야 바늘을 무수히 잃고 부러져 버렸으되 오직 너 하나를 영구히 보전하니, 비록 무심한 물건이나 어찌 사랑스럽고 미혹치 아니하리오. 아깝고 불상하며 섭섭하도다. 나의 신세 박명하야 슬하에 한 자녀 없고 인명이 흉완하야* 일즉 죽지 못하고 가산이 빈궁하야 침선에 마음을 붙여 저것으로 시름을 잊고 생애를 도움이 적지 아니하더니 오늘날 영결하니 오호통재라. 이는 귀신이 시기하고 하늘이 미워하심이로다.

아깝다 바늘이여. 어여쁘다 바늘이여. 네 미묘한 품질과 특별한 재질을 가졌으니 물중物中의 영물靈物이요 철중鐵中의 쟁쟁錚錚이라** 민첩하고 날래기는 백대百代의 협객俠客이요 굳세고 곧기는 만고萬古의 충절忠節이라 추호秋毫*** 같은 부리(주둥이)는 말하려는 듯하고 두렷한**** 귀는 소리 듣는 듯하는지라, 릉라綾羅*****와 비단에 란봉공작******을 수놓을 제 그 민첩하고 신기함은 귀신이 돕는 듯하니 어찌 인력의 미칠 바리오. 오호통재라. 자식이 귀하나 손에 놓을 때도 있고 비복이 순하나 명을 거스를 때도 있나니, 너의 미묘한 기질이 나의 전후에 수응함*******을 생각하면 자식에게 지나고 비복에게 지나는지라, 천은天銀********으로 집을 하고 오색으

---

* 흉악하고 고집이 셈.
** 여러 쇠붙이 가운데서도 유난히 맑게 쟁그랑거리는 소리가 난다는 뜻으로, 같은 무리 가운데서도 가장 뛰어난 사람을 이르는 말.
*** 가을에 짐승의 털이 아주 가늘다는 뜻으로, 아주 적거나 조금인 것을 비유적으로 이르는 말.
**** 흐리지 않고 아주 분명하다.
***** 두꺼운 비단과 얇은 비단.
****** 난조와 봉황과 공작.
******* 요구에 응함.
******** 품질이 가장 뛰어난 은. 순도가 100%인 것을 이름.

로 파란*을 놓아 겉고름에 채었으니 부녀의 노리개라. 밥 먹을 적 만져보고 잠잘 적 만져보고 널로 더불어 벗이 되어 하지일夏至日과 동지야冬至夜에 등잔을 상대하야 누비며 호며** 감치며 박으며 공그를*** 때에 겹실을 꾀었으니 봉미鳳尾****를 두르는 듯, 땀땀이 떠갈 적에 수미首尾가 상응相應하고 솔솔이 붙어내매 조화가 무궁하다.

인생백년 동거하려더니 오호통재라, 바늘이여. 금년 시월 초열흘 무시戌時에 희미한 등잔 아래서 관대冠帶 깃을 달다가 무심중간에 자끈동 부러지니 깜짝 놀라워라 아야아야 바늘이여, 두 동강이 났구나. 정신이 아뜩하고 두골이 깨치는 듯하매 이윽도록 기색 혼절하였다가 겨우 정신을 차려 만져보고 이어본들 속절없고 하릴없다. 편작扁鵲(중국의 유명했던 의사) 신술로도 장생불사 못하였네. 동네 장인匠人(땜장이)에게 때이런들 어찌 능히 때일손가. 한 팔을 떼어낸 듯 한 다리를 베어낸 듯 아깝다 바늘이여, 가슴을 만져보니 꽂히었던 자리 없다. 오호통재라. 내 삼가지 못한 탓이로다. 무죄한 너를 만치니 백인伯仁이 유아이사由我而死라***** 누를 한恨하며 누를 원怨하리오. 능란한 성품과 공교한****** 재질을 나의 힘으로 어찌 다시 바라리오. 절묘한 의형儀形*******은 눈 속에 삼삼하고 특별한 품재********는 심회*********가 삭막하다. 비록 물건이나 무심치 아니하야 후

---

* 광물을 원료로 해서 만든 유약釉藥, 법랑琺瑯.
** 헝겊을 겹쳐 바늘땀을 성기게 꿰매다.
*** 헝겊의 시접을 접어 맞대어 바늘을 양쪽의 접힌 시접 속으로 번갈아 넣어가며 실 땀이 겉으로 드러나지 않게 속으로 떠서 꿰매다.
**** 봉황의 꼬리.
***** '백인이 나 때문에 죽었구나' 란 뜻. 중국 진晉나라의 백인伯仁이 친구 왕도王導를 변호하는 글을 써 그를 구했으나, 정작 그 글 때문에 백인이 위험했을 땐 왕도가 그것을 모르고 구하지 않다가 나중에 백인이 죽은 뒤 그것을 두고 슬퍼하며 한 말.
****** 솜씨 따위가 재치 있고 교묘함.
******* 몸을 가지는 태도. 또는 차린 모습.
******** 성품과 재질을 아울러 이르는 말.
********* 마음속에 품고 있는 생각이나 느낌.

세에 다시 만나 평생 동거지정을 다시 이어 백년고락과 생사를 한가지로 하기를 바라노라. 오호통재라 바늘이여.

바늘 귀하던 시대라 27년이나 쓰던 바늘이 부러졌으니 이만큼 애절한 술회도 있을 법하다. 식사문式辭文다운 낭독조를 가졌고, 따라서 투식적인 문구에 좀 구애되었다. 그러나 단순한 바늘을 두고 이처럼 깊이 느껴내기에는 범수*의 재간으로는 안 된다. "추호 같은 부리는 말하려는 듯하고, 두렷한 귀는 소리 듣는 듯하는지라"든지, "누비며 호며 감치며 박으며 공그를 때에 겹실을 꾀었으니 봉미를 두르는 듯 땀땀이 떠갈 적에 수미가 상응하고……"든지, "자끈동 부러지니 깜짝 놀라워라, 아야아야 바늘이여……" 같은 구절은 얼마나 예리한 관찰이며 감각인가!

여기 네 사람의 글 중에 세 편이 여자의 글이다. 연산군 이후 국문을 이어온 이들이 여자인 만치 이는 자연스러운 일로서 이 앞으로 그전 글들이 더 발견된다 하여도 아마 여자의 글들이 대부분일 것이다.

이미 널리 알려진 『춘향전』이나 『장화홍련전』이나 『흥부전』 같은 이야기책들은 문장으로는 그다지 추릴 것이 없다. 이것들은 산문 문장으로가 아니라 운문의 성질을 가진 소리 대본들이라는 것을 위에서 이미 말하였거니와, 소리조로 쓰지 않은 것에도 진실한 설화나 묘사가 아니라 지나친 익살로 능사를 삼은 폐단이 있다. 그래서 가짓수로도 적고 『한중록』과 『의유당일기』 이외에는 조각글에 불과한 작품들이나 우리 산문 고전의 문장들로는 귀중한 금싸라기들이 아닐 수 없는 것이다.

* 평범한 재주나 기술.

279

『신문장강화』의 시간과 이태준

_박진숙

1. 『문장강화文章講話』『증정增訂 문장강화文章講話』그리고 『신문장강화新文章講話』

　조선중앙일보 학예부장을 지냈으며, 이상과 박태원의 재주를 누구보다 한눈에 알아본 상허 이태준. 그는 한국 단편소설의 완성자, 근대문학의 대표적인 문장가로 알려져 있으며 구인회의 좌장, 《문장》지의 주간이기도 했다. 최재서가 "시에는 지용, 문장에는 태준"이라고 했으며, 김기림이 '우리가 가진 가장 우수한 스타일리스트'라 평가한 이도 바로 이태준이다. 그가 《문장》지 창간호부터 연재해 온 「문장강화」는 1940년 문장사에서 펴낸 『문장강화文章講話』와 1947년 『증정 문장강화文章講話』로 다시 발행되는데, 이 책은 글쓰기의 방법을 구체적인 예문들을 통해 설명하는 방식을 취하고 있다. 여기에 선정된 예문들은 마치 한국문학사를 특정한 관점으로 구성하고 있는 듯한 인상을 준다. 실제로 이 예문들은 10년 전 정도까지만 해도 국어교육에서 중요한 역할을 했던 텍스트였다.

　이태준은 1946년 7월 말에서 8월 초에 월북한 것으로 추정된다. 만약 그가 월북하지 않았더라면 하는 엉뚱한 상상을 해본다. 그랬다면 한국 문학사는 어떻게 달라졌을까? 이런 가정은 불필요한 것이지만, 이태준의 월북 후 행보에 대한 안타까움은 거의 반드시 이런 상상으로 귀결되고야 만다. 1952년 북한에서 이태준은 『신문장강화』를 출간한다. 만약 이태준이 월북하지 않고 남한에서 작가생활을 했다고 해도 그는 아마 또다른 『신문장강화』를 출간했을 것이다. 이런 점에서 『신문장강화』의 예문이 형성기의 북한 체제의 사회문화적 양상을 알려주는 지표로도 작용하는 것은 당연한 일이다. 『신문장강화』가 다시 출간됨으로써 『문장강화』는 1940년, 1947년, 1952년이라는 역사적 시간을 호출하게 한다. 글쓰기 교재로 출간되었지만 이 텍스트들은 한국의 급변하는 현대사를 온몸으로 살아간 한 문장가이자 소설가 이태준의 삶의 징표이다. 「까마귀」 「밤길」 「해방전후」 「농토」 「먼지」 등 다양한 스펙트럼을 보여주는 이태준 문학의 본질에 접근하는 한 방법을 이 세 텍스트 사이를 통해 알아보는 것도 의미 있는 일일 것이다.

2. 재일본조선인교육자동맹 문화부란 무엇인가?

이태준의 『신문장강화』는 1952년 12월 재일본조선인교육자동맹 문화부에서 발행되었다. 재일본조선인교육자동맹 문화부란 무엇인가? 1952년 12월 발행된 『평화と(와) 교육』 3호의 광고를 보면, 조선국문판 신간 안내에 『고향길故鄕の道』 『신문장강화』가 한설야의 『대동강』과 함께 소개되어 있다. 흥미로운 것은 출판사가 '재일본조선인교육자동맹 문화부'가 아니라 '학우서방學友書房'으로 되어 있다는 점이다. 이를 통해 볼 때 재일본조선인교육자동맹과 학우서방의 연관 관계를 생각해볼 수 있을 것이다.

　재일본조선인교육자동맹은 일명 조련으로 일컬어지는 재일조선인연맹의 제3회 전체대회, 제9회 중앙위원회(1947년 1월)에서 결성된 단체이다. 재일본조선인교육자동맹의 결성은 문화, 민족 교육 사업에 있어 일본 전진을 의미하는 일이었다고 한다. 재일본조선인교육자동맹의 결성을 결정하고 발표한 교육강령 중 주요 내용은 다음과 같다. 전 인민이 잘살 수 있는 민주주의 교육, 세계사의 관점에 입각한 애국심 육성, 실생활에 토대를 두는 예술관상과 창작 활동의 독자적 발휘, 일상생활과 학습을 통해 체험된 노동의 신성 체득 등……

　굳이 재일본조선인교육자동맹의 결성과 교육강령 및 기본 이념에 대해 살펴본 이유는 이태준이 1946년 2월 15일 남조선민주주의민족전선 등의 조직에도 참여했으며, 민주주의민족전선의 문화부 차장을 지낸 바 있기 때문이다. 구체적으로 확인할 수는 없으나 재일본조선인연맹의 남조선민주주의민족전선 확대중앙위원회가 1947년 2월 29일 서울 천도교 강당에서 개최되었다는 것을 보아도 이 사이의 연락 관계를 짐작해볼 수 있다. 또 재일본조선인교육자동맹 문화부에서 출판된 책이므로 이 단체의 기본 이념과도 어느 정도 일치했으리라는 예측을 해볼 수도 있는데, 다음 광고는 이를 증명해준다.

　　조선의 대표적인 문장가로서 유명한 리태준 선생이 해방 전에 꾸며낸 『문장강화』의 내용을 전면적으로 일신하여 전부 순국문으로 써 읽으면 누구나 재미나고 감동할 여러 소설가, 시인, 혁명가들의 문장례와 고전古典이 풍부히 들어 있으므로 우리들 공부에 가장 적합한 책인 것을 확신한다.

　　(중요한 내용)

제1강 글은 무엇으로 어떻게 쓰나?

제2강 글과 말의 문제들

제3강 운문韻文과 산문散文

제4강 각종 문장의 요령要領

제5강 문장과 퇴고

제6강 제재題材, 서두序頭, 종결終結, 명제命題에 대하여

제7강 대상對象과 표현 기타

제8강 문체文體에 대하여

제9강 고전문장古典文章에 대하여

판매취급소

학우서방學友書房

이 광고는 《군중》 5호(1952년 12월)에 실려 있다. 광고 옆면에는 출간이 지연된 점을 사과하며, 독자들에게 '전국 동포들의 생생한 싸움의 기록과 소식들을 많이 보내주어 오직 하나인 우리말 잡지를 살려나가도록 더욱 강화하도록 힘써 달라.'는 당부가 쓰여 있다. 《군중》은 재일조선인을 위해 출판된 잡지 중 유일한 우리말 잡지였던 것 같다. 이러한 정황을 놓고 보자면 『신문장강화』는 재일본조선인에게 한글 글쓰기를 가르치는 교재 역할을 했으리라는 추측 역시 가능하다. 독자들이 생생한 싸움의 기록과 소식을 글로 쓸 수 있으려면 자신의 경험을 어떻게 실감나게 글로 옮길 것인지 그 방법을 숙지하고 있어야 한다. 그런 점에서 이태준이 『문장강화』에서부터 『신문장강화』에 이르기까지 강조하고 있는 실감, 실증의 강조는 중요한 표현 방법이었다.

3. 예리한 관찰과 실감, 실증의 정신 그리고 조선어 표현

이태준의 『문장강화』는 글을 어떻게 쓸 것인지에 대해 구체적으로 접근하고 있는 텍스트이다. 예를 들자면 제재, 서두, 종결, 제목, 퇴고, 표현 등 구체적인 방법을 설명하고, 이에 대한 예문을 제시하며 예문에 대한 설명을 붙이는 방식으로 구성되어 있다. 이러한 체제가 가능했던 것은 그가 1932년부터 1937년까지 이화여자전문학교에서 작문 강의를 했던 데서 연유한다고 할 수 있다.

이태준은 이화여자전문학교에서 '감상적으로 문자를 늘어놓는 것은 글 짓는 본의가 아니기 때문에 항상 묘사하는 법을 가르치는데, 손 하나를 놓고 며칠씩 묘사하도록 학생들을 훈련시켰다.'고도 한다. 『문장강화』에서 『신문장강화』에 이르기까지 그대로 관철되고 있는 부분이 있는데, 그중 하나가 실감으로 이루어지는 묘사의 강조에 있다. 이태준이 산문의 정신으로 강조했던 것이 바로 실증이었으므로 당연한 결과라고도할 수 있다. 이는 해방과 월북, 월북 이후 북조선에서의 정세 변화에도불구하고 이태준이 강조하고 있는 글쓰기 방법이다.

이태준의 이러한 생각과, 아울러 이태준을 두고 '성실한 현실 추구와예리한 관찰과 유려한 문장, 풍부한 표현'에 대한 기대감이 현실화한 것이 「소련기행」(1947)이라는 기행문이었을 것이다. 소설가로서 이태준만큼기행문을 의식하고 있었던 작가도 드물다. 여행 혹은 공간 이동이라는 것이 문학에서 중요한 항목 중 하나이기는 하지만, 이태준은 일제시대에 기획되고 장려되었던 기행, 관광 후에 반드시 산문으로 결과물을 남겨놓은 작가이기도 하다. 『신문장강화』에도 「소련기행」과 「주을 정양소에 다녀오는길」이라는 기행문이 예문으로 수록되어 있다. 특히 기행문에서는 실감을 독자에게 전달하는 것이 중요하다. 관찰한 바를 감각어로 표현해내어, 생생한 감동으로 전달될 수 있도록 묘사할 필요가 있는 것이다.

> 사진처럼 기계적이 아니라 중요한 데를 짚어 보이는 힘이 있다. 실경實景, 실황實況 속에서도 골자를 감촉시키며 독자로 하여금 그 대상, 그 경지, 그 분위기에 스스로 체득케 하는 표현이 이 묘사다.

묘사가 가능하기 위해서는 대상에 대한 치밀한 관찰을 통해 대상의 요점, 핵심, 전형적인 것을 포착해야 한다. 이러한 묘사를 위해 쓰이는 감각어는 병적인 과민이 아니라 의음어, 의태어의 강조 즉 어감의 강조로 이어진다. 그는「의음어, 의태어와 문장」이라는 부분에서 오장환의 시「찬가—조선인민군에 드리는 시」를 인용하며, 감각어에 풍부한 것이 조선어의 특징이라고 강조하고 있다.

> 밝든 어둡든, 차든 덥든, 슬프든 즐겁든, '어떻게'의 의식이 활동하지 않고는 그 진미, 진경은 표현되지 않는다. '어떻게'를 알려면 감각해야 된다. 시각, 청각, 미각, 후각, 촉각, 이 오관신경이 척후병과 같은 민활, 정밀한 관찰이 없이는 불가능한 것이다. 그러므로 예리한 감각은 반드시 예리한 관찰을 선결 조건으로 한다. 그리고 감각의 표현은 언제든지 신경질적이다. 신경질적이라 해서 병적인 과민을 가리킴이 아니라 첨예한 신경 작용을 말함이다. 그러므로 간접적인 뜻의 소리인 언어보다 직접적인 의음어, 의태어의 소리를 많이 쓰게 되는 점도 용의할 필요가 있다(『신문 장강화』에서).

관찰과 감각의 중요성과 함께 실감을 다시 강조하는데, 실감을 주는

말의 예문으로는 홍명희의 소설 『임꺽정』을 들고 있다. 이 소설 중 대화가 오간 부분을 인용하며,

> 글쓴이의 생활 언어들이 아니라 글 속의 인물들의 생활 언어들이다. 그런 실감을 주는 말들이기 때문에 그 인물, 그 사건, 그 시대를 눈으로 보는 듯하다. 글 속의 인물과 시대에 알맞은 내용을 진실케 하는 절대적인 힘을 갖는다(『신문장강화』에서).

작가 자신의 언어가 아니라 작가에 의해 탄생한 인물의 생활 언어로 쓰일 때 비로소 실감을 주게 되며, 그렇게 해야 특정한 시대의 인물이 진실성을 획득한다고 보는 것이다. 그러면서도 경계하는 것은 산문이 오직 뜻에 충실해야 한다는 것이다.

다음 두 인용문을 통해 볼 때, 산문의 정신에 대해 강조하는 바는 동일하지만 의미 전달 면에서는 월북 이후에 쓰인 것이 오히려 더 선명하다. '뜻도 예리하게 나오고 읽기도 유창하면 그것이 더 좋은 것임엔 틀림없으나, 이는 능숙해진 뒤의 일'이라고 하여 글쓰기에 익숙하지 않은 독자가 무엇에 더 주의를 기울어야 할지를 알려주고 있다.

> 뜻을 전하는 것 외에 어디 무엇이 있는가? 오직 뜻에만 충실한 글들이다. 뜻의 세계가 환하게 보인다. 이 환하게 보이는 뜻, 그것을 가리며 나설 다른 것(음조)을 허용하지 않았기 때문이다. 실증實證, 이것은 산문의 육험肉驗이요 정신이다(『문장강화』).

> 산문이라고 해서 소리 내어 읽기에 거북한 것이 특색이란 것은 아니다. 같은 값이면 뜻도 예리하게 나오고 읽기도 유창하면 그것이 더 좋은

것임엔 틀림없다. 그러나 이것은 글 쓰는 데 능숙해진 뒤의 일이요, 처음부터 두 가지에 다 관심을 돌리기 어려울뿐더러 첫 솜씨로 음조를 다듬는 데 정신이 팔리다가는 뜻을 소홀히 하기 쉬우므로 차라리 "산문이란 오직 뜻에 충실한다"는 철칙을 엄수하는 편이 유리한 것이다(『신문장강화』).

이제 월북 이후에도 이태준이 견지하고 있는 조선어의 특징을 몇 가지 정리해보자. 『문장강화』에는 없던 '조선말은 어떤 말인가?' 라는 절이 『신문장강화』에는 추가되어 있다. 이는 북조선의 주체성, 애국주의 강조로 나아가는 흐름을 읽을 수 있는 단서가 되기도 하지만, 이태준이 견지하고 있었던 언어민족주의에 바탕을 두고 있다. 『문장강화』에서도 이미 강조되어오던 것을 엥겔스 이론과 접목시켜 설명하고 있는 점과 조선말이라는 것을 따로 설정한 것의 의미 정도가 여기서 포착해야 하는 부분이다.

조선말은 개음절 소리와 폐음절 소리를 모두 갖추고 있어, 어느 정도는 표현하고 싶은 의욕에 맞추어 음조를 조절할 수 있는 말이라는 것이다. 음조로 전달되는 측면을 중시하는 것이다. 또 하나는 이러한 소리로 표시될 뜻에 있어서는 어떠한가 하는 물음에 대해, 엥겔스의 "언어의 점차적 발전은 촉각기관의 정확성과 병행된다."고 하는 내용을 인용하며, 조선말은 감각 용어가 발달되어 있어 예리하고 풍부하게 그 뜻을 전달할 수 있다고 설명한다. 감각 용어의 발달 중 특히 의음어 의태어의 풍부를 들고 있다.

그런데, 이태준의 다음과 같은 말을 상기해보면, 월북 이전 그가 강조했던 감각어 문제와 월북 이후 『신문장강화』에서 이렇게 설명되고 있는 감각어의 활용은 그 초점이 약간 달라져 있음을 알 수 있다.

서정문이라 하면 과거에는 애달프고 달큼한 감상만을 쓰는 글로 알아온 폐가 있다. 그 시대에는 정의를 예찬하며 불의를 미워하는 격한 감정을 표현할 자유가 없었기 때문에 정서를 주로 하는 글은 절로 애상을 주제로 하는 데 치우치기 쉬웠던 것이다(『신문장강화』에서).

월북 이후 감각어의 용처는 어쩌면 정의를 예찬하고 불의를 미워하는 격한 감정을 표현할 수 있는 것이었는지도 모른다. 그런데 이 감각어만으로 이데올로기를 자유롭게 표현하는 데는 무리가 있지 않았을까. 이태준이 꿈꾸던 이상적인 사회가 있었다고 가정할 때 감각어로 표현될 수 있는 세계와 생경한 이데올로기를 구현하는 언어 사이에 모종의 균열이 싹트고 있었던 것은 아닐까. 이태준의 『신문장강화』는 달라진 공간 속에서도 민족어로서의 조선어를 구축하기 위해 한자를 배제하며 순국문과 감각어를 강조하고 있다. 또 달라진 장르개념을 보여주는데 특히, 격문의 설명에서는 3·1운동을 계승하고자 하는 정신적인 측면과 맞닿아 오히려 민족 정체성 구현으로 경사되는 면모를 보여주기도 한다.

4. 새로운 글쓰기 양식의 강조와 문체관의 변화

『문장강화』와 『신문장강화』는 체재와 구성이 비슷하면서도 특히 예문에 있어서는 많은 차이가 있다. 이 부분은 따로 논의해야 할 필요가 있다. 여기서는 그 차이를 상징적으로 알 수 있는 몇 가지에 주목해보기로 한다. 다음은 『무서록』에 실려 있는 산문 「목수들」의 일부이다.

나는 그들에게 도급으로 맡기려 했다. 예산도 빠듯하지만 간역할 틈이 없다. 그런데 목수들은 도급이면 일할 재미가 없노라 하였다. 밑질까봐 염려, 품값 이상으로 남기려는 궁리, 그래 일손에 재미가 나지 않고, 일재미가 나지 않으면 일이 솜씨대로 되지 않는다는 것이다. 이런 솔직한 말에 나는 <u>감복하였고</u> 내가 조선집을 지음은 <u>이조</u> 건축의 순박, 중후한 <u>맛을 탐냄에</u> 있음이라. 그런 전통을 표현함에는 돈보다 일에 정을 두는 이런 <u>구식 공인들의 손이</u> 아니고는 불가능할 것이므로 <u>오히려 다행이라</u> 여겨 일급으로 정한 것이다(『무서록』에 수록된 「목수들」).

　　나는 그들에게 도급으로 맡기려 했다. 예산도 <u>빠듯하지만</u> 간역할 틈이 없다. 그런데 목수들은 도급이면 일할 재미가 없노라 하였다. 밑질까봐 염려, 품값 이상으로 남기려는 궁리, 그래 일손에 재미가 나지 않고, 일재미가 나지 않으면 일이 솜씨대로 되지 않는다는 것이다. 이런 솔직한 말에 나는 <u>크게 찔림을 받았다. 돈은 품값이면 족하고 잡념이 없이 일에</u> <u>충실하려는 그들의 창조적 태도에 나는 감복하였다.</u> 내가 조선집을 지음은 <u>조선</u> 건축의 순박, 중후한 <u>맛에 끌림이라,</u> 그런 전통을 표현함에는 돈보다 일에 정을 두는 이런 <u>진실한 목수들이</u> 아니고는 불가능할 것이므로 <u>나는 크게 다행히 여기고 그들이 마음 편히 일할 수 있다는</u> 일급으로 정한 것이다(『신문장강화』에 예문으로 수록된 「목수들」).

　　위 두 인용문은 이태준이 자신이 쓴 산문 「목수들」 중 일부이다. 그런데 『신문장강화』에 수록된 것을 보면 분명히 '필자의 소품집 『무서록』에서'라고 출전을 밝히고 있는데, 자세히 보면 위에 표시해놓은 것처럼 동일한 글이 아니다. 『무서록』에 실려 있던 「목수들」은 장인정신에 대한 감동을 드러내놓고 있는 데 반해, 『신문장강화』에 수록된 「목수들」은 잡념 없이 충실하게 일하는 창조적 태도를 지닌 진실한 노동자의 모습, 노동의 신성함을 보호하고자 하는 내용이 강조되고 있다. 이는 노동의 신성함을 강조하여 1947년도 인민경제 계획 예정치를 초과 달성하게 하는 '증산을 위한 열성자 대회'와 동일한 역할을 하도록 설정된 텍스트였을 가능성이 높다.

이미 이태준은 『문장강화』에서 『증정 문장강화』를 펴내면서, 이광수의 글 일부와 주요한의 글을 다른 예문으로 대체한 바 있다. 이를 '친일 잔재 청산이라는 민족적 열망에 부응한 것이자 이태준 자신의 민족됨의 순도를 증명하기 위한 일환'이라 보는 것은 해방 공간의 이태준의 사상적 변모가 어느 정도 반영되어 있음을 보여주는 것이다. 또 식사문의 예로 이광수의 글이 빠지고 이태준의 「재외혁명동지 환영문」이 수록되는데 이것도 해방 공간의 이태준의 일정한 면모를 보여주기도 한다. 이에 비해 『신문장강화』에서 발생하는 낙차는 아주 크다.

첫째, 언어 표현에서는 두음법칙을 적용하지 않은 점이 가장 큰 특징인데 이는 북한 문화어의 원칙에 따른 것으로 보인다.

둘째, 순국문으로 풀어 쓰고 있다는 점도 눈에 띄게 포착된다. 예를 들면 '문장작법'을 '글은 무엇으로 어떻게 쓰나'로, '문장과 언어의 제 문제'를 '글과 말의 문제들'로 한자 표기를 지양하고 한글 표현으로 바꿔 놓고 있다.

셋째, 예문을 교체하는 데 이태준 자신의 글이 10여 편이나 들어가 있다는 점, 예문 교체에 따라 설명 역시 많이 달라졌다.

넷째, 장르에서의 변화가 발생한다. 추도문, 논설문은 삭제되는 대신, 르포르타주·격문·선언서·메시지·호소문과 표어, 구호 등이 추가된다.

다섯째, 일본 제국주의에 대한 비판과 노동자 농민이 사용할 조선말과 인민 대중의 문화에 대한 강조, 스탈린, 김일성 찬양의 내용, 특히 군중에게 보내는 편지, 증산을 위한 열성자 대회 등 애국을 강조하는 내용 등이 수록되어 있어 북한 형성의 면모를 알 수 있다. 이 내용들이 당성, 인민성, 계급성의 강조로 귀결됨을 알 수 있다.

이태준은 『문장강화』에서는 '스타일은 곧 그 사람이다.'라고 했던 뷔퐁의 문체관을 강조했는데, 『신문장강화』에서는 개성을 강조하는 과거의 문체관에서 벗어나 '내용 따라 다른 문체로!'라고 하는 문체관을 제시한다. "누구는 문체가 어떻고, 누구의 문체는 어떻다로 문제될 것이 아니라, 누가 썼든지 '그 내용의 문제'로 문제되어야 옳을 것이다."라는 점을 강조하며, 괴테가 한 가지 문체로만 쓰지 않았던 것처럼 내용 따라 다른 문체를 써야 함을 강조하고 있다.

이는 곧 새로이 설정한 장르 개념과도 연결될 것 같다. 『문장강화』에서의 장르 분류는 꼭 그대로는 아니지만, 구메 마사오久米正雄의 『문장작법文章の作り方』의 영향을 받은 듯이 보인다. 그런데, 『신문장강화』에서 새로이 제시되고 있는 장르를 감안해서 보면, 장르는 시대의 변화가 만들어낸다고 할 수 있을 터이다. 물론 없던 장르를 탄생시켰다기보다는 주목받지 않던 장르가 주된 장르로 부각되는 과정의 문제를 지적하는 것이다. 이를 정리해보면 다음과 같다.

기사문, 서사문, 서정문, 감상문, 논문, 수필, 기행문, 일기, 편지(구메 마사오, 『문장 작법』).

일기, 서간문, 감상문, 서정문, 기사문, 기행문, 추도문, 식사문, 논설문, 수필(이태준, 『문장강화』).

일기, 편지, 감상문, 서정문, 기사와 인상기, 르포르타주, 기행문, 수필, 식사문, 격문과 선언서, 메시지와 호소문과 표어, 구호(이태준, 『신문장강화』).

5. 『신문장강화』의 시간

『신문장강화』는 1952년 12월 1일 발행된 것으로 되어 있다. 그렇다면 6·25전쟁 중에 인쇄는 어떻게 가능했을까? 북한과 재일조선인들과의 관계는 이때 어느 정도의 긴밀한 관계를 유지했는가? 이태준은 『신문장강화』로의 수정 작업을 언제 했을까? 하는 몇 가지 질문을 해볼 수 있다.

이중 『신문장강화』로의 수정 작업을 언제 했을까 하는 질문에 대한 답을 텍스트 내부에서 찾아보기로 하자. 『신문장강화』 텍스트 내부의 시간은 그가 월북한 이후부터 1948년 12월 정도까지로 추측된다. 수록된 예문 중 시기를 알려주는 것으로 중요한 몇 가지를 들어보면 다음과 같다. 1948년 8월 25일에 개최된 평화옹호 국제문화인대회, 1948년 10월 8일과 10월 21일에 주고받은 박헌영과 클레멘치스의 편지, 1948년 11월 12일 스탈린 대원수에게 드리는 메시지, 1948년 12월 『문학예술』에 수록된 이태준의 소설 「첫 전투」 등이다. 특히 1952년부터 비판 받으며 1953년 숙청당한 임화의 시, 박헌영의 편지가 수록되어 있는 것을 보면 숙청에의 우려 같은 것은 염두에 두고 있지 않았던 시기에 『신문장강화』 수정 작업을 했다고 보아야 할 것 같다. 그러니 1952년보다 더 전 시기에 이 작업이 이루어졌을 것이다.

또 『신문장강화』의 시간을 알려주는 중요한 표지는 『의유당일기』이다. 이것은 『문장강화』에는 수록되지 않았던 것이다. 정확히 말하면 『의유당일기』는 이병기 교주校註로 백양당에서 1948년 간행되었기 때문에 『문장강화』에는 수록이 불가능한 예문이다. 이태준은 『신문장강화』에서 '산문으로 가장 귀여운 존재인 『의유당일기』는 세상에 알려진 지 얼마 안 된다'고 쓰고 있다. 이태준의 문제의식이 얼마나 당대적인가를 눈여 거볼 수 있는 대목이다. '성실한 현실 추구'를 하는 작가라는 평가는 이러한 이태준의 모습에서 확인 가능하다.

이외에도 1946년 후반부터 1948년 사이에 일어난 남북한 정치 상황의 구체적인 모습이 예문으로 선택되어 들어가 있다. 남조선 단독선거를 반대하고 통일된 조국을 요구하며 모스크바 3상 회의를 지지하는 북조선의 입장을 확인할 수 있고, 남조선 철도 노동자들이 조선 최고인민회의 1차 회의에 보낸 축하문을 통해 남북의 연락 관계를 알 수도 있다. 북조선 청년들의 민주청년동맹이 소련 청년을 핵심으로 한 세계민주청년연맹의 일환으로서 반제국주의 투쟁에서 국제적 연결성을 강조하고 있는 모습, 애국적인 민주주의적 증산 경쟁을 전 북조선적으로 전개하기 위해 설정한 생산목표 즉 노동규율 엄수, 근면 성실한 태도, 문맹자 완전 퇴치 등을 확인할 수 있다.

이태준은 1946년 5월, "우리는 먼저 모든 환상을, 즉 국내 자체에서부터 인공이고 임정이고, 우익이고 좌익이고 자편도취의 환상, 감상, 이런 것을 깨끗이 청산하고 실제적인 견해와 행동을 하자."(「정열과 지성」 《민성》, 1946년 5월)고 했었다. 1946년 8월부터 10월까지의 소련 여행을 마친 후 쓴 『소련기행』에서는 '단순한 애국의 위험성에 대해 경계'하며 국가주의를 비판하기도 했던 그가, 1948년 무렵에는 다시 김일성과 북조선을 대상으로 하는 애국주의 이데올로기를 강조하고 있음을 『신문장강화』에 소개된 예문을 통해 확인할 수 있다.

그에게 이데올로기란 과연 무엇이었을까? 증언을 얼마나 신뢰할 수 있는지 모르겠지만, 2008년 12월 30일자 경향신문에 소개된 기사 「'현대사 아리랑' 조선 제일의 작곡가 김순남 하ㅏ」에 보면 이태준과 관련되는 강상호의 증언이 있다. 당시 소련파였으며 내무성 부상이던 강상호의 증언에서 이태준은 무용가 최승희, 음악가 김순남과 함께 '우리 조선

민족을 세계에 자랑할 수 있는 천재적인 예술가'로 칭송받았다고 한다.

다음은 취조당할 때 이태준이 했던 답변이다.

"박헌영을 어떻게 생각하나?"

"그의 정치 노선을 지지했다. 민족 통일을 위해서는 그의 혁명 노선이 옳다고 생각하고 있다."

"해방 후 서울에서 미제 앞잡이 노릇을 했지 않았는가?"

"해방의 공간에서 서울은 다소 우왕좌왕했다. 그러나 미국의 간첩 활동을 한 적은 결코 없으니 날조하지 말라."

'실제적인 견해와 행동을 하자.'고 강조했던 이태준의 발언과 위의 진술에 기대 보면 민족의 앞날에 대한 이태준의 청사진이 나름대로 존재했을 것 같다. 그 청사진이 무엇이었는지 정확히 알 수 없으나, 월북 후의 그의 소설 중 토지개혁의 내용을 담고 있는「농토」나 문맹퇴치 사업을 그리고 있는「호랑이 할머니」와 같은 작품을 보면 북조선이 조선인민민주주의 공화국으로 발전해 나가는 데 나름대로의 역할을 했던 것만은 분명하다.

1953년에 편찬된『교재편찬기보』에 1952년도 북한 국어교과서 재편찬의 원칙이 제시되어 있는데, 김일성, 레닌, 스탈린을 다룬다거나, 조소친선 및 인민들의 투쟁에 대한 것, 인민군대에 대한 것, 민족적 자부심 혹은 조선적인 관점의 강조, 아동문학의 문체 서술 등을 강조하고 있음을 볼 수 있다. 이는 이미『신문장강화』에서도 나타나는 내용들이다. 1953년과 1956년 숙청대상으로 비판이 될 때마다 북한에서 이태준의 지위는 위태로웠던 것 같다. 그런데도 1952년에 발행된 이태준의『신문장강화』가 조선어 글쓰기 교재의 주춧돌 역할을 한 것은 이후 정황으로도 증명된다. 『신문장강화』 속에 많이 들어 있는 르포르타주, 격문, 선언서 등은 북한 사회에서 필요한 글쓰기 양식으로, 그 내용을 현재의 이념적 내용으로 바꾼다면 손색없는 하나의 실용문이 탄생할 것이다.

그런데도 아쉬운 것은 1952년 이후의 이태준의 글이나 소설을 북한 자료에서조차 일절 볼 수 없다는 점이다. 『신문장강화』야말로 월북 이후의 이태준을 추정해볼 수 있는 남북한의 마지막 텍스트가 되는 것이다. 현실 사회주의가 몰락한 지금의 시점에서 보면 『신문장강화』에 수록된 많은 예문은 한낱 이상주의자의 편린을 보여주는 것에 불과하지만, 『신문장강화』의 의미는 북한 문체의 원형을 이루었다는 점에서 검토의 가치가 충분한 텍스트이다. 글쓰기 교재로서 『신문장강화』는 『문장강화』보다 현실적인 의미에서 더 참조할 만하다. 체제가 달라 이념적으로는 예문이 안겨주는 거부감을 피할 수 없지만, 글쓰기라는 측면에서는 일정 부분이 더 정교화하고 있기 때문이다.

1904년 11월 4일 강원도 철원군 묘장면 산명리 출생. 부친 이창하李昌夏, 모친 순흥
안씨의 1남 2녀 중 장남. 집안은 장기 이씨長鬐 李氏 용담파龍潭派(「장기 이씨
가승家乘」에 의하면 상허의 본명은 규태奎泰. 부친의 정실은 한양 조씨이고 적
자로 규덕奎惠이 있음). 호는 상허尙虛 · 상허당주인尙虛堂主人. 부친 이창하
(1876~1909년)의 자字는 문규文奎, 호는 매헌梅軒. 철원공립보통학교 교원,
덕원감리서 주사를 역임한 개화파적 지식인.

1909년 망명하는 아버지를 따라 러시아 땅 해삼위(블라디보스토크)로 이주. 8월 부
친의 사망으로 귀국하던 중 함경북도 배기미梨津에 정착. 서당에서 한문 수학.

1912년 어머니 별세로 고아가 됨. 외조모 손에 이끌려 고향 철원 용담으로 귀향하여
친척집에 맡겨짐.

1915년 안협의 오촌집에 입양. 다시 용담으로 돌아와 오촌 이용하李龍夏의 집에 기거
함. 철원 사립봉명학교에 입학.

1918년 3월에 봉명학교를 우등으로 졸업. 철원 읍내 간이농업학교에 입학하나 한 달
후 가출하여 여러 곳을 방랑하다 원산 등지에서 객주집 사환 등의 일을 하며
2년여를 보냄. 외조모가 찾아와 보살핌. 이때 문학서적 탐독. 이후 중국 안동
현까지 인척 아저씨를 찾아갔다가 뜻을 이루지 못하고 경성으로 옴.

1920년 4월 배재학당 보결생 모집에 응시하여 합격하나 입학금 마련이 어려워 등록
하지 못함. 낮에는 상점 점원으로 일하며 밤에는 야학에 나가 공부함.

1921년 4월 휘문고등보통학교에 입학. 고학생으로 비교적 우수한 성적을 받음. 이
때 상급반에 정지용 · 박종화, 하급반에 박노갑, 스승으로 가람 이병기가 있
었음. 습작을 시작함.

1924년 《휘문》의 학예부장으로 활동. 동화「물고기 이약이」 등 6편의 글을 《휘문》 제
2호에 발표. 6월 13일에 동맹휴교의 주모자로 지목되어 5년제 과정 중 4학
년 1학기에 퇴학. 이 해 가을 휘문고보 친구인 김연만의 도움으로 유학길에
오름.

1925년 일본에서 단편소설 「오몽녀五夢女」를 『조선문단』에 투고하여 입선, 《시대일
보》(7월 13일)에 발표하며 등단함.

1926년 4월 동경 Sophia대학上智大學 예과에 입학. 신문·우유 배달 등을 하며 '공기만을 먹고사는' 매우 궁핍한 생활을 함. 동경에서 《반도산업》 발행. 이때 나도향, 화가 김용준·김지원 등과 교유.

1927년 11월 학교를 중퇴하고 귀국함. 각 신문사와 모교를 방문하여 일자리를 구하나 취업난에 직면함.

1929년 개벽사에 기자로 입사. 《학생》(1929년 3월~10월) 창간 때부터 책임자. 《신생》 등의 잡지 편집에 관여함. 《어린이》지에 소년물과 장편掌篇을 다수 발표함. 9월 백산 안희제의 사장 취임에 맞춰 《중외일보》로 자리를 옮김. 사회부에서 3개월 근무 후 학예부로 옮김.

1930년 이화여전 음악과를 갓 졸업한 이순옥李順玉과 결혼.

1931년 《중외일보》(6월 19일 종간)기자로 있다가, 신문 폐간과 함께 개제된 《중앙일보》(사장 여운형) 학예부 기자가 됨. 장녀 소명小明 태어남. 경성부 서대문정 2정목 7의 3 다호에 거주.

1932년 이화여전梨專(1932~1937년)·이화보육학교梨保·경성보육학교京保 등 학교에 출강하며 작문을 가르침. 장남 유백有白 태어남.

1933년 박태원·이효석 등과 함께 '구인회九人會'를 조직. 1933년 3월 7일 《중앙일보》에서 개제된 《조선중앙일보》 학예부장에 임명됨. 경성부 성북정 248번지로 이사. 이후 월북 전까지 이곳에서 거주함.

1934년 차녀 소남小楠 태어남.

1935년 1월, 8월 2회에 걸쳐 표준어사정위원회 전형위원, 기록 담당. 《조선중앙일보》를 퇴사, 창작에 몰두함.

1936년 차남 유진有進 태어남.

1937년 「오몽녀五夢女」가 나운규에 의해 영화화됨(주연 윤봉춘, 노재신. 이 작품이 춘사春史의 마지막 작품임).

1938년 만주 지방 여행.

1939년 《문장》지 편집자 겸 신인 작품의 심사를 맡음(임옥인·최태응·곽하신 등이 추천됨). 이후 황군위문작가단, 조선문인협회 등의 단체에서 활동.

1940년 삼녀 소현小賢 태어남.

1941년 제2회 조선예술상 받음(1회는 춘원春園 이광수가 수상).

1943년 강원도 철원 안협으로 낙향. 해방 전까지 이곳에서 칩거함.

1945년 문화건설중앙협의회, 문학가동맹, 남조선민전 등의 조직에 참여. 문학가동맹 부위원장, 민주주의 민족전선 문화부장, 《현대일보》 주간 등을 역임.

1946년 7월~8월 상순 사이에 월북. 「해방전후」로 제1회 해방문학상 수상. 장남 휘문중학 입학. 8월 10일부터 10월 17일까지 '방소문화사절단' 의 일원으로 소련의 모스크바, 레닌그라드 등지를 여행.

1947년 5월 소련 여행기인 『소련기행』이 남쪽에서 출간됨.

1948년 8·15북조선최고인민회의 표창장을 받음. 북조선문학예술총동맹 부위원장, 국가학위수여위원회 문학분과 심사위원이 됨.

1949년 단편 「호랑이 할머니」 발표. 이 작품은 해방 후 북한에서 발표된 '최고의 걸작' 으로 평가됨.

1950년 6·25 동란 중 낙동강 전선까지 종군갔다가 돌아오는 길에 서울에 들러 문학동맹 사람들을 모아놓고 전과 보고 연설을 함. 10월 중순 평양수복 때 '문예총' 은 강계로 소개疏開하였는데 이태준은 따라가지 않고 평양 시외에 숨어 있으면서 은밀히 귀순을 모색하였다고 함. 12월 국방군의 북진을 따라 문화계 인사들이 이태준을 구출하려 했으나 실패함.

1952년 남로당과 함께 숙청될 위기에서 소련파 기석복奇石福의 후원으로 제외됨.

1954년 3개월간의 사상검토 작업 중 과거를 추궁당함.

1956년 소련파의 몰락과 더불어 과거 '구인회' 활동과 사상성을 이유로 1월 조선노동당 중앙위원회 상무회의 결의로 임화, 김남천과 함께 가혹한 비판을 받음. 2월 '평양시당 관할 문학예술부 열성자대회' 에서 한설야에 의해 비판, 숙청당함.

1957년 함흥노동신문사 교정원으로 배치됨.

1958년 함흥 콘크리트 블록 공장의 파고철 수집 노동자로 배치됨.

1964년 중앙당 문화부 창작 제1실 전속작가로 복귀함.

1969년 김진계의 구술기록(『조국』, 현장문학사, 1991년(재판))에 의하면, 1월경 강원도 장동탄광 노동자 지구에서 사회보장으로 부부가 함께 살고 있었다고 함. 이후 연도 미상이나 사망한 것으로 알려짐(북한의 원로 문학평론가 장현준과의 인터뷰 기사, 《한겨레신문》, 1991년 12월 19일). 일설에는 1953년 남로당파의 숙청이 끝난 가을 자강도 산간 협동농장에서 막노동을 하다가 1960년대 초 산간 협동농장에서 병사한 것으로 알려짐(강상호, 「내가 치른 북한 숙청」, 《중앙일보》, 1993년 6월 7일).

┃작품 연보┃

■ 단편소설

1925년 「오몽녀五夢女」, 《시대일보》, 7월 13일

1926년 「구장의 처」, 《반도산업》, 1월(신발굴)

1929년 「행복幸福」, 《학생》, 3월

　　　「그림자」, 《근우》 창간호, 5월

　　　「온실화초溫室花草」, 《조선일보》, 5월 10일~12일

　　　「누이」, 《문예공론》, 6월

1930년 「기생妓生 산월山月이」*, 《별건곤》, 1월

　　　「어떤 날 새벽」, 《신소설》, 9월

1931년 「결혼結婚의 악마성惡魔性」**, 《혜성》, 4월 6일

　　　「고향故鄕」, 《동아일보》, 4월 21일~29일

　　　「불도 나지 안엇소, 도적도 나지 안엇소, 아무 일도 없소」***, 《동광》, 7월

1932년 「봄」, 《동방평론》, 4월

　　　「불우선생不遇先生」, 《삼천리》, 4월

　　　「실락원失樂園 이야기」, 《동방평론》, 7월

　　　「서글픈 이야기」, 《신동아》, 9월

　　　「코스모스 이야기」, 《이화》****, 10월

1933년 「슬픈 승리자勝利者」, 《신가정》, 1월

　　　「꽃나무는 심어놓고」, 《신동아》, 3월

　　　「아담의 후예後裔」, 《신동아》, 9월

　　　「어떤 젊은 어미」, 《신가정》, 10월

　　　「달밤」, 《중앙》, 11월

1934년 「촌띄기」, 《농민순보》, 3월

---

* 『달밤』에선 「산월山月이」로 개제됨.
** 『달밤』에선 「결혼結婚」으로 개제되고, 남편 이름도 H에서 T로 바뀜.
*** 『달밤』에선 「아무도 일도 없소」로 개제됨.
**** 이화여전 교지.

	「점경點景」,《중앙》, 9월
	「어둠」*,《개벽》, 11월
1935년	「색시」,《조광》, 11월
	「손거부孫巨富」,《신동아》, 11월
	「순정純情」,《사해공론》, 11월
1936년	「삼월三月」,《사해공론》, 1월
	「가마귀」,《조광》, 1월
	「바다」,《사해공론》, 7월
	「장마」,《조광》, 10월
	「철로鐵路」,《여성》, 10월
1937년	「복덕방福德房」,《조광》, 3월
	「사막沙漠의 화원花園」,《조선일보》, 7월 2일
1938년	「패강냉浿江冷」,《삼천리문학》, 1월
1939년	「영월영감寧越令監」,《문장》, 2월~3월
	「아련阿蓮」「농군農軍」,《문장》, 6월
1940년	「밤길」,《문장》, 6·7 합병호
1941년	「토끼 이야기」,《문장》, 2월
1942년	「사냥」,《춘추春秋》, 2월
	「석양夕陽」,《국민문학》, 2월
	「무연無緣」,《춘추》, 6월
1943년	「석교石橋」**,《국민문학》, 1월
	「뒷방마냄」,『돌다리』, 박문서관, 1943년 1월 2일
	「즐거운 기억記憶」,《한성일보》, 10월
1946년	「너」,《시대일보》, 2월
	「해방전후解放前後」,《문학》, 8월
1948년	「첫 전투」,《문학예술》 4호, 12월
1949년	「아버지의 모시옷」,『첫 전투』, 문화전선사, 1949년 11월

* 두번째 작품집 『가마귀』에 실릴 때는 제목이 「우암노인愚菴老人」으로 바뀌고 주인공 이름도 '해석海石노인'에서 '우암노인'으로 개명改名됨.
** 『돌다리』(박문서관, 1943년)에서 「돌다리」로 개제됨.

「호랑이 할머니」, 『첫 전투』, 문화전선사, 1949년 11월

「삼팔선 어느 지구에서」, 『첫 전투』, 문화전선사, 1949년 11월

1950년 「먼지」, 《문학예술》, 3월

1952년 「고귀한 사람들」, 『고향길』, 재일본조선인교육자동맹

「고향길」, 『고향길』, 재일본조선인교육자동맹

「백배천배로」, 『고향길』, 재일본조선인교육자동맹

「누가 굴복하는가 보자」, 『고향길』, 재일본조선인교육자동맹

「미국 대사관」, 『고향길』, 재일본조선인교육자동맹

「네거리에 선 전신주」, 『고향길』, 재일본조선인교육자동맹

「두 죽음」*

■ 중편소설

1934년 「박물장사 늙은이」, 《신가정》, 2월~7월

1935년 「애욕愛慾의 금렵구禁獵區」, 《중앙》, 3월

1937년 「코스모스 피는 정원庭園」, 《여성》, 3월~7월

■ 장편소설

1931년 「구원久遠의 여상如像」, 《신여성》, 1932년 3월~8월

1933년 「법法은 그러치만」, 《신여성》, 1933년 4월~1934년 4월

「제이第二의 운명運命」, 《조선중앙일보》, 1933년 8월 25일~1934년 2월 23일

1934년 「불멸不滅의 함성喊聲」, 《조선중앙일보》, 1934년 5월 15일~1935년 3월 30일

1935년 「성모聖母」, 《조선중앙일보》, 1935년 5월 26일~1936년 1월 20일

1936년 「황진이黃眞伊」**, 《조선중앙일보》, 1936년 6월 2일~6월 30일

1937년 『제이第二의 운명運命』, 한성도서, 1937년 2월

『구원久遠의 여상女像』, 영창서관, 1937년 6월

* 출전 미확인.

** 《조선중앙일보》에 연재되던(상편 33회, 중편 43회) 「황진이」는 하편 1편에서 중단됨. 이유는 《동아일보》의 손기정 선수 사진의 일장기 말소사건과 관련하여 《조선중앙일보》가 자진 휴간했기 때문.

「화관花冠」,《조선일보》, 1937년 7월 29일~12월 22일

1938년 『황진이黃眞伊』, 동광당서점, 1938년 2월

『화관花冠』, 삼문사, 1938년 9월

1939년 「딸 삼형제」*,《동아일보》, 2월 5일~7월 19일

『삼자매三姉妹』, 문장사, 1939년 11월

1940년 「청춘무성靑春茂盛」**,《조선일보》, 3월 12일~8월 11일

『청춘무성靑春茂盛』, 박문서관, 1940년 10월

1941년 「사상思想의 월야月夜」,《매일신보》, 3월 4일~7월 5일

1942년 「별은 창窓마다」,《신시대》, 1942년 1월~1943년 6월

「행복幸福에의 흰 손들」***,《조광》, 1942년 1~1943년 6월

「왕자호동王子好童」,《매일신보》, 1942년 12월 22일~1943년 6월 16일

1943년 『왕자호동王子好童』, 남창서관, 1943년 11월

『삼인우달三人友達』, 남창서관 , 1943년 11월

1945년 『별은 창窓마다』, 박문서관, 1945년 3월

1946년 「불사조不死鳥」****,《현대일보》, 1946년 3월 27일~7월 19일

『세 동무』, 범문사, 1946년 5월

『사상思想의 월야月夜』, 을유문화사, 1946년 11월

1948년 『농토農土』, 삼성문화사, 1948년 8월

1949년 「신혼일기新婚日記」*****,《광문서림》, 1942년 2월

■ 수필

1928년 「백일몽」 상 · 하,《동아일보》, 7월 11일~12일 (신발굴)

1929년 「끽다喫茶와 악수握手」,《별건곤》, 1월

「야단들이다」 「추억(중학시대)」,《학생》, 4월

* 단행본(문장사, 1939년)은 『삼자매三姉妹』로 개제함.
** 《조선일보》가 일제에 의해 강제 폐간되면서 중단됨. 단행본(박문서관)에는 이 작품을 9월 26일 탈고했다
고 밝힘.
*** 후에 『삼인우달三人友達』(남창서관, 1943년), 『세동무』(범문사, 1946년), 『신혼일기新婚日記』(광문서
림, 1949년) 세 작품으로 나뉘어 개제됨.
**** 연재 중단됨.
***** '일명一名 세동무' 라는 부제가 붙어 있음.

「물」, 《신생》, 7월 8일

「용담龍潭 이야기」, 《신동아》, 9월

「무식無識」, 《한글》, 9월

「낙서(밤)」, 《신생》, 10월

「편지—나의 존경하는 S 군에게」, 《여인》, 10월

「돈과 청한淸閑」, 《신생》, 11월

「낙서(목욕과 이발)」, 《신생》, 12월 3일

「남행열차」, 《신동아》, 12월

1933년　「수상이제隨想二題」, 《중앙》, 1월

「낙서」, 《신생》, 2월

「봄글」, 《신동아》, 3월

「그들의 얼굴 우에서」, 《신가정》, 3월

「못본이 상상기」, 《신가정》, 3월

「낙서」, 《신생》, 3월

「조고만 객줏집 사환」, 《신가정》, 4월

「동경에 있는 S 누이에게」, 《신가정》, 4월

「내게는 웨 어머니가 없나」, 《신가정》, 5월

「낙화의 적막」, 《신가정》, 6월

「무서운 바다」, 《신가정》, 8월

1934년　「인생과 연애」, 《중앙》, 5월

「만년필」, 《학등》, 5월

「강아지」, 《신가정》, 4월

「음악과 가정」, 《중앙》, 6월

「태극선」, 《조선중앙일보》, 6월 11일

「고독」, 《신가정》, 10월

「파초」, 《청년조선》, 10월

「여정旅情의 하로」, 《조선중앙일보》, 12월 13일~19일

1935년　「청춘고백—공상시대」, 《학생》, 1월

「복사꽃」 「P 군 생각—학창의 추억」, 《학생》, 4월

「신도」, 《학등》, 4월

「한일하일산화閑日—夏日散話」,《조선중앙일보》, 7월 2일

「집 이야기」,《삼천리》, 9월

「불국사의 돌층계」,《조광》, 11월

「나와 동식물—나와 닭」,《조광》, 11월

1936년 「어렴풋한 시절」,《조광》, 1월

「옆집의 '냄새' 업業」,《중앙》, 1월

「고목」「내가 가진 귀중품—서안삼품書案三品」,《조광》, 3월

「감사」,《이화》, 3월

「달래」,《여성》, 4월

「미쓰 스프링」,《중앙》, 4월

「춘복春服은 미완성—여잔잡기旅棧雜記 · 1」,《조선중앙일보》, 4월 18일

「사금 · 광산 · 곡선—여잔잡기 · 2」,《조선중앙일보》, 4월 20일

「해협 오전3시—여잔잡기 · 3」,《조선중앙일보》, 4월 22일

「산양선山陽線의 우울—여잔잡기 · 4」,《조선중앙일보》, 4월 23일

「악 아닌 악—여잔잡기 · 5」,《조선중앙일보》, 4월 24일

「매화 · 총 · 철도—여잔잡기 · 6」,《조선중앙일보》, 4월 25일

「러스킨 문고—여잔잡기 · 7」,《조선중앙일보》, 4월 26일

「기종신서일지란機種新書—枝蘭—여잔잡기 · 8」,《조선중앙일보》, 4월 27일

「온실의 자연들—여잔잡기 · 9」,《조선중앙일보》, 5월 1일

「야간비행」,《조선문학》, 6월

「바다」,《중앙》, 8월

「피서지의 하로」,《여성》, 9월

1937년 「병후수제」,《이화》, 6월

1938년 「'이상견빙지履霜堅氷至' 기타」,《삼천리문학》, 4월

1939년 「모방模倣」,《문장》, 4월

「목수들」,《문장》, 9월

「문방잡기文房雜器」,《문장》, 12월

1940년 「소설小說의 어려움 — 이제 깨닫는 듯」「작가지망인을 위하야」,《문장》, 2월

「양란養蘭」,《여성》, 7월

「지원병훈련소의 일일」,《문장》, 11월

「묵죽墨竹과 신부」,《여성》, 12월

「체홉의「오렝카」,《삼천리》, 12월

1941년 「희망」,《박문》, 1월

「무서록無序錄」, 박문서관, 9월

1942년 「덕수궁박물관」[*],《신시대》, 4월

「도변야화陶邊夜話」,《춘추》, 8월

1943년 「의무진기意無盡記」[**],《춘추》, 5월(신발굴)

1944년 「목포 조선 현지기행」,《신시대》, 6월

「자연과 인생」,《신시대》, 7월

1945년 「여성에게 보내는 말—선후의 분별」,《여성문화》, 12월

「산업문화에서의 창씨개명문제」,《우리공론》, 12월

1947년 「붉은 광장에서—소련기행」,《문학》3호, 4월

■ 평론

1927년 「도향稻香생각 몇 가지」,《현대평론》, 8월

1930년 「조선朝鮮의 문학평론文學評論은 어디로 귀결歸結될까?—문제막연問題漠然」,《대조》3호, 5월

「제10회 조선서화협전을 보고」1~8,《동아일보》, 10월 22일~31일

1931년 「시인詩人・명상冥想・예언豫言〈자연自然과 그 예찬자禮讚者〉」,《매일신보》, 2월 1일~5일

「학생연작소설개평學生連作小說槪評」,《학생》2호 3호~5호, 3월~5월

1932년 「사라지는 서울의 시」,《조선일보》, 1월 28일

「독서소론讀書小論」,《신생》38호, 2월

1933년 「투르게—넵흐와 나」,《조선일보》, 8월 22일~26일,

「예술藝術의 동서東西」,《조선일보》, 8월 31일~9월 1일

「신문소설과 작자심경— '제이第二의 운명運命'을 쓰면서」,《삼천리》, 10월

「평가評家여 좀더 겸손謙遜하여라」,《조선일보》, 10월 14일

* 『상허문학독본』에 수록되면서 「박물관」으로 개제됨.
** 연세대 근대한국학연구소 연구원 김재영이 발굴하여 『상허학보』(2005년)에 소개한 바 있다.

「단편短篇과 장편掌篇, 환경環境에 적응適應하는 형태形態로서」, 《동아일보》, 3월 9일~30일

「'무지無知한 독자讀者'라는 것」, 《동아일보》, 12월 6일

1934년 「작품作品과 생활生活이 경주중競走中」, 《조선일보》, 1월 1일

「박화성의 『백화白花』」, 《조선중앙일보》, 3월 25일

「글짓는 법 A.B.C─처음 글쓰는 이들을 위하야」, 《중앙》8호~15호, 1934년 6월~1935년 1월

1935년 「김동인 씨金東仁氏의 단편집短篇集 『감자』」, 《조선중앙일보》, 3월 14일

「김문집 저 『비평문학批評文學』에 대한 각계의 일가견─家見」, 《청색지》, 5월

「소설小說과 문장文章」, 《사해공론》, 6월

「내가 존경하는 현대조선의 작가와 외국인에게 자랑할 작품」, 《중앙》, 6월

「구인회九人會에 대한 난해難解·기타其他」, 《조선중앙일보》, 8월 11일~12일

「내가 본 톨스토이」, 《조선중앙일보》, 11월 20일

「남의 글」, 《학등》, 12월

1936년 「신춘창작계개관新春創作界槪觀 ─ 간단簡單한 독후감讀後感」, 《조선중앙일보》, 1월 27일~29일

「광업자와 작가」, 《조선문학》, 5월

「그의 고난에 경례敬禮한다」, 《조선중앙일보》, 6월 22일

「한글문학만이 조선문학」, 《삼천리》76호, 8월

1937년 「누구를 위해 쓸 것인가?─근감수제近感數題」, 《조선일보》, 5월 25일~26일

「문단타진즉문즉답기─'휴맨이즘' 운운云云은 평론評論을 위爲한 평론評論」, 《동아일보》, 6월 4일

「평론태도評論態度에 대對하여─평필評筆의 초조성焦燥性」, 《동아일보》, 6월 27일

「평론태도評論態度에 대對하여─작가作家가 바라는 평론가評論家─(평자評者도 자기自己부터 찾기를)」, 《동아일보》, 6월 29일

「문장일어文章─語」, 《조선문학》, 6월

「소설 심사평」, 《이화》, 6월

「성패일반成敗─般」, 《조광》, 7월

「생활양식生活樣式과 입체적立體的 구성構成」,《조선일보》, 7월 14일

「'인격존중人格尊重' 비판批判을 대망待望」,《조광》, 9월

「경산수필집鸞山隨筆集『노방초路傍草』를 읽고」,《조선일보》, 12월 25일

1938년 「참다운 예술가藝術家 노릇, 이제부터 시작始作할 결심決心이다」,《조선일보》, 3월 1일

「김상용金尙鎔의 인간人間과 예술藝術」,《삼천리문학》, 4월

「일인칭소설一人秤小說의 초연의식超然意識」,《조선일보》, 6월 1일

「소설독본小說讀本」,《여성》28호, 7월

「탄식歎息하는 동방정신東方精神」,《조선일보》, 8월 5일

「작품애作品愛」,《박문》1호, 10월

「이광수 씨의 전작全作『사랑』을 추천推薦함」,《조선일보》, 11월 14일

「춘원春園의 전작全作『사랑』독후감」,《박문》3호, 12월

1939년 「비평批評과 비평정신批評精神」,《조선일보》, 5월 31일~6월 6일

1940년 「문장의 고전 · 현대 · 언문일치」,《문장》, 3월

「신작가新作家 최태응 군崔泰應君 · 기타其他」,《문장》, 4월

「박태원『소설가 구보씨의 일일』에」,《삼천리》, 7월

「통속성 · '춘향전'의 맛」,《문장》, 9월

「고완품古翫品과 생활生活」,《문장》, 10월

「기생妓生과 시문詩文」,《문장》, 12월

1941년 「소설小說」,《문장》, 3월

「문학구성文學構成의 특질特質」,《삼천리》148호, 9월

1942년 「우리 문단文壇의 길조吉兆—신춘문예선후감新春文藝選後感(소설)」,《매일신보》, 1월 7일

「두 연재물連載物에 대하여 — 연재장편連載長篇과 작가作家」,《대동아》2호, 7월

1945년 「아동문학에 있어서의 성인문학가의 임무」,《아동문학》1호, 12월

1946년 「수상隨想—이상履霜」,《서울신문》, 1월 1일

「전망展望이라기보다 주장主張—해방제이년解放第二年의 문화계文化界 전망展望(창작)」,《개벽》, 1월

「시대성과 예술성」,《서울신문》, 1월 25일

「문화인의 정치항전政治抗戰」,《중앙신문》, 2월

「문학과 정치―우리는 왜 정치에 관여하는가」,《한성일보》, 2월 26일~3월 3일

「작자의 말」,《현대일보》, 3월 25일

「정열情熱과 지성知性」,《민성》6호, 5월

「국어國語에 대하여」,《대조》2호, 7월

「문학가동맹文學家同盟 여러분에게」,《문학》2호, 11월

■ 동화

1924년   「물고기 이약이」,《휘문》, 6월

1929년   「어린 수문장守門將」,《어린이》, 1월

          「불상한 소년미술가少年美術家」,《어린이》, 2월

          「슬픈 명일 추석秋夕」,《어린이》, 5월

1929년   「쓸쓸한 밤길」,《어린이》, 6월

1929년   「불상한 삼형제三兄弟」,《어린이》, 7·8월*

1930년   「눈물의 입학入學」,《어린이》, 1월

1930년   「6월의 하누님」,《어린이》, 6월

1930년   「과꽃」,《어린이》, 8월

1930년   「외로운 아이」,《어린이》, 11월

1931년   「몰라쟁이 엄마」,《어린이》, 2월

1931년   「6월과 구름」,《어린이》, 6월

1932년   「슬퍼하는 나무」,《어린이》, 7월

■ 논문

1937년   문장론「문장일어文章一語」,《조선문학》, 6월

1939년   문장론「문장강화文章講話」,《문장》, 2월~10월

1940년   문장론『문장강화文章講話』, 문장사, 1940년 4월

1943년   문장론『서간문강화書簡文講話』, 박문서관, 1943년 7월

| * 합병호.

1946년	문학론 『상허문학尚虛文學 독본讀本』, 백양사, 1946년 7월
1948년	문장론 『증정增訂 문장강화文章講話』, 박문서관
1952년	문장론 『신문장강화』, 재일본조선인교육자동맹(신발굴)

■ 설문

| 1930년 | 「내가 본 나―명사의 자아관」, 《별건곤》, 5월 |

■ 좌담

1938년	「장편소설론長篇小說論」, 《조선일보》, 1월 1일
1940년	「문학의 제문제」, 《문장》, 1월
1940년	「현대여성의 고민을 말한다」, 《여성》, 8월
1941년	「문학의 제문제」, 《문장》, 1월

■ 기행문

1947년	「소련기행蘇聯紀行」, 백양당, 5월
1950년	「혁명절의 모쓰크바」*, 문화전선사(신발굴)
1952년	「위대한 새 중국」**(신발굴)

■ 앙케트

1932년	「나의 총결산」, 《신동아》, 12월
1933년	「돌연 눈이 먼다면」, 《신동아》, 7월
1933년	「송년사」, 《신가정》, 12월
1934년	「가정취미문답」, 《신가정》, 1월
1937년	「문화문답文化問答・취미문답趣味問答・도세문답渡世問答・생활문답生活問答・유모아 문답問答」, 《조광》, 2월
1940년	「선생이 가지신 시계는」, 《여성》, 6월

---

* 원광대학교 김재용 교수가 발굴하여 『한국근대문학연구』 2001년 하반기, 2002년 상반기 2회에 걸쳐 분재함.
** 원광대학교 김재용 교수가 발굴한 것임.

■ 심사평

1939년 「추천작품선후推薦作品選後」, 《문장》, 4월

1939년 「추천작품선후推薦作品選後」, 《문장》, 5월

1936년 「소설선후小說選後」, 《문장》, 6월*

1936년 「소설선후小說選後」, 《문장》, 8월

1940년 「소설선후小說選後」, 《문장》, 5월

1941년 「허민 군許民君의 『어산금魚山琴』을 추천함」, 《문장》, 1월

■ 장편掌篇

1929년 「모던껄의 만찬晩餐」**, 《조선일보》, 3월 19일

1930년 「백과전서百科全書의 신의의新意義」***, 《신소설》, 1월

1930년 「은희부처恩姬夫妻」, 《신소설》, 5월

1932년 「천사天使의 분노憤怒」, 《신동아》, 5월

1933년 「미어기」, 《동아일보》, 7월 23일

「코가 복숭아처럼 붉은 여자」, 《조선문학》, 10월

「마부馬夫와 교수教授」, 《학등》, 10월

1934년 「빙점하氷點下의 우울憂鬱」, 《학등》, 3월

■ 희곡

1929년 「엇던 날의 뻬―토벤」****, 《학생》, 9월

1934년 「어머니」, 《중앙》, 1월

1936년 「산山사람들」, 《중앙》, 2월

* 목차에는 나와 있으나 본문에는 빠져 있음.
** 소설집 『달밤』(한성도서, 1934년)에선 「만찬晩餐」으로 개제됨.
*** 『구원의 여상』(태양사, 1937년)에선 「백과전서百科全書」로 개제됨.
**** 《학생》지에 '이태준 역'이라고 되어 있으나, 어떤 작품을 번역한 것인지는 밝혀놓지 않았음. 이 작품
　　은 희곡의 형성원리와 거리가 있다는 점, 이태준이 다른 외국문학작품을 번역한 바가 없다는 점 때문
　　에 '장편掌篇'으로 분류되기도 함.

■ 단편집

1934년 『달밤』, 한성도서, 1934년 7월

1937년 『가마귀』, 한성도서, 1937년 8월

1939년 『이태준李泰俊 단편선短篇選』, 박문서관, 1939년 12월

1941년 『복덕방福德房』*, 일본사, 1941년 1월

1941년 『이태준李泰俊 단편집短篇集』, 학예사, 1941년 3월

1943년 『돌다리』, 박문서관, 1943년 12월

1947년 『해방전후解放前後』, 조선문학사

1947년 『돌다리』, 을유문화사

1947년 『복덕방』, 을유문화사

1949년 『첫 전투』, 문화전선사

1952년 『고향길』, 재일본조선인교육자동맹

■ 전집·선집·번역서

1943년 번역서『대동아전기大東亞戰記』(이무영 공역), 인문사, 2월

1988년 『이태준 전집』1~14, 깊은샘, 5월

　　　　『이태준 문학전집』1~18, 서음출판사, 8월

　　　　『해금문학전집』1~2, 삼성출판사, 10월

　　　　『북으로 간 작가 선집』3~4, 을유문화사, 12월

1994년 『이태준 문학전집』, 깊은샘

* 일문日文.

* 이 연보는 상허학회의 민충환, 이병렬 교수 등을 비롯하여 그간 축적되어 있던 연보에, 박성란(『근대문학, 갈림길에 선 작가들』, 김윤식·유종호 외, 민음사, 2004년)이 작성한 이태준 연구서지, 박수현(《작가세계》2006년 겨울)이 작성한 이태준 연보와 연구사를 참고하였으며, 편자가 오류를 바로잡고 더 추가하였음을 밝혀둔다.

한국문학의 재발견-작고문인선집

신문장강화

지은이 | 이태준
엮은이 | 박진숙
기 획 | 한국문화예술위원회
펴낸이 | 양숙진

초판 1쇄 펴낸날 | 2009년 3월 10일

펴낸곳 | ㈜**현대문학**
등록번호 | 제1-452호
주소 | 137-905 서울시 서초구 잠원동 41-10
전화 | 516-3770
팩스 | 516-5433
홈페이지 www.hdmh.co.kr

© 2009, 현대문학

값 11,000원

ISBN 978-89-7275-520-3 04810
ISBN 978-89-7275-513-5 (세트)